走·近·巴·金
纪念巴金诞辰 120 周年

讲真话的书

1980—1981

巴金 著

四川人民出版社

1988年,巴金为读者题签

目 录

一九八〇年

小狗包弟
　　——随想录三十六　/003

关于《火》
　　——创作回忆录之七　/007

探　索
　　——随想录三十七　/020

再谈探索
　　——随想录三十八　/025

探索之三
　　——随想录三十九　/029

探索之四
　　——随想录四十　/033

《春天里的秋天》世界语译本序　/035

讲真话的书 (1980—1981)

文学生活五十年
　　——一九八〇年四月四日在日本东京朝日讲堂讲演会上的讲话　/037

我和文学
　　——一九八〇年四月十一日在日本京都"文化讲演会"上的讲话　/047

友　谊
　　——随想录四十一　/051

春　蚕
　　——随想录四十二　/054

关于《还魂草》
　　——创作回忆录之八　/057

《巴金小说选集》和《巴金散文选集》前记　/064

怀念烈文
　　——随想录四十三　/066

访问广岛
　　——随想录四十四　/073

灌输和宣传（探索之五）
　　——随想录四十五　/078

发　烧
　　——随想录四十六　/083

目 录

"思想复杂"
　　——随想录四十七 /085

昭明出版社《巴金选集》后记 /087

世界语
　　——随想录四十八 /089

《胡絜青画集》前言 /093

说真话
　　——随想录四十九 /095

《人到中年》
　　——随想录五十 /098

再论说真话
　　——随想录五十一 /101

写真话
　　——随想录五十二 /105

"腹　地"
　　——随想录五十三 /107

再说小骗子
　　——随想录五十四 /110

赵丹同志
　　——随想录五十五 /112

"没什么可怕的了"
　　——随想录五十六 /116

讲真话的书 (1980—1981)

究竟属于谁？
　　——随想录五十七 /118

作　家
　　——随想录五十八 /120

长崎的梦
　　——随想录五十九 /122

说　梦
　　——随想录六十 /125

《探索集》后记 /127

关于《砂丁》
　　——创作回忆录之九 /130

祝《萌芽》复刊 /138

《靳以文集》后记 /141

关于《激流》
　　——创作回忆录之十 /144

关于《寒夜》
　　——创作回忆录之十一 /157

《创作回忆录》后记 /167

一九八一年

《快乐王子集》再记（二） /171

目 录

三谈骗子
　　——随想录六十一　/172

我和读者
　　——随想录六十二　/175

《创作回忆录》再记　/179

悼念茅盾同志
　　——随想录六十三　/180

现代文学资料馆
　　——随想录六十四　/183

怀念方令孺大姐
　　——随想录六十五　/187

《序跋集》序
　　——随想录六十六　/195

怀念丰先生
　　——随想录六十七　/198

《序跋集》再序
　　——随想录六十八　/204

十年一梦
　　——随想录六十九　/207

致《十月》
　　——随想录七十　/213

讲真话的书 (1980—1981)

怀念鲁迅先生

——随想录七十二 /218

《序跋集》跋

——随想录七十一 /222

"鹰的歌"

——随想录七十三 /225

团结起来，为文学的繁荣而努力工作 /227

——在中国作家协会理事会三届二次会议上的开幕词和闭幕词 /227

向中青年作家致意 /229

一九八〇年

小狗包弟
——随想录三十六

  一个多月前,我还在北京,听人讲起一位艺术家的事情,我记得其中一个故事是讲艺术家和狗的。据说艺术家住在一个不太大的城市里。隔壁人家养了条小狗,它和艺术家相处很好,艺术家常常用吃的东西款待它。"文革"期间,城里发生了从未见过的武斗,艺术家害怕起来,就逃到别处躲了一段时期。后来他回来了,大概是给人揪回来的,说他"里通外国",是个反革命,批他,斗他,他不承认,就痛打,拳打脚踢,棍棒齐下,不但头破血流,而且一条腿也给打断了。批斗结束,他走不动,让专政队拖着他游街示众,衣服被撕破了,满身是血和泥土,口里发出呻唤。认识的人看见半死不活的他都掉开头去。忽然一只小狗从人丛中跑出来,非常高兴地朝着他奔去。它亲热地叫着,扑到他跟前,到处闻闻,用舌头舐舐,用脚爪在他的身上抚摸。别人赶它走,用脚踢,拿棒打,都没有用,它一定要留在它的朋友身边。最后专政队用大棒打断了小狗的后腿,它发出几声哀叫,痛苦地拖着伤残的身子走开了。地上添了血迹,艺术家的破衣上留下几处狗爪印。艺术家给关了几年才放出来,他的第一件事就是买几斤肉去看望那只小狗。邻居告诉他,那天狗给打坏以后,回到家里什么也不吃,哀叫了三天就死了。

  听了这个故事,我又想起我曾经养过的那条小狗。是的,我也养过狗,那是一九五九年的事情,当时一位熟人给调到北京工作,要将全家迁

讲真话的书 （1980—1981）

去，想把他养的小狗送给我，因为我家里有一块草地，适合养狗。我答应了，我的儿子也很高兴。狗来了，是一条日本种的黄毛小狗，干干净净，而且有一种本领：它有什么要求时就立起身子，把两只前脚并在一起不停地作揖。这本领不是我那位朋友训练出来的。它还有一位瑞典旧主人，关于他我毫无所知。他离开上海回国，把小狗送给接受房屋租赁权的人，小狗就归了我的朋友。小狗来的时候有一个外国名字，它的译音是"斯包弟"。我们简化了这个名字，就叫它作"包弟"。

包弟在我们家待了七年，同我们一家人处得很好。它不咬人，见到陌生人，在大门口吠一阵，我们一声叫唤，它就跑开了。夜晚篱笆外面人行道上常常有人走过，它听见某种声音就会朝着篱笆又跑又叫，叫声的确有点刺耳，但它也只是叫几声就安静了。它在院子里和草地上的时候多些，有时我们在客厅里接待客人或者同老朋友聊天，它会进来作几个揖，讨糖果吃，引起客人发笑。日本朋友对它更感兴趣，有一次大概在一九六三年或以后的夏天，一家日本通讯社到我家来拍电视片，就拍摄了包弟的镜头。又有一次日本作家由起女士访问上海，来我家做客，对日本种的包弟非常喜欢，她说她在东京家中也养了狗。两年以后，她再到北京参加亚非作家紧急会议，看见我她就问："您的小狗怎样？"听我说包弟很好，她笑了。

我的爱人萧珊也喜欢包弟。在三年困难时期，我们每次到文化俱乐部吃饭，她总要向服务员讨一点骨头回去喂包弟。一九六二年我们夫妇带着孩子在广州过了春节，回到上海，听妹妹们说，我们在广州的时候，睡房门紧闭，包弟每天清早守在房门口等候我们出来。它天天这样，从不厌倦。它看见我们回来，特别是看到萧珊，不住地摇头摆尾，那种高兴、亲热的样子，现在想起来我还很感动，我仿佛又听见由起女士的问话："您的小狗怎样？"

"您的小狗怎样？"倘使我能够再见到那位日本女作家，她一定会拿同样的一句话问我。她的关心是不会减少的。然而我已经没有小狗了。

一九六六年八月下旬红卫兵开始上街抄四旧的时候，包弟变成了我们家的一个大包袱，晚上附近的小孩时常打门大喊大嚷，说是要杀小狗。听见包弟尖声吠叫，我就胆战心惊，害怕这种叫声会把抄四旧的红卫兵引到我家里来。当时我已经处于"半靠边"的状态，傍晚我们在院子里乘凉，孩子们都劝我把包弟送走，我请我的大妹妹设法。可是在这时节谁愿意接受这样的礼物呢？据说只好送给医院由科研人员拿来做实验用，我们不愿意。以前看见包弟作揖，我就想笑，这些天我在机关学习后回家，包弟向我作揖讨东西吃，我却暗暗地流泪。

形势越来越紧。我们隔壁住着一位年老的工商业者，原先是某工厂的老板，住屋是他自己修建的，同我的院子只隔了一道竹篱。有人到他家去抄四旧了。隔壁人家的一动一静，我们听得清清楚楚，从篱笆缝里也看得见一些情况。这个晚上附近小孩几次打门捉小狗，幸而包弟不曾出来乱叫，也没有给捉了去。这是我六十多年来第一次看见抄家，人们拿着东西进进出出，一些人在大声叱骂，有人摔破坛坛罐罐。这情景实在可怕。十多天来我都睡不好觉，这一夜我想得更多，同萧珊谈起包弟的事情，我们最后决定把包弟送到医院去，交给我的大妹妹去办。

包弟送走后，我下班回家，听不见狗叫声，看不见包弟向我作揖、跟着我进屋，我反而感到轻松，真有一种摔掉包袱的感觉。但是在我吞了两片眠尔通、上床许久还不能入睡的时候，我不由自主地想到了包弟，想来想去，我又觉得我不但不曾摔掉什么，反而背上了更加沉重的包袱。在我眼前出现的不是摇头摆尾、连连作揖的小狗，而是躺在解剖桌上给割开肚皮的包弟。我再往下想，不仅是小狗包弟，连我自己也在受解剖。不能保护一条小狗，我感到羞耻；为了保全自己，我把包弟送到解剖桌上。我瞧不起自己，我不能原谅自己！我就这样可耻地开始了"十年浩劫"中逆来顺受的苦难生活。一方面责备自己，另一方面又想保全自己，不要让一家人跟自己一起堕入地狱。我自己终于也变成了包弟，没有死在解剖桌上，倒是我的幸运。……

讲真话的书 (1980—1981)

　　整整十三年零五个月过去了。我仍然住在这所楼房里，每天清早我在院子里散步，脚下是一片衰草，竹篱笆换成了无缝的砖墙。隔壁房屋里增加了几户新主人，高高墙壁上多开了两堵窗，有时倒下一点垃圾。当初刚搭起的葡萄架给虫蛀后早已塌下来扫掉，连葡萄藤也被挖走了。右面角上却添了一个大化粪池，是从紧靠着的五层楼公寓里迁过来的。少掉了好几株花，多了几棵不开花的树。我想念过去同我一起散步的人，在绿草如茵的时节，她常常弯着身子，或者坐在地上拔除杂草，在午饭前后她有时逗着包弟玩。……我好像做了一场大梦。满园的创伤使我的心仿佛又给放在油锅里熬煎。这样的熬煎是不会有终结的，除非我给自己过去十年的苦难生活作了总结，还清了心灵上的欠债。这绝不是容易的事。那么我今后的日子不会是好过的吧。但是那十年我也活过来了。

　　即使在"说谎成风"的时期，人对自己也不会讲假话，何况在今天，我不怕大家嘲笑，我要说：我怀念包弟，我想向它表示歉意。

一月四日

关于《火》
——创作回忆录之七

《火》一共三部，全是失败之作。一九三八年上半年我在广州开始写《火》的第一部第一章，第二年九月在昆明完成第一部；一九四一年三月到五月第二部在重庆写成；第三部则是在桂林于一九四三年五月动笔、九月脱稿。作品写得不能叫自己满意，也不能叫读者满意，失败的原因很多，其中之一就是考虑得不深，只看到生活的表面，而且写我自己并不熟悉的生活。我动笔时就知道我的笔下不会生产出完美的艺术品。我想写的也只是打击敌人的东西，也只是向群众宣传的东西，换句话说，也就是为当时斗争服务的东西。我在一九三一年九一八事变后在《小说月报》上发表的诗和散文，在一九三七年"八一三"事变后写的散文和诗都是这一类的东西，除了在这两个时期外，我再也写不出诗来。仅有的那几首诗我还保留在《文集》里，正如我不曾抽去《火》那样。《火》是为了唤起读者抗战的热情而写的，《火》是为了倾吐我的爱憎而写的。这三部有连续性的小说不是在一个时期写成，在不同时期我的思想也在变化。在一九三七年下半年和一九三八年上半年，我的感情强烈，也单纯。我的憎恨集中在侵略我国的敌人身上，在上海我望见闸北一带的大火，我看见租界铁门外挨饿的南市难民，我写了几篇短文记下当时的见闻和感受，我后来写《火》就用它们写成一些章节。

《火》第一部描写"八一三"上海战争爆发以后到上海成为孤岛的这

讲真话的书　(1980—1981)

段时期，写了短短两三个月中的一些事情，而且只是写侧面，只是写几个小人物的活动。

一九三七年上海沦为孤岛后，我还留在那里继续写我在前一年开了头的长篇小说《春》。写完了《春》，第二年三月我和友人靳以就经香港去广州。一九三六年靳以在上海创办《文季月刊》，我为这刊物写了连载小说《春》。他在广州筹备《文丛》的复刊，我答应他再写一部连载小说。这次我写了《火》。《文丛》是半月刊，我每隔半月写一章，刊物顺利地出了三期，就因为敌机连续的大轰炸而中断了。靳以去四川，我也到汉口旅行。我从汉口回广州，又续写了小说的第四章，但是不久，日军就在大亚湾登陆，进攻广州，而且进展很快，最后我和萧珊（她是七月下旬从上海到广州的）靠朋友帮忙，雇了木船在当地报纸上一片"我军大胜"声中狼狈逃离广州。到了桂林，我又续写了两章《火》，续印了两期《文丛》。一九三九年初我同萧珊就经过金华、温州回到上海。在上海我写完了我的最长的小说《秋》，萧珊已在昆明上了一年的大学。本来我想在上海把《火》第一部写出来，可是那个时期在上海租界里敌伪的魔爪正在四处伸展，外面流传着各种谣言，其中之一就是日军要进租界进行大搜查。形势越来越紧张，有一个晚上我接到几次朋友们警告的电话（他们大都在报馆工作），不得不连夜烧掉一些信件和报刊，看来我也难在租界再待下去；何况法国战败投降，日军乘机向法国殖民当局施加压力，一定要挤进印度，滇越路的中断是旦夕的事。我不能错过时机，不能延期动身，只好带着刚写成的《火》的残稿离开孤岛，在驶向南方的海轮上，我还暗暗地吟诵诗人海涅的《夜思》中的诗句："祖国永不会灭亡。"不久我在昆明续写《火》，贯串着全书的思想就是海涅的这个名句。我在广州写《火》的时候，并未想到要写三部。只是由于第一部仓促结束，未尽言又未尽意，我才打算续写第二部，后来又写了第三部。写完第一部时，我说："还有第二部和第三部，一写刘波在上海做秘密工作，一写文淑和素贞在内地的遭遇。"但是写出来的作品和当初的打算不同，我放弃了刘波，因为我不了解"秘密工作",我甚至用"波遇害"这样一个电报结束了那个年轻人的生命,把两部小说的篇幅全留给冯文淑。她一个人将三部小说连在一起。冯文淑也就是萧珊。第一部里的冯文淑是"八一三"战争爆发后的萧珊。参加青年救亡团和到伤兵医院当护士都是萧珊的事情,她当时写过一篇《在伤兵医院中》,用"慧珠"的笔名发表在茅盾同志编辑的《烽火》周刊上,我根据她的文章写了小说的第二章。这是她的亲身经历,她那时不过是一个高中学生,参加了一些抗战救国的活动。倘使不是因为我留在上海,她可能像冯文淑那样在中国军队撤出以后参加战地服务团去了前方。我一个朋友的小姨原先在开明书店当练习生,后来就参加战地服务团去到前方,再后又到延安。要是萧珊不曾读我的小说,同我通信,要是她不喜欢我,就不会留在上海,那么她也会走这一条路。她的同学中也有人这样去了延安。一九三八年九月我在汉口一家饭馆吃饭,遇见一位姓胡的四川女同志,她曾经带着战地服务团在上海附近的战场上活动过,那天她也和她那十几二十个穿军装的团员在一起,她们都是像冯文淑那样的姑娘。看到那些活泼、勇敢的少女,我不由得想:要是有材料,也可以写冯文淑在战地服务团的活动。我写《火》第一部时手边并没有这样的材料,因此关于冯文淑就只写到她参加服务团坐卡车在"满天的火光"中离开上海。一九四一年初在重庆和几个朋友住在沙坪坝,其中一位一九三八年参加过战地工作团,在当时的"第五战区"做过宣传工作,我们经常一起散步或者坐茶馆。在那些时候他常常谈他在工作团的一些情况,我渐渐地熟悉了一些人和事,于是起了写《火》的第二部的念头:冯文淑可以在战地工作团活动了。

　　《火》第二部就只写这件事情,用的全是那位朋友提供的材料。我仍然住在书店的楼上,不过在附近租了一间空屋子。屋子不在正街上,比较清静,地方不大,里面只放一张白木小桌和一把白木椅子。我每天上午下午都去,关上门,没有人来打扰,一天大约写五六个小时,从三月底写到五月下旬,我写完小说,重庆的雾季也就结束了。在写作的时候我常常

讲真话的书 (1980—1981)

找那位朋友，问一些生活的细节，他随时满足了我。但是根据第二手的材料，写我所不熟悉的生活，即使主人公是我熟悉的朋友，甚至是我的未婚妻，我也写不好，因为环境对我陌生，主人公接触的一些人我也不熟悉，编造出来，当然四不像。我不能保证我写出来的人和事是真实的或者接近真实，因此作品不能感动人。但其中也有一点真实，那就是主人公和多数人物的感情，抗日救国的爱国热情，因为这个我才把小说编入我的《文集》。我的《文集》里有不少"失败之作"，也有很多错误的话，或者把想象当作现实，或者把黑看成紫，那是出于无知，但是我并不曾照我们四川人的说法"睁起眼睛说谎"。当然我也有大言不惭地说假话的时候，那就是"十年浩劫"的时期，给逼着写了那么多的"思想汇报"和"检查交代"！那十年中间我不知想了多少次：我要是能够写些作品，能够写我熟悉的人物和生活，哪怕是一两部"失败之作"，那该有多好！在我写《火》的时候哪里想得到这样的事情呢！

我能够一口气写完《火》第二部，也应当感谢重庆的雾季。雾季一过，敌机就来骚扰。我离开重庆不久，便开始了所谓"疲劳轰炸"。我虽然夸口说"身经百炸"，却没有尝过这种滋味。后来听人谈起，才知道在那一段时期，敌机全天往来不停。每次来的飞机少，偶尔投两颗炸弹，晚上也来，总之，不让人休息。重庆的居民的确因此十分狼狈，但也不曾产生什么严重的后果，不过个把星期吧，"疲劳轰炸"也就结束了。然而轰炸仍在进行，我在昆明过雨季的时候，我的故乡成都在七月下旬发生了一次血淋淋的大轰炸，有一个我认识的人惨死在公园里。第二年我二次回到成都，知道了一些详情。我的印象太深了！一九四三年我在桂林写《火》的第三部，就用轰炸的梦开头：冯文淑在昆明重温她在桂林的噩梦，也就是我在回忆一九三八年我和萧珊在桂林的经历。

今天我在上海住处的书房里写这篇回忆，我写得很慢，首先我的手不灵活了（不是由于天冷）。已经过了四十年，我几次觉得我又回到了四十年前的一个场面：我和萧珊，还有两三个朋友，我们躲在树林里仰望天空。可怕的机声越来越近，蓝色天幕上出现了银白色的敌机，真像银燕一样，三架一组，三组一队，九架过去了，又是九架，再是九架，它们去轰炸昆明。尽管我们当时是在呈贡县，树林里又比较安全，但是轰炸机前进的声音像榔头一样敲打我的脑子。这声音，这景象那些年常常折磨我，我好几次写下我"在轰炸中过的日子"，后来又写了小说《还魂草》，仍然无法去掉我心上的重压，最后我写了冯文淑的噩梦。我写了中学生田世清的死亡，冯文淑看见"光秃的短枝上挂了一小片带皮的干肉"。写出了我的积愤，我的控诉，我感觉到心上的石头变轻了。作家也有为自己写作的时候。即使写冯文淑，我也可以把我对大轰炸的感受和见闻写进去。就是在江青说话等于圣旨的时期，我也不相信大观园全是虚构，《红楼梦》里面就没有曹雪芹自己，没有他的亲戚朋友。

在我的小说里到处都找得到我的朋友亲戚，到处都有我自己，连《寒夜》里患肺结核死去的小职员汪文宣的身上也有我的东西。我的人物大都是从熟人身上借来的，常常东拼西凑，生活里的东西多些，拼凑的痕迹就少些，人物也比较像活人。我写冯文淑时借用了萧珊的性格，在第一部《火》里，冯文淑做的事大都是萧珊做过的，她当时还是一个高中生。她在上海爱国女学校毕了业才在暑假里去广州，中间同我一起到过武汉，后来敌军侵占广州，她回不了上海，我们只好包一只木船沿西江逃往广西，同行还有我的兄弟和两个朋友，再加上林憾庐和他的《宇宙风》社同人。我们十个人是在敌军入城前十多个小时离开广州的。关于这次"远征"，我在小说中没有描写，却详细地记录在《旅途通讯》里面。这两本小书正如我一位老朋友所说"算什么文章"！可是它们忠实地记录了当时的一些社会情况，也保留了我们爱情生活中的一段经历，没有虚假，没有修饰，也没有诗意，那个时期我们就是那样生活，那样旅行。我们都是平凡的人，也生活在平凡的人民中间。我的《旅途通讯》写到"桂林的受难"为止。后来我和萧珊又坐火车到金华转温州，搭轮船回上海。在温州我们参观了江心寺，对文天祥的事迹印象很深，我有很多感慨。我在任何时候都

讲真话的书　(1980—1981)

是一个爱国者。我后来在《火》第二部初版后记中就写过这样的话："我仍然是一个中国人，我的血管里有的也是中国人的血。有时候我不免要站在中国人的立场上看事情、发议论。"这段话其实就是三部《火》的简要的说明。我编《文集》时删去了它，觉得这说明是多余的。但是我那一颗爱祖国、爱人民的心还是像年轻时候那样的强烈，今天仍然是如此。我过去所有的作品里都有从这颗心滴出来的血。现在我可以说，这颗心就是打开我的全部作品的钥匙。

我们从温州搭船平安地回到上海，过了三四个月，萧珊就去昆明上大学。以后她到过桂林、贵阳、重庆和成都。她不可能有冯文淑在《火》第二部中的经历，我当时只是设想她在那样的环境该怎么办，我就照我想得到的写了出来。萧珊是一个普通人，冯文淑也是。在这三本小说里我就只写了一些普通人，甚至第一部中视死如归的朝鲜革命者和第三部中同敌人进行秘密斗争或被捕或遇害的刘波、朱素贞们也都是普通人，他们在特殊的环境里会做出特殊的事情。总之，没有一个英雄人物，书中却有不少的爱国者。《火》并没有写到抗战的胜利。但是我相信对这胜利贡献最大的是人民，也就是无数的普通人。作为读者，作为作者，我有几十年的经验，一直是普通人正直、善良的品德鼓舞我前进。普通人身上有许多发光的东西。我在朝鲜战场上见到的"英雄"也就是一些普通的年轻人。一九三五年我在日本东京非常想念祖国，感情激动、坐卧不安的时候，我翻译了屠格涅夫的散文诗《俄罗斯语言》。他讲"俄罗斯语言"，我想的是"中国话"，散文诗的最后一句："这样的语言不是产生在一个伟大的民族中间，这绝不能叫人相信。"我写《火》的时候，常常背诵这首诗，它是我当时"唯一的依靠和支持"。我一直想着我们伟大而善良的人民。

在《火》第三部里我让冯文淑来到了昆明。不像在大别山，萧珊未到过，我也很陌生，昆明是我比较熟悉的地方，她更熟悉了。先生坡、翠湖、大观楼……都写进去了。我是在一九四三年的桂林写一九四一年的昆明。我的信念没有改变，但是我冷静些了。我在小说里写了一些古怪的社会现象，当然我看到的多，感受到的多，写下来的还比较少。冯文淑离开上海将近四年，在昆明出现并不显得成熟多少，其实我写的只是我在一九四一年七八月看见的昆明，到四三年情况又有变化了。我记得清楚的是知识分子的地位低下和处境困难。当时最得意的人除了大官，就是囤积居奇，做黑白生意的（黑的是鸦片，白的是大米），此外还有到香港、到仰光跑单帮做买卖的各种发国难财的暴发户。那个社会里一方面是严肃工作，一方面是荒淫无耻。在国统区到处都是这样。

　　我在小说里只写了几个普通的小人物，他们就是在这种空气中生活的。冯文淑在昆明，同她过去的好朋友朱素贞住在一起。萧珊在昆明，从宿舍搬出来以后就和她的好友、她的同学一起生活。那个姓王的女同学是我一位老友的妻子，相貌生得端正，年纪比萧珊大一点，诚实、朴素、大方，讲话不多，是个很好的姑娘。她是我那位朋友自己挑选的，但不知怎样，我的朋友又爱上了别人，要把她推开，她却不肯轻易放手。我那朋友当时在国外，他去欧洲前同我谈过这件事情。我批评他，同他争论过，我看不惯那种单凭个人兴趣、爱好或者冲动，见一个爱一个，见一个换一个的人，我劝他多多想到自己的责任，应该知道怎样控制感情，等等，等等。我谈得多，我想说服他，没有用！但是他也不是一个玩弄女性的人，他无权无势，既然没有理由跟妻子离婚，新的恋爱也就吹了。萧珊的女同学后来终于给了我的朋友以自由。但是那位朋友在恋爱的道路上吃了不少的苦头，离婚—结婚，结婚—离婚，白白消耗了他的精力和才华，几乎弄到身败名裂，现在才得到了安静的幸福，这是后话。我两次在昆明的时候，经常见到萧珊的好友，我同情她的不幸，我尊敬她的为人。我写《火》第三部中的朱素贞时，脑子里常常现出她的面影。她后来结了婚，入了党，解放后当过一个单位的领导干部。"文革"期间有人来找萧珊"外调"她在昆明时期的一些情况，萧珊死后又有人来找我外调，说是要给她恢复工作。六七年没有消息了。我祝她安好。

　　在朱素贞的身上还有另一个人的感情，那是萧珊的同乡，她的中学

讲真话的书 （1980—1981）

时期的朋友，一位善良、纯洁的姑娘。我在广州开始写朱素贞的时候，萧珊还在上海念书，没有见到我朋友的妻子，我那朋友当时可能也还没有开始新的追求。其实不仅是上面提到的两个人，我在那几年中间遇见的，给了我好的印象的年轻女人在朱素贞的身上都留下了痕迹。但朱素贞并不是"三突出"的英雄，她始终是一个普通人。在最初几版的小说（《火》第三部）中朱素贞在昆明西南联合大学念书，忽然接到陌生人从香港寄来的信告诉她：她那分别四年的未婚夫刘波在上海"被敌伪绑架"，关在特务机关里。她决定回上海去营救他。她动身前又接到一封香港发来的电报："波遇害，望节哀。"她决心去替他报仇。她走后大约七个月冯文淑收到从上海寄来的一份剪报，上面有一则消息报道大汉奸特务丁默村遇刺受伤，他的女友朱曼丽是幕后主使人，供认不讳，已被枪决。"这个朱曼丽似乎就是素贞，不过文淑不愿意相信。"我这样写，就是暗示朱曼丽和朱素贞是一个人。在当时的确发生过这样一件事：有一个年轻女人刺杀丁默村未遂遭害。我记得有位朋友写过一篇文章，另一个朋友认识这位女士，对我谈过她，他也讲不出别的原因，大概是一位爱国志士吧。这样的人很难令人忘记，我就让她也留下一点痕迹在朱素贞的身上。在一九三八年春节前后，敌人和汉奸暗杀上海爱国人士，甚至悬头示众这样的事发生过好几起，后来在孤岛也几次出现爱国者惩罚汉奸的大快人心的壮举。我用在上海的朝鲜革命者惩罚朝奸的事实结束了《火》的第一部，又用朱素贞谋刺丁默村的消息作为《火》第三部的《尾声》，也就是全书的结局。当时我是这样想的：用那个年轻女人的英勇牺牲说明中国人民抗战到底、争取胜利的决心。但是一九六〇年我编辑、校改《文集》的时候，改写了这个结尾，正如我在后记的注解中所说："我让冯文淑离开了昆明，让刘波和朱素贞都活起来，让人们想到这几个朋友将来还有机会在前方见面。"我加上素贞从香港写给文淑的一封信，说明她在上海同朋友们一起营救刘波出狱后结了婚，又陪着"遍体伤痕"的丈夫到香港休养，准备等刘波病好就一同到前线工作。她在信里解释这所谓前线就是"如今一般人朝夕向往的那个圣地",就是说延安。文淑在复信中也说:"三四天后就要动身到前方去",也就是到"那个'圣地'去"。国外有些读者和评论家对我这种改法不满意,说我"迎合潮流",背叛了过去。我不同意他们的说法。几十年来我不断地修改自己的作品,因为我的思想不断地在变化,有时变化小,有时变化大。我不能说我就没有把作品改坏的时候,但是我觉得《火》第三章的结尾改得并不坏,改得合情合理。当时人们唯一的希望就在那里,这是事实。只有这样地结束我的所谓《抗战三部曲》(尽管我写的只是一些侧面),才符合历史的真实。当然我在后记的脚注中也说:"这个小小的改动并不能弥补我这本小说中存在的大缺点。"这是真心话,不过我仍然要重复我说过的那句话:作品不是学生的考卷,交出去就不能改动。按照"四人帮"的逻辑,一个人生下来就坏,一直坏到死,或者从诞生到死亡,这个人无事不好。所以那个时期孩子们在银幕上甚至在生活中看见一个陌生人,就要发问:好人?坏人?不用说,文淑和素贞都是好人吧。

  第三部中另外一个主人公田惠世也是好人。这是我一个老朋友,我把这个基督徒写进我的小说,只是由于一桩意外的事情:他的病故。他大概是患肺炎去世的。他自己懂一些医理,起初自己开方吃药,病重了才找医生,不多久就逝世了。当时他的夫人带着孩子来到他的身边,就住在我的隔壁。看见这位和我一起共过患难的年长朋友在我眼前死去,我感到悲伤。参加了朋友葬礼后两个多月,我开始写《火》的第三部,就把他写了进去,而且让他占了那么多的篇幅。我在一九六〇年一月修改小说的《尾声》时,曾经写道:"我们之间有深厚的感情。这感情损害了我的写作计划。……我设身处地替他想得太多了。"我在小说里借用了那位亡友的一部分的生活、思想和性格,我想写一个宗教者和一个非宗教者的思想及情感的交流,可是没有成功。我的思想混乱,我本来想驳倒亡友的说教(他是个虔诚的基督徒,每顿饭前都要暗暗祈祷,我发觉了常常暗笑),可是辩论中我迁就了他,我的人道主义思想同他的合流了。我不想替自己

讲真话的书 （1980—1981）

辩护，我的旧作中人道主义和爱国主义差不多占同样的地位。在这一点上萧珊也有些像我。所以小说里年轻姑娘冯文淑同老基督徒田惠世做了朋友，冯文淑甚至答应看《北辰》的校样，暂时到北辰社帮忙。《北辰》是田惠世的刊物。刊物的真名就是前面提到过的《宇宙风》，它是林语堂创办的。林语堂后来带了全家人移居美国，把他哥哥从福建请到上海代管他的事业。他的哥哥原是教师兼医生，在上海参加了《宇宙风》的编辑工作，名叫林憾庐。《宇宙风》本来还有一个合作者，后来在香港退出了。林憾庐在上海和香港都编印过这个散文刊物，一九四二年他第二次到桂林又在那里将它复刊。我一九四〇年在上海，一九四二年在桂林都为《宇宙风》写过散文和旅途杂记。一九三九年萧珊也在这个刊物上用"程慧"的笔名发表了几篇散文。她第一次拿到稿费，便买了一只立灯送给母亲，她高兴地说这是用自己的劳动换来的钱买的。她初到昆明，还写了一篇旅途通讯，叙述经海防去内地沿途的情况，也刊在《宇宙风》上。一年后我踏着她的脚迹到昆明，虽然形势改变，但我的印象和她的相差不远，我就没有写什么了。我和林憾庐相处很好，我们最初见面是在泉州关帝庙黎明高中，那一天他送他的大儿子来上学，虽然谈得不多，但我了解他是个正直、善良的人，而且立志改革社会，这是一九三〇年的事。以后我和他同在轰炸中过日子，同在敌人迫害的阴影下写文章、做编辑工作，产生了深厚的感情。他办的刊物，质量不高，但在当时销路不算少，他是一个忠诚的爱国者。我至今还怀念他。他很崇拜他的兄弟，听他谈起来林语堂对他并不太好，他却很感激他这个远在海外的有名的兄弟。可能是他逝世一年以后吧，林语堂一个人回国了，到桂林东江路福隆园来看他的嫂嫂。我在林太太房里遇见他。他在美国出版了好几本小说，很有一种名人的派头。话不投机，交谈了几句，我就无话可说。以后我也没有再看见他。靳以夫妇从福建南平回重庆复旦大学，经过桂林住了几天，我送他们上火车，在月台上遇见憾庐的孩子，他们跟去重庆的叔父告别，我没有理他。后来林语堂离开重庆返美时在《大公报》上发表了告别中国的诗，我记得是两首或者三首七律，第一首的最后两句是"试看来日平寇后，何人出卖旧家园"。意思很明显。有个熟人在桂林的报上发表了一首和诗，最后两句是"吾国吾民俱卖尽，何须出卖旧家园"。《吾国吾民》是林语堂在美国出版的头一本"畅销书"，是迎合美国读者口味的著作。憾庐曾经对我谈起该书在美国出版的经过，他引以为荣，而我却同意和诗作者的看法，是引以为辱的。

小说中另一个好人洪大文并不是真实的人物，我只借用了一个朋友的外形和他在连云港对日军作战负伤的事实。他年轻时候进了冯玉祥办的军官学校，当过军官，又给派到苏联留过学，一九二六年回国后经过上海，我们见过一面。他回到部队里去了，我也就忘记了他。一九四三年我在桂林忽然接到他的信，是寄到书店转给我的。信上说他到桂林治病，定居下来，要我去看他。我到了他的住处，当时人们住得比较宽敞，他躺在床上，有时挂着双木拐起来活动活动。人变了，湖南口音未变。他告诉我他离开过部队，后来又到税警团（宋子文的税警团吧）当团长，在连云港抗拒日军，战败负伤。小说中洪大文讲的战斗情况就是我那位朋友告诉我的，他还借给我一本他们部队编写的《连云港战史》。小说第八章中洪大文的谈话有些地方便是从所谓《连云港战史》稿本中摘抄来的。一九四四年五月初我和萧珊到贵阳旅行结婚，后来就没有能回桂林，湘桂大撤退后我也不知道他转移到哪里。一九四六年尾或者一九四七年初我在上海，他挂着双拐来找我，说是在江苏某地荣军教养院做院长，还是像一九二六年那样高谈阔论。他约我出去到南京路一家菜馆里吃了一顿饭，就永远分别了。他坐上三轮车消失在街角以后，我忽然想起了洪大文，洪大文不像他，洪大文比他简单得多。

最后我想谈几句关于朝鲜人的事，因为《火》第一部中讲到朝鲜革命者的活动，而且小说以朝鲜志士的英勇战斗和自我牺牲作为结束。我在这之前（一九三六年）还写过短篇小说《发的故事》，也是怀念朝鲜朋友的作品。我小的时候就听见人讲朝鲜人的事情，谈他们的苦难和斗争，安重

讲真话的书 (1980—1981)

根刺杀伊藤博文的事迹给我留下很深的印象，他是我少年时期崇拜的一位英雄。我第一次接触朝鲜人，是在一九二一年或者一九二二年。我在三十年代写的回忆文章里就讲过，五四运动以后我参加成都的《半月》杂志社，在刊物上发表过三篇东西，都是从别人书中抄来的材料和词句，其中一篇是介绍世界语的，而我自己当时却没有学过世界语。不久就有人拿着这本杂志来找我，他学过世界语，要同我商量怎样推广世界语，他在高等师范念书，姓高，说是朝鲜人。我便请他教我世界语，但也只学了几次就停了，推广的工作也不曾开展过。我和高先生接触不多，但是我感觉到朝鲜人和我们不同。我们那一套人情世故，我们那一套待人处世的礼貌和习惯他们不喜欢，他们老实、认真、坦率而且自尊心强。这只是我一点肤浅的印象。

出川以后，一九二五年我在南京东南大学附属高中毕了业，带着文凭到北京报考北京大学，检查体格时发现我有肺病，虽然不厉害，我却心灰意冷，没有进考场。还有一个原因就是我对数理化等课无把握，害怕考不好。我就这样放弃了学业，决定回到南方治病。我在北京待了半个多月，我记得离京的前夕遇上北海公园的首次开放，在漪澜堂前度过了一个宁静的夜晚。我当时住在北河沿同兴公寓。房客不多，院子里有一棵大槐树。我住到这里，还是一个编报纸副刊的姓沈的朋友介绍的。他是朝鲜人，有一天晚上，他带了一个同乡来看我，天气热，又是很好的月夜，我们就坐在院子里乘凉。沈比较文雅，他的朋友却很热情，滔滔不绝地对我讲了好些朝鲜爱国志士同日本侵略者斗争的故事。我第一次了解了朝鲜人民艰苦而英勇的斗争，对朝鲜的革命者我始终抱着敬意。我后来就把那些故事写在《发的故事》里面。这以后几十年中间我遇见的朝鲜人不多，也不常同他们接触，但是从几个朋友的口中我也了解一些他们的流亡生活和抗战初期的一些活动。我就在《火》第一部中写了子成、老九、鸣盛、永言这班人，和他们惩罚朝奸的壮举。在小说里子成回忆起朝鲜民歌《阿里朗》。据说从前朝鲜人到我国满洲流亡，经过阿里朗山，悲伤地唱着它。

我一九三八年第四季度在桂林的一次诗歌朗诵会上，听见金焰同志的妹妹金炜女士唱这首著名的歌曲，我十分感动，当时正在写小说的这一章，就写了进去。我以前对它毫无所知，却能够把歌词写进小说甚至将歌谱印在发表这一章的《文丛》月刊上，全靠一位朝鲜朋友的帮忙。这位朋友姓柳，是园艺家，几十年来在一些学校或者农场里工作，为中国培养了不少园艺人才。他在当时的朝鲜流亡者中也很有威望。我在上海、在桂林、在重庆、在台北都曾见到他。今天我还没有中断同他的联系。他在湖南农学院教书，有时还托人给我捎一点湖南土产来。我还记得四十几年前他被日本人追缉得厉害，到上海来，总是住在马宗融的家中，几个月里他的头发完全白了。那一家的主妇就是后来发表短篇小说《生人妻》的作者罗淑。抗战初期罗淑患病去世，我们在桂林和重庆相遇，在一起怀念亡友，我看见他几次埋下头揩眼睛。

朋友柳已经年过八十，他仍然在长沙坚持工作，我仿佛看见他的满头银发在灿烂阳光下发亮。听说他从解放了的祖国（朝鲜民主主义人民共和国）获得了鼓励，我应当向他祝贺。《火》第一部出版时我在后记的末尾写道："我希望将来还能够有第四部出来，写朝鲜光复的事情。"我不曾实现这个愿望，但我也不感到遗憾，因为朝鲜人民已经用行动写出了光辉诗篇，也一定能完成统一朝鲜的伟大事业。

一月二十五日

探　索
　　——随想录三十七

在最近的《大公报》上看到白杰明先生的一篇文章，里面有一句话我非常欣赏："要是想真正搞出一些尖端性的或有创新意义的东西来，非得让人家探索不可。"①

在我的周围，有些人听见"探索"二字就怀疑，甚至担心。有一份受到批判的地下刊物不是叫作《探索》吗？我还是那句老话：我没有读过这类刊物，没有发言权。我讲的是另一回事。但是有人警告说："你要探索，要创新，就是不满现状，'不满现状'可要当心啊！"不满现状，说对了。不满现状（也就是不安于现状）有多种多样。

有的人不满意自己的现状，有的人不满意别人的现状；有的人不满意小范围的现状，有的人不满意大范围的现状。

谈到别人的现状，谈到大范围的现状，问题就大了，因为别人会觉得他的现状很好，会觉得大范围的现状很好，你不满意，当然容易引起争论。例如我们每天早晨要自己去取羊奶；领取几块、十几块钱稿费也得自己到邮局排队；一个几本书的邮包也要自己去拿；什么事都要自己去办。我还有儿子和女婿可以帮忙，我一个朋友年过古稀，老伴又有病，走路不便，处理这些事，就感到困难了。又如我还有一个朋友在大学里教书，她

---

① 见一月二十五日香港《大公报·大公园》特约稿《异样也是常态》。

说她有时得自己去搬运讲义、教材。……对这类事情，各人有不同的看法，有人认为"各人为自己服务"是对知识分子改造的成绩，我过去也是这样想的。可是我想来想去，现在却有了另一种想法：一个人为自己服务的时间越多，他为人民服务的时间就越少。这样的话近两年来我到处讲、反复讲（"四人帮"横行时期我没有发言权），并不起作用。我不满意这些现状，别人却不是这样看。再如有人说我们社会里已经有了"道不拾遗，夜不闭户"的现象，在电视机荧光屏上我却看见了审判盗窃杀人犯的场面，别人说这不是主流，他说得对，但他说的"美妙"里总不能包括盗窃杀人吧。争论起来是很麻烦的事，何况我缺乏辩才！

所以我只谈我自己的事。首先回顾我的过去，我隐隐约约记得的是在广元县知县衙门里的事情，这是最早的回忆！那个时候我不过四五岁，人们叫我"四公爷"（即四少爷），我父亲在二堂审案，我常常站在左侧偏后旁听。这说明我是个官僚地主的少爷。我从小就不满意这个现状，觉得做少爷没有意思；但当时我并没有认为生在大户人家是"出身不好"，更谈不到立志背叛自己的阶级。我只是讨厌那些烦琐的礼节，而且也不习惯那种把人分为上等人与下等人的"分类法"。关于礼节，有一次我祖父在成都过生日，我的父母在广元庆祝，要我叩头，我不肯，就挨了一顿打。幸而我的父母当时不懂得"无限上纲"，打过就算了事，还允许我一生保留着对礼节和各种形式主义的厌恶。

至于说到"分类法"，我对它的不习惯（或者可以说不满意）表现在我喜欢生活在所谓"下等人"中间，同他们交朋友，听他们讲故事，我觉得他们比较所谓"上等人"像老爷、少爷、老太爷之类心地单纯得多，善良得多。当时我绝没有想到什么"深入生活"，"改造思想"，我喜欢到听差们住的门房里去，到轿夫们住的马房里去，只是因为我热爱这些人，这时我已经是十岁以上的孩子了。在我们家里人看来这是"不求上进""有失身份"的举动，可是没有人向上面打小报告，我祖父、父亲、叔父们都不知道，因此也不曾横加干涉。我照旧在门房和马房里出入，一

讲真话的书　(1980—1981)

直到我祖父死后,我发现了大门以外的广阔的世界,我待在家里的时间就少了,不久我考进了外国语专门学校的补习班。

以上的话只是说明:一、我不曾受过正规的教育;二、我从来不安于现状,总想改变自己的现状。我家里"上面的人"从我祖父到我大哥(我大哥对我已经没有任何权威了)都希望我做一个"扬名显亲""有钱有势"的人,可是我不会走那条现成的路,我不会让他们牵着鼻子走。

从我生下来起,并没有人命令我写小说。我到法国是为了学一门学问。我自己也没有想到我会在巴黎开始写什么小说,结果两年中什么也没有学会,回国后却找到了一样职业:写作。家里的人又再三叮嘱要我走他们安排的路,可是我偏偏走了没有人给我安排的那一条。尽管我的原稿里还有错别字,而且常常写出冗长的欧化句子,但是我边写、边学、边改,几十年的经验使我懂得一个道理:人从没有路的地方走出一条路来。

这几年来我常常想,要是我当初听从我家里人的吩咐,不动脑筋地走他们指引的道路,今天我会变成什么样子。我的结局我自己也想得到,我在《寒夜》里写过一个小知识分子(一个肺病患者)的死亡,这就是我可能有的结局。因为我单纯、坦白,不懂人情世故,不会讨好别人,耍不来花招,玩不来手法,走不了"光宗耀祖,青云直上"的大道。倘使唯唯诺诺地依顺别人,我祖父要我安于现状,我父亲(他死得早,我十二岁就失去了父亲)要我安于现状,我大哥也要我安于现状,我就只好装聋作哑地混日子。我祖父在我十五岁时精神失常地患病死去,我大哥在我二十七岁时破产自杀,那么我怎样活下去呢?

但是我从小就不安于现状,我总是在想改变我的现状,因为我不愿意白吃干饭混日子。今天我想多写些文章,多完成两三部作品,也仍然是想改变我的现状。想多做事情,想把事情做好,想多动脑筋思考,我过去是这样,现在也是这样。虽然我的成绩很小,虽然我因为是"臭老九"遭受"四人帮"及其爪牙的打击和迫害,可是我仍然认为选择了文学的道路是我的幸运。我同胞兄弟五人,连嫡堂弟兄一共二十三个,活到今天的不到一半，我年纪最大，还能够奋笔写作，是莫大的幸福。这幸福就是从不安于现状来的。年轻时我喜欢引用法国资产阶级革命家乔治·丹东的话："大胆，大胆，永远大胆。"现在我又想起了它。这十几年中间我看见的胆小怕事的人太多了！有一个时期我也诚心诚意地想让自己"脱胎换骨、重新做人"，改造成为没有自己意志的机器人。我为什么对《未来世界》影片中的机器人感到兴趣、几次在文章里谈起"它"呢？只是因为我在"牛棚"里当过地地道道的机器人，而且不以为耻地、卖力气地做着机器人。后来我发现了这是一场大骗局，我的心死了（古话说"哀莫大于心死！"），我走进"牛棚"的时候，就想起意大利诗人但丁的《神曲》：

经过我这里走进苦痛的城，

经过我这里走进永恒的痛苦——

这说明过去有一个时期的确有人用"地狱"来惩罚那些不安于现状的人。我相信会有新的但丁写出新的《神曲》来。

白杰明先生说，"想真正搞出……有创新意义的东西"，就要"让人家探索"。对，要"探索"，才能"创新"，才能"搞出一些尖端性的"东西。他的意思很明显：要实现四个现代化，就应当让人家探索。但是据我看，一个"让"字还不够，还需要一个字，一个更重要的字——就是"敢"字，敢不敢的"敢"字。不久前在上海举行了瞿白音同志的追悼会。白音同志，不是因为写了一篇《创新独白》就受尽地狱般的磨炼吗？最初也是有人"让"他"创新"的。可是后来不知从哪里钻出来一批巨灵神，于是一切都改变了。在这方面我也有丰富的经验，我也付出了可怕的代价。但是我比白音同志幸运，今天我还能探索，还能思考，还能活下去，也还能不混日子。不过也只是这么一点点，没有什么值得自我吹嘘的东西，连《创新独白》也没有。一九六二年我"遵命"发扬民主，在上海二次文代会上发言中讲了几句自己的话，不久运动一来，连自己也感觉

讲真话的书　（1980—1981）

到犯了大罪，"文革"时期我在"牛棚"里给揪出来示众、自报罪行的时候，我从未忘记"报"这件"发扬民主"的"反党罪行"。这就是刘郎同志在《除夕·续旧句》诗注中所说的"折磨自己"[①]。这种折磨当然是十分痛苦的，现在我还忘记不了（不是不想忘记）。我讲这些话只是说明一个问题：你就是让人家探索，人家也不敢探索，不肯探索；不敢创新，不肯创新。有人说："根据过去的经验，还是唯唯诺诺地混日子保险，我们不是经常告诉自己的小孩：听话的孩子就是好孩子吗？"

　　我自己也是在"听话"的教育中长大的，我还是经过"四人帮"的"听话"机器加工改造过的。现在到了给自己做总结的时候了。我可以这样说：我还不是机器人，而且恐怕永远做不了机器人。所以我还是要探索下去。

二月九日

---

① 原话是："在政治运动中，自己受到冲击，受尽了别人的折磨，但自己千万不要折磨自己。"

再谈探索
——随想录三十八

我在前一篇随想里谈到了探索和创新。探索、探求、追求……这不是一篇文章、几千字就讲得清楚的。

尽管这一类的字眼有时候不讨人喜欢，甚至犯忌，譬如一九五七年南京的"探求者"就因为"探求"（刚刚开始），吃够了苦头，而且有人几乎送了命。但是自古以来人类就在探索、探求、追求而且创新，从未停止，当然也永远不会停止。白杰明先生说"非得让人探索不可"，起初我很欣赏这句话，后来再思三思，才觉得这种说法也近似多余。任何时期总有些人不高兴、不愿意看见别人探索，也有些人不敢探索，然而人类总是在探索而前进。为什么我们今天不"穴居野处、茹毛饮血"呢？为什么我们不让人褪掉裤子打了小板子还向"大老爷"叩头谢恩呢？……例子太多了，举不胜举！对我来说，最不能忘记的就是这一件事：我的祖父不但消失得无踪无影，连他修建的公馆，他经常在那里"徘徊"的园林也片瓦不存。最近还有一件事，已经有两位作家朋友告诉我：江苏省的文艺刊物大有起色，过两年会大放光芒，那里有一批生力军，就是过去的"探求者"。我希望这两位朋友的看法不错。

我在上面提到我的祖父，有人就对我发问：你不是说过高老太爷的鬼魂还在到处出现吗？问得好！但鬼魂终究是鬼魂，我们绝不能让它借尸还阳。为什么我们不可以向终南山进士学习呢？

讲真话的书 (1980—1981)

现在言归正传，我们还是谈探索……吧。像我这样一个不懂文学的人居然走上了文学的道路，不可能是"长官"培养出来的，也不可能是一条大路在我面前展开，我的脚踏上去，就到了文学之宫。过去有些人一直在争论，要不要在现代中国文学史上给我几页篇幅，我看这是在浪费时间，我并不是文学家。

我拿起笔写小说，只是为了探索，只是在找寻一条救人、救世，也救自己的道路。说救人、救世未免太狂妄，但当时我只有二十三岁，是个不知轻重的"后生小子"，该可以原谅吧。说拯救自己，倒是真话。我有感情无法倾吐，有爱憎无处宣泄，好像落在无边的苦海里找不到岸，一颗心无处安放。倘使不能使我的心平静，我就活不下去。据我所知，日本作家中也有这种情况，但他们是在成名成家之后，因为解决不了思想问题、人生问题而毁掉自己的生命。我没有走上绝路，倒因为我找到了纸和笔、让我的痛苦化成一行一行的字，我心上的疙瘩给解开了，我得到了拯救。

我就是从探索人生出发走上文学道路的。五十多年来我也有放弃探索的时候，但是我从来不曾离开文学。我有时写得多些，写得好些；有时我走上人云亦云的大道，没有写作的渴望，只有写作的任务观念，写出来的大都是只感动自己不感动别人的"豪言壮语"。

今天我还在继续探索，因为我又拿起了笔。停止探索，我就再也写不出作品。

我说我写小说是为了安静自己的心，希望对国家、对人民有所贡献，对读者有所帮助，这当然只是我的主观愿望，我的作品也可能产生相反的社会效果。最有发言权的人是读者，一部作品倘使受到读者的抵制，那就起不了作用。但也有些作品受到一部分读者的欢迎，却在这些人中间产生了坏的影响。我今天还不曾给革掉作家的头衔，我的作品还未在世界上绝迹，这应当感谢读者的宽大，不过这也许说明这些作品的社会影响不算太坏。不会有人读了我的作品就聚众闹事或者消极怠工或者贪污盗窃，这一点我很放心。我在多数作品里，也曾给读者指出崇高的理想，歌颂高尚的情操。说崇高、说高尚，也许近于夸大，但至少总不是低下吧。不把自己的幸福建筑在别人的痛苦上；爱祖国，爱人民，爱真理，爱正义；为多数人牺牲自己，人不是单靠吃米活着；人活着也不是为了个人的享受。我在作品中阐述的就是这样的思想。

怎样做人？怎样做一个好人？我几十年来探索的就是这个问题。我的作品便是一份一份的"思想汇报"。它们都是我在生活中找到的答案。我不能说我的答案是正确的，但它们是严肃的。我看到什么，我理解什么，我如实地写了出来。我很少说假话。我从未想过用我的作品教育人，改造人，给人们引路。五十年前我就说过："我不是说教者。"一九三四年我又说："这些小说是不会被列入文学之林的。"我固然希望我的作品产生社会影响，希望给读者带来帮助。可是我也知道一部文学作品，哪怕是艺术性至高无上的作品，也很难牵着读者的鼻子走。能够看书的读者，他们在生活上、在精神上都已经有一些积累，这些积累可以帮助他们在作品中"各取所需"。任何一个读者的脑筋都不是一张白纸，让人在它上面随意写字。不管我们怎样缺乏纸张，书店里今天仍然有很多文学作品出售，图书馆里出借的小说更多，一个人读了几十、几百本书，他究竟听哪一个作者的话？他总得判断嘛。那就是说他的理智在起作用。每个人都有理智，我这样说，大概不会错吧。我从十一二岁起就看小说，一直到现在我还是文学作品的读者，虽然我同时又是作家。那么照有些人的说法，我的脑子里一定摆开了战场，打得我永无宁日，我一字一句地翻译赫尔岑的《回忆录》，可是我还是我，并没有变成赫尔岑。同样我从四十年代起就翻译屠格涅夫的小说，译来译去，到一九七四年才放手，是不是我就变成了屠格涅夫呢？没有，没有！但是我不能说我不曾受到他们的影响。这是在不知不觉间发生的，即使这就是"潜移默化"，但别人的影响、书本的影响，也还是像食物一样要经过我咀嚼以后消化了才会被接受。不用怕文学作品横冲直闯，它们总得经过三道关口：社会教育、家庭教育和学校教育。只有愚昧无知的人才会随便读到一部作品就全盘接受，因为他头脑空空，

讲真话的书 (1980—1981)

装得下许多东西。但这种人是少有的。那么把一切罪名都推到一部作品身上，未免有点不公平吧。

前些时候有人不满意《伤痕》一类的小说，称之为"伤痕文学"，说是这类揭自己疮疤的作品让人看见我们自己的缺点，损害了国家的名誉。杨振宁教授也曾同我谈过这个问题。那天他来访问，我讲起我在第二十三篇随想中阐明的那种想法："每个中国人都有责任把祖国建设成人间乐园。"他说，他相信百分之九十五以上的海外华人都热爱祖国。他又说他们从伤痕文学中看到祖国的缺点，有点担心。他的意思很明显，有病就得医治，治好了便是恢复健康。我说未治好的伤痕比所谓伤痕文学更厉害、更可怕，我们必须面对现实，不能讳疾忌医。

但直到现在还有人认为只要掩住伤痕不讲，伤痕便可不医自愈，因此不怪自己生疮，却怪别人乱说乱讲。在他们对着一部作品准备拉弦发箭的时候，忽然把文学的作用提得很高。然而一位写了二十多年小说、接着又编写《中国服装史》二十年的老作家到今天还是老两口共用一张小书桌，连一间工作室也没有，在这里文学的作用又大大地降低了。

为什么呢？在精通文学的人看来，可能非常简单，从来就是这样。

但在不懂文学的我却越想越糊涂了。对我来说，文学的路就是探索的路。我还要探索下去。五十几年的探索告诉我：路是人走出来的。我也用不着因为没有给读者指出一条明确的路感到遗憾了。

二月十五日

探索之三
——随想录三十九

去年（一九七九）五月上旬我在巴黎见到当代法国著名画家让·埃利翁先生，他对我国很感兴趣，希望到我国访问并在大城市中举行画展。我们谈得融洽。他和我同年，为庆祝他生日举行的他个人的画展那天下午在蓬皮杜文化中心开幕，我因为日程早已排定无法接受他的邀请，深感遗憾。最近得到朋友们从巴黎来信知道让·埃利翁先生的愿望就要成为现实，他的画展将于今年秋季在我国京沪两地举行。这是一个很好的消息。在上海再见到这位老人听他畅谈访问我国的观感，这对我将是莫大的愉快。不用说，这次画展对我们两国文化的交流也会有大的贡献。

让·埃利翁先生的朋友希望我为画展的目录作序，这是对我的信任和重视，我很感谢他们的好意，但是我终于（终是）辞谢了，因为我拿起笔准备写作的时候发现自己对绘画一无所知。我喜欢画，却不懂画。

同时我喜欢诗，却不懂诗。朋友们送诗给我看，新诗也好，旧诗也好，我看后也可以背上几句，但是意见我一句也提不出。

对小说、散文也是如此。

记得两年多以前一天晚上，有一位青年跑到我家里来，拿出一篇小说要我看后给他提意见。他以为小说不长，不过几千字，看起来不费事，提意见更容易。可是我差一点给逼死了。幸而我的女婿在我家里，他当时还是文艺刊物的编辑，我想起了他，把他叫了出来，解了我的围；他很快就

讲真话的书 （1980—1981）

看完作品提了意见，把客人送走了。

有人不相信，就说："你不是编辑过文学刊物和文学丛书吗？"有这么一回事。不过那些文学期刊都是友人靳以主编的，我只是挂个名，帮忙拉点稿子。丛书呢，我倒编过几种，但也只是把书推荐给读者，请读者做评判员，我自己很少发表意见。

所以到今天我还是一个不懂文学的外行。然而我写文学作品写了五十多年，这也是事实。当然，评论家也可以说它们不是文学作品，一九六七年就有人（甚至有些作家）说它们是"破烂货"，而且我自己反复声明我绝不是为了要做"文学家"才奋笔写作。我写作，因为我在生活。我的小说是我在生活中探索的结果，一部又一部的作品就是我一次又一次的收获。我当时怎样看，怎样想，就怎样写。没有作品问世的时候，也就是我停止探索的时候。

我的探索和一般文学家的探索不同，我从来没有思考过创作方法、表现手法和技巧等等的问题。我想来想去的只是一个问题：怎样生活得更好，或者怎样做一个更好的人，或者怎样对国家、对社会、对人民有贡献。一句话，我写每篇文章都是有所为而写作的。我从未有过无病呻吟的时候，我发表文章，也曾想到它会产生什么样的社会效果。但是我所想望的社会效果与作品实际上产生的常常有所不同，我只是一方面尽力而为，另一方面请读者自己评判。作者本人总想坚持一个原则：不说假话。

但我是不是做到了呢？这很难说。回想起来，我也说过假话，而且不止一次，那就是听信别人讲话不加思考的时候。我还记得一件事情：一九三四年上半年我在上海《中学生》杂志上用"马琴"这个笔名发表了一篇《广州》，是杂志社约我写的地方印象记。文中提到那座可以拆开的海珠桥，我写道，听说这是从瑞士买来的旧桥。一位广东朋友对我这样讲过，我不加考虑，就把他的话抄录在文章里。这句毫无根据的话让当时的广州市政府的人看到了，他们拿出可靠的材料，找发行《中学生》杂志的开明书店交涉。书店无话可说，只好登报道歉，广告费就花去两百多元。

我贩卖假话闯祸的事大概就只有这一件。但我写文章时并不知道这是朋友的信口"随说"。像这样的事以后还有，只是没有闯祸罢了。因此我应当补充一句：坚持不说假话，也很困难。

但是我从来没有想过欺骗读者。我倒愿意拿本来的面目同读者见面，我说把心交给读者，并不是一句空话。我不是以文学成家的人，因此我不妨狂妄地说，我不追求技巧。如果说我在生活中的探索之外，在写作中也有所探索的话，那么几十年来我所有追求的也就是：更明白地、更朴实地表达自己的思想。在旧社会中写作，为了对付审查老爷，我常常挖空心思，转弯抹角，避开老爷们的注意，这是不得已而为之，但这绝不是追求技巧。有人得意地夸耀技巧，他们可能是幸运者。我承认别人的才华，我自己缺少这颗光芒四射的宝石，但是我并不佩服、羡慕人们所谓的"技巧"。当然我也不想把技巧一笔抹杀，因为我没有权利干涉别人把自己装饰得更漂亮。每个人都有权随意化妆。但是对那些装腔作势、信口开河、把死的说成活的、把黑的说成红的这样一种文章我十分讨厌。即使它们用技巧"武装到牙齿"，它们也不过是文章骗子或者骗子文章。这种文章我看得太多了！

三十年代我在北平和一个写文章的朋友谈起文学技巧的问题，我们之间有过小小的争论，他说文学作品或者文章能够流传下去主要是靠技巧，谁会关心几百年前人们的生活！我则认为读者关心的是作品所反映的生活和主人公的命运，我说，技巧是为内容服务的。什么是技巧？我想起一句俗话："熟能生巧。"每个作家都有自己的写作经验。写熟了就有办法掩盖、弥补自己的缺点，突出自己的长处。我那位朋友写文章遣词造句，很有特色，的确是好文章！可是他后来一心一意在文字上下功夫，离开生活去追求技巧，终于钻进牛角尖出不来。当然他不会赞同我的意见，我甚至说艺术的最高境界，是真实，是自然，是无技巧。我还说，生得很美的人并不需要浓妆艳抹，而我的文章就像一个生得奇丑的人，不打扮，看起来倒顺眼些。我不能说服他，他也不能说服我，我们走的是两条不同的探索的路。

　　四十几年过去了，我们两个都还活着，他放弃了文学技巧，改了行，可是取得了新的成绩。我的收获却不大，因为我有一个时期停止了探索，让时光白白地飞逝，我想抓这个抓那个，却什么也不曾抓住。今天坐在书桌前算了算账，除了惭愧外再也讲不出什么。失去了的时间是找不回来的。但是未来还不曾从我的手中飞走，我要抓紧它，我要好好地利用它。我要继续进行我生活中的探索，一直到搁笔的时候。

　　我不能说我的探索是正确的，不！但它是认真的。一九四五年我借一个小说人物的口说明我探索的目标："变得善良些、纯洁些、对别人有用些。"

　　那么我已经做到了？没有，远远没有！所以我今天仍然要说：我不是一个文学家，我也不想做一个艺术家，我只要做一个"善良些、纯洁些、对别人有用些"的人。为了这个，我决不放下我的笔。

二月二十八日

探索之四
——随想录四十

人各有志。即使大家都在探索，目标也不尽相同。你想炫耀技巧，我要打动人心，我看不妨来一个竞赛，读者们会出来充当义务评判员。我在这里不提长官，并非不尊敬长官，只是文学作品的对象是读者。例如我的作品就不是写给长官看的，长官比我懂得多。当然长官也可以作为读者，也有权发表意见，但作者有权采纳或者不采纳，因为读者很多，长官不过其中之一。而作者根据"文责自负"的原则对他的作品负全部责任，他无法把责任推到长官的身上。任何人写文章总是讲他自己的话，阐述他自己的意见，人不是学舌的鹦鹉，也不是录音磁带。前些时候人们常常谈起"长官意志"，我在去年发表的《随想录》中也讲了我对"长官意志"的看法。我认为长官当然有长官的意志。长官的意志也可能常常是正确的。长官也做报告，发表文章。这些报告和文章中所表达的就是长官的意志，而且它们大都是人们学习的材料。我没有理由盲目反对任何长官的意志，可是我无法按照别人的意志写作，哪怕是长官的意志。我有过一些奇怪的经历。五十年代有一份杂志的编辑来向我组稿，要我写一篇报道一位劳动模范的文章，人是编辑同志指定的，是一位技术员，编辑同志给了我一些材料，又陪我去采访他一次。我写好文章，自己看看，平平常常，毫无可取之处，但是到期又不能不把稿子送出去。结果文章不曾在杂志上刊出，编辑同志不好意思退稿，就把文章转给一份日报发表了。今天回想起

讲真话的书 (1980—1981)

来，我觉得编辑的"意志"并不错，错在我按照别人的意志写作。当时我也为这种事情感到苦恼，但是我总摆脱不了它。为什么呢？大概是编辑同志们的组稿技巧常常征服了我吧。这位去了那位来，仿佛组稿的人都是雄辩家，而且都是为一个伟大目标服务的。我无法拒绝他们的要求，也可能是我的思想不解放。我总以为过去所作所为全是个人奋斗、为自己，现在能照刊物的需要办事，就是开始为人民服务。这种想法，我今天觉得很古怪，可是当时我的确这样想、这样做。在"文革"的头三年中我甚至认为让我在作家协会传达室工作也是幸福，可是"四人帮"的爪牙却说我连做这种工作也不配。因此我只好经常暗中背诵但丁的诗篇，想象自己就站在阿刻龙特（Acheronte）河岸上，等着白头发的卡隆（Caron）把我当作"邪恶的鬼魂"渡过去。[①]真是一场但丁式的噩梦啊！

现在大梦已醒，我不再想望在传达室里度过幸福的晚年了。我还是要写作，而且要更勤奋地写作。不用说，我要讲我自己心里的话，表达我自己的意志。有人劝我下笔时小心谨慎，头伸得长些，耳朵放得尖些，多听听行情，多看看风向，说是这样可以少惹是非，平平安安地活到八十、九十。好意可感，让我来试一下，也算是一种探索吧。但这是为聪明人安排的路。我这个无才、无能的人能走吗？

二月二十九日

[①] 见《神曲·地狱篇》第三曲，阿刻龙特是地狱中四条河的第一条，卡隆驾着船过来，大声叫喊："我来引你们到对岸，到永恒的黑暗……"

《春天里的秋天》世界语译本[①]序

《春天里的秋天》是我四十几年前的旧作，书中残留着我青年时期的热情。我叙述了一个朋友和一个少女的悲伤的故事，我替那一代的年轻人鸣冤叫屈，我借用了左拉的名句："J'accuse！"（我控诉！）我那朋友后来成了一个知名的作家，但是在"四人帮"横行的时期遭受迫害悲惨地死去，经过的情形我都写在一九七八年发表的文章里，现在就把它作为本书的附录，纪念我那位不幸的友人。

这小说在我遭受迫害的时候，一九七二年在斯德哥尔摩出版了瑞典文译本。去年在北京刊行的《中国文学》上发表了它的英法两种译文。现在我知道世界语译本就要付印，非常高兴。我的作品译成世界语，这是第一次。二十年代和三十年代我曾经从世界语翻译过或转译过一些文学作品，尤利·巴基的《秋天里的春天》就是其中之一。我把在一九三二年写成的中篇小说称作《春天里的秋天》，就是在译完巴基的小说后，一时高兴这样做的。我甚至照巴基的调子为我的小说写了序文。这说明了那一段时期巴基作品对我的影响。我感谢他，我也感谢世界语。我喜欢世界语。我十八岁开始学习世界语，二十年代我对世界语兴趣最浓。后来因为种种事情我脱离世界语运动将近五十年，今天为这个译本写序，我仍然感觉到世

[①] 一九八〇年北京外文出版社出版。

讲真话的书 (1980—1981)

界语对我有着很大的吸引力。我说过我要为人民友谊的事业贡献出我的晚年，这事业里面也包含着世界语运动吧。

三月二十四日

文学生活五十年
——一九八〇年四月四日在日本东京朝日讲堂讲演会上的讲话

  我是一个不善于讲话的人，极少发表演说，今天破例在这里讲话，只是为了报答日本朋友的友情。我讲友情绝不是使用外交辞令，我在这个词里倾注了深切的感情。友情不是空洞的字眼，它像一根带子把我们的心同日本朋友的心牢牢地拴在一起。想到日本朋友，我无法制止我的激动，我欠了你们一笔友谊的债。我不会忘记"四人帮"对我横加迫害要使我"自行消亡"的时候，日本朋友经常询问我的情况，关心我的安全。而我在被迫与世隔绝的十年中也常常想起同你们在一起度过的愉快日子，从这些回忆中得到安慰。今天我们又在一起欢聚了，我的兴奋和欢欣你们是想得到的。

  我是一个不善于讲话的人，唯其不善于讲话，有思想表达不出，有感情无法倾吐，我才不得不求助于纸笔，让在我心上燃烧的火喷出来，于是我写了小说。

  我不是文学家，但是我写作了五十多年。每个人从不同的道路接近文学。我从小就喜欢读小说，有时甚至废寝忘食，但不是为了学习，而是拿它们消遣。我做梦也想不到自己会成为小说家。我开始写小说，只是为了找寻出路。

  我出身于四川成都一个官僚地主的大家庭，在二三十个所谓"上等人"和二三十个所谓"下等人"中间度过了我的童年，在富裕的环境里我

讲真话的书 （1980—1981）

接触了听差、轿夫们的悲惨生活，在伪善、自私的长辈们的压力下，我听到年轻生命的痛苦呻吟。我感觉到我们的社会出了毛病，我却说不清楚病在什么地方，又怎样医治。我把这个大家庭当作专制的王国，我坐在旧礼教的监牢里，眼看着许多亲近的人在那里挣扎、受苦，没有青春，没有幸福，终于惨痛地死亡。他们都是被腐朽的封建道德、传统观念和两三个人一时的任性杀死的。我离开旧家庭就像摔掉一个可怕的黑影。我二十三岁从上海跑到人地生疏的巴黎，想找寻一条救人、救世，也救自己的道路。说救人救世，未免有些夸大，说救自己，倒是真话。当时的情况是这样：我有感情无法倾吐，有爱憎无处宣泄，好像落在无边的苦海中找不到岸，一颗心无处安放，倘使不能使我的心平静，我就活不下去。一九二七年春天我住在巴黎拉丁区一家小小公寓的五层楼上，一间充满煤气和洋葱味的小屋子里，我寂寞，我痛苦，在阳光难照到的房间里，我想念祖国，想念亲人。在我的祖国正进行着一场革命与反革命的斗争，人民正在遭受屠杀。在巴黎掀起了援救两个意大利工人的运动，他们是萨珂（N.Sacco）和樊塞蒂（B.Vanzetti），他们被诬告为盗窃杀人犯，在美国麻省波士顿的死囚牢中关了六年，在我经常走过的街上到处张贴着为援救他们举行的"演讲会""抗议会"的海报。我读到所谓"犯人"之一的樊塞蒂的"自传"，里面有这样的话："我希望每个家庭都有住宅，每个口都有面包，每个心灵都受到教育，每个人的智慧都有机会发展。"我非常激动，樊塞蒂讲了我心里的话。我的住处就在先贤祠（Pantheon）旁边，我每天都要经过先贤祠，在阴雨的黄昏，我站在卢梭的铜像前，对这位"梦想消灭压迫和不平等"的"日内瓦公民"诉说我的绝望和痛苦。回到寂寞冷静的屋子里，我坐下来求救似的给美国监狱中的死刑囚写信。（回信后来终于来了，樊塞蒂在信中写道："青年是人类的希望。"几个月以后，他给处死在电椅上，五十年后他们两人的冤案才得到昭雪。我在第一本小说《灭亡》的序上称樊塞蒂作我的先生。）就是在这种气氛、这种心情中我听着巴黎圣母院（Notre Dame de Paris）报告时刻的沉重的钟声，开始写下一些类似小说的场面（这是看小说看多了的好处，不然我连类似小说的场面也写不出），让我的痛苦、我的寂寞、我的热情化成一行一行的字留在纸上。我过去的爱和恨，悲哀和欢乐，受苦和同情，希望和挣扎，一齐来到我的笔端。我写得快，我心里燃烧着的火渐渐地灭了，我才能够平静地闭上眼睛。心上的疙瘩给解开了，我得到了拯救。

这以后我一有空就借纸笔倾吐我的感情，安慰我这颗年轻的孤寂的心。第二年我的处女作完成了，八月里我从法国一座小城沙多-吉里把它寄回中国，给一个在上海开明书店工作的朋友，征求他的意见，我打算设法自己印出来，给我的大哥看。（当时印费不贵，我准备翻译一本小说卖给书店，拿到稿费来印这本书。）等到这年底我回到上海，朋友告诉我，我的小说将在《小说月报》上连载，说是这份杂志的代理主编叶圣陶先生看到了它，决定把它介绍给读者。《小说月报》是当时的一种权威杂志，它给我开了路，让我这个不懂文学的人顺利地进入了"文坛"。

我的第一本小说在一九二九年的《小说月报》上连载了四期，单行本同年九月出版。我把它献给我的大哥，在正文前还印了献词，我大哥见到了它。一九三一年我大哥因破产自杀，我就删去了献词。我还为我的大哥写了另一本小说，那就是一九三一年写的《家》，可是小说刚刚在上海一家日报（《时报》）上连载，第二天我便接到他在成都自杀的电报，我的小说他一个字也没有读到。但是通过这小说，许多人了解他的事情，知道封建家庭怎样摧毁了一个年轻有为的生命。我在法国学会了写小说。我忘记不了的老师是卢梭、雨果、左拉和罗曼·罗兰。我学到的是把写作和生活融合在一起，把作家和人融合在一起。我认为作品的最高境界是二者的一致，是作家把心交给读者。我的小说是我在生活中探索的结果，一部又一部的作品就是我一次又一次的收获。我把作品交给读者评判。我本人总想坚持一个原则，不说假话。除了法国老师，我还有俄国的老师亚·赫尔岑、屠格涅夫、托尔斯泰和高尔基。我后来翻译过屠格涅夫的长篇小说《父与子》和《处女地》，翻译过高尔基的早期的短篇，我正在翻译赫尔

讲真话的书 （1980—1981）

岑的回忆录。我还有英国老师狄更斯；我也有日本老师，例如夏目漱石、田山花袋、芥川龙之介、武者小路实笃，特别是有岛武郎，他的作品我读得不多，但我经常背诵有岛的短篇《与幼小者》，尽管我学日文至今没有学会，这个短篇我还是常常背诵。我的中国老师是鲁迅。我的作品里或多或少地存在着这些作家的影响。但是我最主要的一位老师是生活，中国社会生活。我在生活中的感受使我成为作家，我最初还不能驾驭文字，作品中有不少欧化的句子，我边写作，边学习，边修改，一直到今天我还在改自己的文章。

一九二八年底我从法国回国，就在上海定居下来。起初我写一个短篇或者翻译短文向报刊投稿，后来编辑先生们主动地来向我要文章。我和那个在开明书店工作的朋友住在一起，他住楼上，我住楼下。我自小害怕交际，害怕讲话，不愿同外人接洽。外人索稿总是找我的朋友，我也可以保持安静，不让人来打扰。有时我熬一个通宵写好一个短篇，将原稿放在书桌上，朋友早晨上班就把稿子带去。例如短篇《狗》就是这样写成，在《小说月报》上发表的。我在报刊上发表文章越多，来找我组稿的人也越多，我在文学界的朋友也渐渐地多起来了。我在一九三三年就说过："我是靠友情生活到现在的。"最初几年中间我总是埋头写八九个月，然后出去旅行看朋友。我完全靠稿费生活，为了写作，避免为生活奔波，我到四十岁才结婚。我没有家，朋友的家就是我的家，我到各处去看朋友，还写一些"旅途随笔"。有时我也整整一年关在书房里，不停地写作。我自己曾经这样地描写过："每天每夜热情在我的身体内燃烧起来，好像一根鞭子在抽我的心，眼前是无数惨痛的图画，大多数人的受苦和我自己的受苦，它们使我的手颤动。我不停地写着。环境永远是这样单调：在一间宽敞的屋子里，面前是堆满书报和稿纸的方桌，旁边是那几扇送阳光进来的玻璃窗，还有一张破旧的沙发和两个小圆凳。我的手不能制止地迅速在纸上移动，似乎许多、许多人都借着我的手来倾诉他们的痛苦。我忘了自己，忘了周围的一切。我变成了一架写作的机器。我时而蹲在椅子上，时而把头俯在方桌上，或者又站起来走到沙发前面坐下激动地写字。我就这样地写完我的长篇小说《家》和其他的中篇小说。这些作品又使我认识了不少的新朋友，他们鼓励我，逼着我写出更多的小说。"这就是我作为"作家"的一幅自画像。一九三二年在上海发生的战争，使我换了住处，但是我没有改变我的生活方式，也没有停止写作。

一九三四年底我到日本旅行，我喜欢日本小说，想学好日文，在横滨和东京各住了几个月。第二年四月溥仪访问东京，一天半夜里"刑事"们把我带到神田区警察署关了十几个小时，我根据几个月的经历写了三个短篇《神·鬼·人》。我感到遗憾的是我学习日语的劲头也没有了。因此我今天还在收听上海人民广播电台的日语讲座，还不曾学好日语。

这年八月，上海的朋友创办了文化生活出版社，要我回去担任这个出版社的编辑工作。我编了几种丛书，连续二十年中间我分出一部分时间和精力，花在文学书籍的编辑和翻译方面。写作的时间少了些，但青年时期的热情并没有消减，我的笔不允许我休息。一九三七年抗日战争全面爆发后我离开上海去南方，以后又回到上海，又去西南，我的生活方式改变了，我的笔从来不曾停止。我的"激流三部曲"就是这样写完的。我在一个城市给自己刚造好一个简单的"窝"，就被迫空手离开这个城市，随身带一些稿纸。在那些日子我不得不到处奔波，也不得不改变写作方式。在一些地方买一瓶墨水也不容易，我写《憩园》时在皮包里放一锭墨、一支小字笔和一大叠信笺，到了一个地方借一个小碟子，倒点水把墨在碟子上磨几下，便坐下写起来。这使我想起了俄罗斯作家《死魂灵》的作者果戈理在小旅店里写作的情景，我也是走一段路写一段文章，从贵阳旅馆里写起一直到在重庆写完，出版。有一夜在重庆北碚小旅馆里写到《憩园》的末尾，电灯不亮，我找到一小节蜡烛点起来，可是文思未尽，烛油却流光了，我多么希望能再有一节蜡烛让我继续写下去。……

那种日子的确不会再来了。我后来的一部长篇小说《寒夜》，我知道在日本有三种译本，这小说虽然是在战时的重庆开了头，却是在战后回

讲真话的书 （1980—1981）

到上海写成的。有人说这是一本悲观的小说，我自己也称它为"绝望的书"。我描写了一个善良的知识分子的死亡，来控诉旧社会，控诉国民党的腐败的统治。小说的结尾是重庆的寒冷的夜。去年在法国尼斯有一位女读者拿了书来，要我在扉页上写一句话，我就写着："希望这本小说不要给您带来痛苦。"过去有一个时期，我甚至害怕人在我面前提到这本书，但是后来我忽然在旧版日译本《寒夜》的书带上看到"希望的书"这样的话，这对我是多大的鼓励。说得好！黑暗到了尽头，黎明就出现了。

中国人民得到了解放。中华人民共和国成立以后，我开始学习马克思主义（但是我学得很不好）。我想用我这支写惯黑暗和痛苦的笔改写新人新事，歌颂人民的胜利和欢乐。可是我没有充分的时间熟悉新人新事，同时又需要参加一些自己愿意参加的活动，担任一些自己愿意担任的工作。因此作品也写得比较少。有一个时期（一九五二年），我到朝鲜，在中国人民志愿军部队中"深入生活"。第一次接触普通的战士，同他们一起生活，我有些胆怯。一个长期关在书房里的人来到革命军人的大家庭，精神上当然会受到冲击，可是同时我感到温暖。指战员们都没有把我当作外人，仿佛我也是家庭中的成员，而且因为我新近从祖国来，他们对我格外亲热。在这个斗争最尖锐的地方，爱与憎表现得最突出，人们习惯于用具体行动表示自己的感情：可歌可泣的英雄事迹天天都有。这些大部分从中国农村出来的年轻人，他们以吃苦为荣，以多做艰苦的工作为幸福，到了关键时刻，他们争先恐后地献出自己的生命。在这些人面前我感到惭愧，我常常用自己的心比他们的心，我无法制止内心的斗争。我经常想起我一九四五年写《第四病室》的时候，借书中人杨大夫的口说的那句话："变得善良些，纯洁些，对别人有用些。"我爱上了这些人，爱上了这个环境，开始和他们交了朋友，我不再想到写作。我离开以后第二年又再去，因为那些人、那些英雄事迹吸引了我的心。我一共住了一年。第二次回来，还准备再去，但是别的工作拖住了我，我离开斗争的生活，旧习惯又逐渐恢复，熟悉的又逐渐变为生疏，新交的部队朋友又逐渐疏远，甚至联系中断。因此作品写得不多，更谈不上塑造人民英雄的形象。此外，我经常出国访问，发表了不少歌颂人民友谊事业、赞美新社会、新生活的散文。但这些竟然都成为我的"罪证"，在"文化大革命"的十年中作为"大毒草"受到批判，我也被当作"大文霸"和"黑老K"关进了"牛棚"，受到种种精神折磨和人身侮辱，十年中被剥夺了一切公民权利和发表任何文章的自由。

有一个时期我的确相信过迫害我的林彪和"四人帮"以及他们的大小爪牙，我相信他们所宣传的一切，我认为自己是"罪人"，我的书是"毒草"，甘心认罪服罪。我完全否定自己，准备接受改造，重新做人。我还跟大家一起祝过林彪和江青"身体健康，永远健康"。在"十年浩劫"的最初三四年中我甚至决心抛弃写作，认为让我在作家协会上海分会的传达室里当个小职员也是幸福。可是"四人帮"的爪牙却说我连做这种工作也不配，仿佛我写了那些书就犯了滔天大罪一样。今天我自己也感到奇怪，我居然那样听话，诚心诚意地、不以为耻地、卖力气地照他们的训话做。但后来我发现这是一场大骗局，别人在愚弄我，我感到空虚，感到幻灭。这个时期我很可能走上自杀的路，但是我的妻子萧珊在我的身边，她的感情牵系着我的心。而且我也不甘心就这样"自行消亡"。我的头脑又渐渐冷静下来了。我能分析自己，也能分析别人，以后即使受到"游斗"，受到大会批判，我还能够分析、研究那些批判稿，观察那些发言的人。我渐渐地清醒了，我能够独立思考了，我也学会了斗争的艺术。在批斗了七年之后，"四人帮"中的王洪文及他们的党羽马天水、徐景贤、王秀珍等六个人在一九七三年七月忽然宣布"决定"把我的问题作为"人民内部矛盾处理，不戴反革命帽子"，只许我搞点翻译。这样，他们把我打成了"不戴帽子的反革命"。他们把我赶出了文艺界，我也不想要求他们开恩给我一条生路。我找出四十多年前我就准备翻译的亚·赫尔岑的回忆录《往事与随想》，每天翻译几百字，我仿佛同赫尔岑一起在十九世纪俄罗斯的暗夜里行路，我像赫尔岑诅咒沙皇尼古拉一世专制黑暗的统治那样咒骂"四

讲真话的书 （1980—1981）

人帮"的法西斯专政，我坚决相信他们横行霸道的日子不会太久了。我就这样活了下来，看到了"四人帮"的灭亡。我得到了第二次的解放，我又拿起了笔。而且分别了十七年之后我又有权利、有自由和日本朋友友好交谈了。

　　我拿起了笔，我兴奋，我愉快，我觉得面前有广阔的天地，我要写，我要多写。可是留给我的只有几年的时间，我今年已七十六岁。八十岁以前的岁月我必须抓紧，不能让它白白浪费。我制订了五年的计划，我要写两部长篇小说，一部《创作回忆录》，五本《随想录》，翻译亚·赫尔岑的回忆录。十三本中间的两本已经出版了，其中一本就是赫尔岑回忆录的第一册，我还要为其余的十一本书奋斗，我还要避免各种干扰，为争取写作时间奋斗。有人把我当作"社会名流"，给我安排了各种社会活动；有人把我当作等待"抢救"的材料，找我谈话作记录。我却只愿意做一个写到生命的最后一息的作家。写什么呢？我写小说，不一定写真实。但是我要给"十年浩劫"中自己的遭遇、经历作一个总结。那难忘的十年在人类历史上是一件大事，古今中外的作家很少有过这样可怕而又可笑、古怪而又惨痛的经历！我们每个人都给卷了进去，都经受了考验，也都作了表演，今天我回头看自己在十年中间的所作所为和别人的所作所为，实在可笑，实在愚蠢。但当时我却不是这样看法，我常常这样想：倘使我不给自己过去十年的苦难生活作一个总结，认真地解剖自己，真正弄清是非，那么说不定有一天运动一来，我又会变成另一个人，把残忍、野蛮、愚蠢、荒唐看成庄严、正确。这笔心灵上的欠债是赖不掉的，我要写两部长篇，一方面偿还欠债，另一方面结束我五十几年的文学生活。

　　我曾经说过："我是从探索人生出发走上文学道路的。"五十多年中我也有放弃探索的时候；停止探索，我就写不出作品。我开始读小说是为了消遣，但是我开始写小说绝不是为了让读者消遣。我不是一个文学家，我只是把写作当作我的生活的一部分。我的思想有种种的局限性，但是我的态度是严肃的。让·雅克·卢梭是我的启蒙老师，我绝不愿意在作品中说谎。我常常解剖自己。我的生活中充满了矛盾，我的作品里也是这样。爱与憎的冲突、思想与行为的冲突、理智与感情的冲突、理想与现实的冲突……这一切织成了一个网，掩盖了我的全部生活、全部作品。我的每一篇作品都是我追求光明的呼声。我说过："读者的期望就是对我的鞭策。"

我写小说从来没有思考过创作方法、表现手法和技巧等等问题。我想来想去，想的只是一个问题：怎样让人生活得更美好，怎样做一个更好的人，怎样对读者有帮助，对社会、对人民有贡献。我的每篇文章都是有所为而写作的，我从未有过无病呻吟的时候。"四人帮"的爪牙称我的文集为"十四卷邪书"。但是我在那些"邪书"里也曾给读者指出崇高的理想，歌颂高尚的情操。说崇高也许近于夸大，但至少总不是低下吧。不把自己的幸福建筑在别人的痛苦上，爱祖国、爱人民、爱真理、爱正义，为多数人牺牲自己；人不单是靠吃米活着，人活着也不是为了个人的享受。——我在那些作品中阐述的就是这样的思想。一九四四年我在《憩园》中又一次表达了读者对作家的期望："我觉得你们把人们的心拉拢了，让人们互相了解。你们就像是在寒天送炭，在痛苦中送安慰的人。"

一九三五年小说《家》出版后两年我曾经说过："自从我执笔以来就没有停止过对我的敌人的攻击。我的敌人是什么？一切旧的传统观念，一切阻止社会进化和人性发展的不合理的制度，一切摧残爱的势力，它们都是我的最大的敌人。我始终守住我的营垒，并没有作过妥协。"我因为这一段话在"文化大革命"中受到多次的批判。其实在那一段时间里，我倒是作过多次的妥协，即使不是有意的妥协。《家》是我自己喜欢的作品。我自己就是在那样的家庭里长大的，我如实地描写了我的祖父和我的大哥——一个"我说了算"的专制家长和一个逆来顺受的孝顺子弟，还有一些钩心斗角、互相倾轧、损人利己、口是心非的男男女女——我的长辈们，还有那些横遭摧残的年轻生命，还有受苦、受压迫的"奴隶"们。我写这小说，仿佛挖开了我们家的坟墓，我读这小说，仍然受到爱与憎烈火

讲真话的书 （1980—1981）

的煎熬。我又看到了年轻时代的我，多么幼稚！多么单纯！但是我记得法国资产阶级革命家乔治·丹东的话："大胆，大胆，永远大胆！"我明白青春是美丽的，我不愿意做一个任人宰割的牺牲品。我向一个垂死的制度叫出了"我控诉"。我写完了《家》和它的续篇《春》和《秋》，我才完全摆脱了过去黑暗时代的阴影。今天，在我们新中国像高家那样的封建家庭早已绝迹。但是经过"十年浩劫"，封建主义的流毒远远没有肃清，高老太爷的鬼魂仍然到处"徘徊"。我虽然年过古稀、满头白发，但是我还有青年高觉慧那样的燃烧的心和永不衰竭的热情，我要遵守自己的诺言，决不放下手中的笔。

我啰嗦地讲了这许多话，都是讲我自己的事情。我想朋友们更关心的是中国文学界的情况。我该怎么说呢？我说形势大好，四个月前中国作家协会在北京举行了第三次会员代表大会，大会的闭幕词是我作的，里面有一段我引用在这里来结束我的讲话："今天出席这次大会，看到许多新生力量，许多有勇气、有良心、有才华、有责任心、敢想、敢写、创作力极其旺盛的、对祖国和人民充满热爱的青年、中年作家，我仍然感觉到做一个中国作家是很光荣的事情。我快要走到生命的尽头，写作的时间是极其有限了。但是我心灵中仍然燃烧着希望之火，对我们社会主义祖国和我们无比善良的人民，我仍然怀着十分热烈的爱，我要同大家一起，尽自己的职责，永远前进。作为作家，就应当对人民、对历史负责。我现在更加明白：一个正直的、有良心的作家，绝不是一个鼠目寸光、胆小怕事的人。"

一九八〇年四月四日

我和文学

——一九八〇年四月十一日在日本京都"文化讲演会"上的讲话

我不善于讲话,也不习惯发表演说,我一生就没有做过教师。这次来到日本,在东京朝日讲堂谈过一次我五十年的文学生活。这是破例的事,这是为了报答邀请我来访日的朋友们的好意。"文化大革命"中我"靠边"受批判,熟人在路上遇见也不敢相认的时候,日本朋友到处打听我的消息,要求同我见面,很可能问的人多了,"四人帮"才不敢对我下毒手。我始终忘记不了这一件事。为了让日本朋友进一步了解我,我讲了自己的事,我也解剖了自己。

我正是因为不善于讲话,有感情表达不出来,才求助于纸笔,用小说的情景发泄自己的爱和恨,从读者变成了作家。一九二八年在法国写成第一部小说《灭亡》,寄回国内,由朋友介绍在当时的权威杂志《小说月报》上发表。这样我顺利地进入了文坛。

过了一年半载,就用不着我自己写好稿到处投寄,杂志的编辑会找人来向我组稿。我并未学过文学,中文的修养也不高,唯一的长处是小说读得多,古今中外的作品能够到手的就读,读了也不完全忘记,脑子里装了一大堆"杂货"。

我写作一不是为了谋生,二不是为了出名,虽然我也要吃饭,但是我到四十岁才结婚,一个人花不了多少钱。我写作是为着同敌人战斗。那一堆"杂货"可以说是各种各样的武器,我打仗时不管什么武器,只要用得

讲真话的书 （1980—1981）

着，我都用上去。

前两天有一位日本作家问我："你怎么能同时喜欢各种流派的作家和作品呢？"[①]我说，我不是文学家，不属于任何派别，所以我不受限制。那位朋友又问："你明明写了那许多作品，你怎么说不是文学家呢？"我说，唯其不是文学家，我就不受文学规律的限制："我也不怕别人把我赶出文学界。"我的敌人是什么呢？我说过："一切旧的传统观念，一切阻止社会进步和人性发展的不合理的制度，一切摧残爱的努力，它们都是我最大的敌人。"我所有的作品都是写来控诉、揭露、攻击这些敌人的。

从一九二九年到一九四八年这二十年中间，我写得快，也写得多。我觉得有一根鞭子在抽打我的心，又觉得仿佛有什么鬼魂借我的笔为自己申冤一样。我常常同主人公一起哭笑，又常常绝望地乱搔头发。

我说我写作如同在生活，又说作品的最高境界是写作同生活的一致，是作家同人的一致，主要的意思是不说谎。

我最近还在另一个地方说过：艺术的最高境界是无技巧。我几十年前同一位朋友辩论时就说过：长得好看的人用不着浓妆艳抹，而我的文章就像一个丑八怪，不打扮，看起来倒还顺眼些。他说："流传久远的作品是靠文学技巧流传，谁会关心百十年前的生活？"我不同意。我认为打动人心的还是作品中所反映的生活和主人公的命运。这仍然是在反对那些无中生有、混淆黑白的花言巧语。我最恨那些盗名欺世、欺骗读者的谎言。

在最初的二十年中间我写了后来编成十四卷《文集》的长篇、中篇、短篇小说。里面有"激流三部曲"，有《憩园》，有《寒夜》。第二个二十年里面，新中国成立了，一切改变了，我想丢掉我那支写惯黑暗的旧

[①] 日本作家指著名剧作家木下顺二先生，四月六日他和我在东京新大谷饭店三十九层楼上"对谈"了一个上午，因为我四日在东京朝日讲堂发表的《文学生活五十年》的演说中讲到"我也有日本老师，例如夏目漱石、田山花袋、芥川龙之介、武者小路实笃，特别是有岛武郎，他的作品我读得不多，但我经常背诵有岛的短篇《与幼小者》……"他才提出"怎么能同时喜欢各种流派的文学作品"这样的问话。

笔，改写新人新事，可是因为不熟悉新的生活，又不能深入，结果写出来的作品连自己也不满意，而且经常在各种社会活动中花费大量的时间，写作的机会更加少了。

我一次一次地定计划叫嚷要为争取写作时间奋斗。然而计划尚未实现，"文化大革命"来了。我一下子变成了"大文霸""牛鬼蛇神"，经常给揪出去批斗，后来索性由当时"四人帮"在上海的六个负责人王洪文等决定把我打成"不戴帽子的反革命"，赶出文艺界。造反派和"四人帮"的爪牙贴了我几千张大字报，甚至在大马路上贴出大字标语说我是"卖国贼""反革命"，要把我搞臭。张春桥公开宣布，我不能再写作。但是读者有读者自己的看法。张春桥即使有再大的权力也不能把我从读者的心上挖掉。事实是这样，"四人帮"垮台以后，我仍然得到读者的信任。我常说："读者们的期望就是对我的鞭策。"读者们要我写作用不着等待长官批准。"四人帮"倒了，我的书重版，却得到了更多的读者。

我虽然得到了"第二次解放"，究竟白白浪费了将近十年的时间，真是噩梦醒来，人已衰老，我今年七十六岁，可以工作的时间已经不多了。我必须抓紧时间，也抓紧工作。

我制订五年计划，宣布要写八本书（其中包括两部长篇小说），翻译五卷的赫尔岑的回忆录。本来作者写作品用不着到处宣传，写出就行，我大张旗鼓，制造舆论，就是希望别人不要来干扰，让我从容执笔，这是我最后一次为争取写作时间而奋斗。我要奋笔多写。究竟写什么呢？五本《随想录》将是我生活中探索的结果。我要认真思考，根据个人的经验，就文学和生活中的许多问题发表自己的看法。两本小说将反映我自己在"文化大革命"中的遭遇，不一定写真人真事，也写可能发生的事。

我认为那"十年浩劫"在人类历史上是一件大事。不仅和我们有关，我看和全体人类都有关。要是它当时不在中国发生，它以后也会在别处发生。我对一位日本朋友说：我们遭逢了不幸，可是别的国家的朋友免掉了灾难，我们也算是一种反面教材吧。我又说，在这一点上我们也可以引以为骄傲。古今中外的作家，谁有过这种可怕而又可笑、古怪而又惨痛的经历呢？当时中国的作家却很少有一个逃掉。每一个人都做了表演，出了丑，受了伤，甚至献出了生命，但也经受了考验。今天我回头看自己在十年中间的所作所为和别人的所作所为，实在不能理解。我自己仿佛受了催眠一样变得多么幼稚，多么愚蠢，甚至把残酷、荒唐当作严肃、正确。我这样想：要是我不把这十年的苦难生活作一个总结，从彻底解剖自己开始弄清楚当时发生的事情，那么有一天说不定情况一变，我又会中了催眠术无缘无故地变成另外一个人，这太可怕了！这是一笔心灵上的欠债，我必须早日还清。它像一根皮鞭在抽打我的心，仿佛我又遇到五十年前的事情。"写吧，写吧。"好像有一个声音经常在我耳边叫。

于是，我想起了一九四四年我向读者许下的愿，我用读者的口说出对作家们的要求："你们把人们的心拉拢了，让人们互相了解，你们就是在寒天送炭、在痛苦中送安慰的人。"我要写，我要奋笔写下去。首先我要使自己"变得善良些，纯洁些，对别人有用些"。

我快要走到生命的尽头了。我不愿意空着双手离开人世，我要写，我决不停止我的笔，让它点燃火狠狠地烧我自己，到了我烧成灰烬的时候，我的爱、我的恨也不会在人间消失。

一九八〇年四月九日凌晨一时在广岛写完

友 谊
——随想录四十一

随想第四十在《大公报》发表后，我就放下笔访问日本。我在日本朋友中间生活了十六天，日子过得愉快，也过得有意义；看得多，也学到不少；同朋友们谈得多，也谈得融洽。人们说"友情浓于酒"，我这次才明白它的意义。我缺乏海量，因此我经常陶醉，重要的感觉就是心里暖和，心情舒畅。我忘不了两件事情：第一件，我到东京后不久，日本电视台安排小说家水上勉先生同我在新大谷饭店的花园里对谈。对谈从上午九点开始。那是一个很好的晴天，但忽然刮起了风。我们坐在园子里晒太阳，起初相当舒适，后来风大了，负责接待我们的清水正夫先生几次到园子里来，可是他只能站在线外，因为我们正在谈话，录像的工作正在进行。他几次仰头看看风向，匆匆地走了，过一会又跑回来望望我，伸起手辨辨风向，似乎急得没有办法。这一切我都看在眼里，可是我不能对他讲话，我的膝上盖着大衣，还是他先前给我送来的，我没有把大衣穿在身上，只是因为我不愿意打断我们的对谈，即使风吹过来我感到凉意，却也可以对付过去。这一个上午的对谈并不曾使我受凉，见到清水先生我还笑他像一位善于呼风唤雨的法师，后来听说他当天晚上在事务局（接待办公室）的会上作了自我批评，说是既然有风就不该安排在园子里举行对谈。我二十五年前就认识清水先生，当时他带着松山芭蕾舞团第一次访华，在上海文化广场演出舞剧《白毛女》，以后在东京和上海我都见过他，可是少有交谈

讲真话的书 *（1980—1981）*

的机会。他是有名的建筑师，又是松山芭蕾舞团的团长，这一次他领导事务局的工作，成天陪同我们活动，就同我相熟了。他和其他在事务局工作的朋友一样，从清早忙到深夜，任劳任怨。他究竟为了什么呢？难道不是为了友谊！

我再说第二件事：主人作了安排，要我在东京朝日讲堂里宣读一篇讲稿，题目是《文学生活五十年》，规定的时间是四十分钟。我在上海家中写好一篇七千字的讲稿，在北京请人译成日文，一起带到东京。讲演会在四月四日举行，前一天晚上，事务局的朋友建议请作家丰田正子女士在会上念译文。丰田女士是亡友江马修的夫人，也在事务局工作，她一口答应下来。为了念得流畅，取得更好的效果，她熬了一个通宵把译文重新抄写一遍。她又是为了什么呢？还不是为了友谊！

像这样的事情还有不少，我也不想在这里列举了。在一次招待会上我讲过这样的话："当中国作家由于种种原因保持沉默的时候，日本作家井上靖先生、水上勉先生和开高健先生却先后站出来为他们的中国朋友鸣冤叫屈，用淡淡的几笔勾画出一个正直善良的作家的形象，替老舍先生恢复了名誉。……我从日本作家那里学到了交朋友，爱护朋友的道理。"这绝不是说过就忘记的"外交辞令"，我讲的是简单的事实。他们都是为了什么呢？

每天我睡得晚、想得多，我需要解答自己提出的问题。我将心比心，以心换心，我对朋友们讲真话，讲心里的话。我虽然是一个感情不外露的东方人，可是谁触动了我最深的感情，我就掏出自己的心交给他。究竟为了什么？我一直在想。我想得多，但不是想得苦。我越想越是感到心里充实，越想越是觉得一股暖流流遍我的全身。掏出了自己的心，我并不感到空虚，因为我换来了朋友的心。我感到我有两倍的勇气，有两倍的力量。究竟由于什么？我得到回答了：由于友谊。

在日本访问的十六天中我流过两次眼泪。第一次是在羽田机场，我们离开东京去广岛，同朋友们握手告别，一位在事务局工作的年轻姑娘忽然哭出一声，泪珠滚滚地落下，这个时候我也控制不住自己的眼泪；另一次在长崎机场，我们结束了访问从那里动身回国，西园寺公一先生从横滨赶来送行，他的腿关节有毛病，拄着手杖陪我们到机场，我走出候机室的时候，最后一次向着站在平台上的朋友们挥手，忽然看见了西园寺先生、清水先生和其他几位朋友的眼泪，我真想转过身跑回去拥抱他们。但是我没有这样做，我却无声地哭了。我含着泪水上了飞机。我感谢这样的眼泪，它们像春天的雨灌溉了我干枯的心灵，培养了友谊，培养了人间最美好的感情。

从长崎到上海只需要一个半小时，访问结束了，但是友谊将继续发展，流传到子孙万代，即使我的生命很快化为尘土，我那颗火热的心仍然在朋友们中间燃烧。我们的友谊绝不会有结束的时候。

　　　　　　　　　　　　　　　　　　　　　　四月二十四日

春 蚕
—— 随想录四十二

　　我在中国"文坛"上混了五十几年，看样子今后还要混下去，一直到我向人世举行"告别宴会"为止。我在三十年代就一再声明我只是一名"客串"，准备随时搁笔，可是我言行不能一致，始终捏住我那支秃笔不放，无怪乎后来激起了"四人帮"及其爪牙们的"公愤"，他们将我"打翻在地，踏上一脚"，要叫我"永世不得翻身"。他们的确把我赶出了文坛。我自己没有办到的事他们办到了，这也是一件大快人心的事吧。但可惜不多久"四人帮"及其爪牙们忽然无踪无影，我说不出他们躲到哪里去了，不过我知道有不少的人真想一口一口地咬他们身上的肉。

　　由于读者们的宽大，我又回到了文坛。我拿起了被夺去十年的笔，而且参加了中国作家代表团访问阔别十七载的友好邻邦。对日本朋友、对日本读者我也说我不是文学家，我缺乏文学修养，但是我有一颗真诚的心，我把心掏出来交给朋友，交给读者。我对一位日本作家说，我不是文学家，所以我不用管文学上的什么清规戒律。只要读者接受，我的作品就能活下去。文学事业是人民的事业，而且是世界人民的事业，这个事业中也有我的一份。除非我永远闭上眼睛，任何人也不能再一次夺走我的笔。我从日本回来，有人紧张地告诉我某某"首长"作了报告，某某"首长"讲了话。有人担心地问我："你看会不会收？"我笑笑。长官讲话、作报告，都是正常的事。奇怪的是有些作家喜欢伸起头辨风向，伸起鼻子闻闻空气中有什么气味，以便根据风向和气味写文章。这样的作家并不是我们国家的特产，别的国家也有，只是各人的想法不同，在资本主义国家里有的是另一种行情。写文章不动自己的脑筋，却依照上级的指示下笔，其实这种事古已有之，至少我小时候就见过。我父亲在广元县做知县的时候，他就叫人照他的意思写文章，例如送某某太夫人的"寿序"之类。后来民国成立了，我二叔在家开办"律师事务所"，聘请了一位姓郑的书记（当时的确称"书记"），我常常去事务所同他下象棋，我就看见我二叔交给他写应酬文章的任务，二叔怎么说，他就怎么写。在成都正通顺街有我的老家，一九五六年十二月我回到成都，由于亡友李宗林市长的安排，我在我十几岁时的住房窗下徘徊了十多分钟。李宗林同志后来在"文革"期间遭受迫害悲惨死去，与我有关的房屋大概已经拆光。半个多月前我在京都遇见一位日本朋友，他送给我一叠他拍摄的照片，我只认出来一棵树和一口井。就在这个老家里我几十年前读到一本《醉墨山房仅存稿》，那是我的曾祖李璠的遗著，他是做"幕友"从浙江到四川的。倘使我没有记错的话，他的文集里有几篇像《圣寿六旬赋》《徐母李太宜人寿序》这样的文章，都是他替别人写的或者按照他的上级的意志写的作品。我当时读了就起反感，一直保留住这样一种想法：为了吃饭而活着、为了吃饭而写文章是很不幸的事。但我的曾祖并不是一个作家。一九二七年春天我在巴黎开始写小说，我的启蒙老师是《忏悔录》的作者卢梭，我当时一天几次走过他的铜像前，我从他那里学到的是：讲真话，讲自己心里的话。最近我以中国作家的身份访问日本，同日本朋友交谈起来，我讲的仍然是这几句话。日本朋友要我谈我五十年的文学生活，我的经验很简单，很平常。一句话：不说谎，把心交给读者。

我开始写小说的时候，我是一个住在巴黎拉丁区的中国穷学生，我没有长官，也没有上级。今天在探索了五十年之后我虽然伤痕遍体，但是我掏出来交给读者的仍然是那一颗燃烧的心，我只能写我自己心里的话，而且是经过反复思考之后讲出来的话。我从小就喜欢李商隐的一句诗：

讲真话的书 （1980—1981）

"春蚕到死丝方尽。"有人引用时把它改作"春蚕到死丝不断",改得也好。在广元县我母亲带着我两个姐姐养蚕,我看见蚕茧在锅里煮着,还不断地吐出丝来,可见春蚕到死丝也不尽。七十年来这个景象常常浮现在我的脑子里。这一次访问日本,我每天睡得晚,想得多,住在现代化的客房里,我不开电视机,也不听音乐,我默默地坐在扶手椅上深思苦想,给每一天的活动作总结。我们对谈时日本剧作家木下顺二先生向我提出退休的问题,他说在日本像我这样年纪的作家可以放下笔隐居了。他是我的一位老朋友,很可能在半开玩笑,因为同我相熟的几位日本作家比我小不了几岁,今天却仍然十分活跃。木下先生的一句话引起了我不少的回忆。在广岛的废墟上建立起来的豪华旅馆里我写成第二篇讲话稿《我和文学》,回答了木下先生：我绝不放下我的笔。这些时候我一直摆脱不掉锅里蚕茧的景象。我说：我写作一不为吃饭,二不为出名。我藏在心里没有说出来的话是：我是春蚕,吃了桑叶就要吐丝,哪怕放在锅里煮,死了丝还不断,为了给人间添一点温暖。

但是到现在为止蚕只能吐自己的丝,即使是很有本领的现代化养蚕人吧,他也不见得能叫蚕替他吐丝。

现代科学正在迅猛发展,真是前程似锦！一个人倘使不用自己的脑子思索,一个作家倘使不照自己思考写作,不写自己心里的话,那么他一定会让位给机器人,这是可以断言的。

四月二十八日

关于《还魂草》
——创作回忆录之八

那篇关于《龙·虎·狗》的回忆发表后，我收到几封读者和朋友的来信，这事实就说明人们认真地阅读这一类文章，也愿意帮助我弄清楚一些事情。今年四月十四日人民教育出版社印发了一份通知，说："卢芷芬同志反右派运动中被错划为右派的问题……经我社复查并报上级批准已予改正，恢复名誉。并已将其骨灰盒安放到八宝山革命公墓。"沉重的"帽子"总算是给摘掉了，卢先生在泉下也许可以得安息吧。在这之前不久，我接到卢夫人的信，我说的卢夫人就是我听信了流言认为她已经死去甚至称之为"亡灵"的那位女同志。从一九五七年下半年起她靠着"三十几块钱的生活费抚育着三个正在读书的孩子"，"十年浩劫"中又给"逼得走投无路几乎死去"，但终于"咬紧牙关挺过来了"。她在干校期间认识了新的朋友，后来组织了幸福的家庭。

知道"卢夫人"幸福地度着她的晚年，三个孩子都在为祖国的社会主义建设事业尽力，我非常高兴。但是想起卢先生一九六〇年十一月死在北大荒，据说临终"想喝上一碗大米稀粥而不得"，我因为自己在那些年中间的沉默感到羞愧。为了保全自己，我掩盖了身上的伤痕，结果我也受到了旷古未闻的惩罚，我现在才明白这是自找苦吃，怪不了别人。我继续写《创作回忆录》就是偿还我这一笔心灵上的欠债。另一篇关于《火》的回忆却给我引来不幸的消息。我在回忆里提到亡妻萧珊的好友王女士，我带

讲真话的书 （1980—1981）

着同情和尊敬谈起她，我说："她后来结了婚，入了党，解放后当过一个单位的领导干部。"五十年代后期她出差来上海，到我家找过萧珊，萧珊陪她上街买东西，请她在外面吃饭。"文革"期间有人从东北来找萧珊外调，把萧珊叫到里弄居民委员会去谈王在昆明的一些情况。萧珊病故后，来找萧珊的人又向我了解几件事情，说是要给王恢复工作。我相信她已经恢复了名誉，还在文章里"祝她安好"。谁知《关于〈火〉》在香港发表刚刚一个月，我访问日本的前夕，萧珊的一位朋友到旅馆来看我，他也是王的同学，他告诉我王住在北京她"大娘"的家里，最近有个姓杨的女同学去看过她。我从长崎回上海，收到了杨的来信，说："她已成了个活着的死人，只有两条腿不停地移来移去，不停地挫着牙齿，有时发出压抑的怪声音，眼睛发直，上身不会动，不会说话，不会吃喝，下身垫着尿布、塑料布，只能穿两只套腿的棉裤，被子横盖着，不然会给她踢掉。她的爱人摸摸她的脸，摸摸她的脚，也流了眼泪……"一个人给折磨成了这个样子！王已经不是第一个了。我还有什么话可说呢？

现在我谈谈我的中篇小说《还魂草》。为什么我忽然想起了《还魂草》？还不是从"身经百炸"的"卢先生"联想起来的！《还魂草》是控诉敌机滥炸平民的罪行的小说。关于这个中篇我在一九六二年十二月二十六日的日记里写过这样一段话："某某人转来××的信，他认为《还魂草》收在《文学小丛书》内'不太合适'，要我另选。我即复信同意抽去《还魂草》，并说我自己选不出来，只有两个办法：一，《文学小丛书》干脆不收我的作品；二，请他代选几个短篇凑成一本小册子，究竟怎样，由他决定。他的信中有这样一句话：'从爱护你的声誉……'，我看了心里很不好过，说实话，我自己颇喜欢《还魂草》。但是抽出它我也同意，绝无怨言。只是为什么对作家一再提到'声誉'二字呢？真正的作家并不常常想到自己，他重视自己对人民、对读者的责任。我并不在乎所谓的'声誉'，我也不是为'声誉'而写作的。我倒是真心想为人民服务。"我当时的看法是这样，今天的看法也还是这样。不同的是，当时我虽说"并不在乎所谓的'声誉'",其实对"声誉"二字的解释自己还不曾搞清楚,对于"长官"的意见、编辑同志的意见、写"内参"(内部参考)或者写"汇报"的同志的意见我还是重视,甚至害怕的。我同意把自己"颇喜欢"的作品抽去,这就说明我有顾虑,因此我今天还不明白为什么《还魂草》"不太合适"。

从一九六二年到现在我走了多长的路,我像一个平庸的演员跑了十几年的龙套。戏装脱掉,我应当成为我自己了。首先我就得讲自己的话,明明是自己的嘴嘛。我想起了一件事情,我小时候看见我叔父责骂听差,事后我质问他:"明明是你有理,为什么你要认错?"听差说:"少爷,我吃老爷的饭嘛。"我当时很生气,说他"愚蠢"。今天联想到十八年前的日记,我不能不怀疑:难道我也是因为自己吃了出版社的饭?不管怎样,这只是一个开端,后来竟然发展到站在上海巨鹿路作家协会的草地上,对着串联的学生自报罪行:"我在解放前写了十四卷'大毒草'。"一个作家不敢爱护自己的作品,无怪乎他要遭受任何人的践踏了。

现在回到《还魂草》上面来。这小说是在一九四一年第四季度写成的。当时我住在桂林东江路福隆街一座新的木造楼房里。小说家王鲁彦兄住在我的隔壁,他正在编辑《文艺杂志》创刊号,指定我写一篇小说,我就在临街那个房间里写起来。

一九三六年我住在上海狄思威路麦加里朋友索非家的亭子间内,《作家》月刊的主编向我索稿,我就根据亭子间里的见闻编造故事。写了一个短篇《窗下》,是用书信体写的。五年后我在桂林写中篇小说,也用书信体,也想根据自己的见闻编造故事。我写《窗下》控诉日本军国主义的罪行,写《还魂草》也是这样。受信人在什么地方我不曾说清楚,写信人却从上海到了重庆,那就是作者我。小说里写的是我在重庆沙坪坝的一段生活,从雾季写到敌机开始轰炸,写到一个小姑娘和她母亲的死亡。小说中写的都是我真实的见闻,只除了最后短短的一节——第六节,那是根据我离开重庆后在那里发生的"疲劳轰炸"联想起来的。我在沙坪坝过的生活

讲真话的书 （1980—1981）

正如我在小说中写的那样，我写了我生活在其中的那个社会，我写了人和人的关系。奋笔直书的时候，我仿佛在给那段生活作总结，又是在重温旧梦。那几年中间我看见炸死的人太多、太惨，血常常刺痛我的眼睛。不写，我无法使自己沸腾的血平静下来；写，我又不愿意用鲜血淋淋的景象折磨读者。我想起了几个月前在昆明看见的"废园"内的那只泥腿，就把它写进中篇，拿两张席子盖住了两个冤死的人。我对几年来敌机的狂轰滥炸发出了强烈的控诉，用两个女孩的友谊来揭露侵略战争的罪行。《还魂草》（用自己鲜血培养起来的能救活人命的一种草）并不是我国的民间传说，这是我编出来的故事。我开始写作，就想好了这个故事，就决定描写两个友好的小女孩。我住在沙坪坝互生书店楼上时，我的朋友有个小女孩。我在桂林福隆街木房里写小说，隔壁鲁彦家也有一个小女儿，莉莎正是她的名字。有人说我写了重庆的小姑娘，又有人说我写的是桂林的莉莎。我自己说呢，我把两个孩子捏在一起了。

我已经记不起我花了多少时间写成这个中篇，我只能说我写得顺利。我写自己的感情，写我的周围，写我熟悉的人和事，写我追求了一生的友谊，为什么不顺利呢？我又一次和我的人物一起哭笑。今天重读这篇小说，我还不能无动于衷。在轰炸中度过的那无数的日子，在我的作品里给保留下来了。我珍惜它们，我还因为自己写过这些作品而自豪。使我感到后悔的只是一件事：一九六二年十二月编辑同志举出"爱护"我的"声誉"的理由抽出这个中篇的时候，我没有说出我自己的看法，没有站出来替自己的作品辩护。为什么呢？我问自己，我不断地问自己。我不敢深挖下去，那个时候我已经感觉到悬垂在我头上的"达摩克利斯的宝剑"了。我经常做怪梦，在梦中我也在保护自己。一个运动接一个运动，人人自危，何况我们又有"明哲保身"的古训，何况每个人都有妻室儿女、朋友亲戚，得时时提醒自己：不能把别人牵连进去。要为自己的胆小怕事开脱，我可以找到更多的理由，但是人不能对自己说谎，我需要的是真实的答复。在"靠边"期间考虑生死问题的时候，我并没有原谅自己，我甘愿经受更大的处罚,我认为自己跳下了泥坑,只有靠自己努力爬出来。今天我讲出对自己作品的意见,就说明我并没有在泥坑中给淹没掉。

我坐在用木板搭成的楼房里,在用竹子编成的小书桌前埋头写作,窗下有一个小院子,我们后来用竹篱笆围了起来,篱外坡上是一条马路,行人不多,但常常有,不吵闹,却也不太静。我写倦了,有时走出房间,站在走廊上栏杆前,可以看到一两位进城或者回家的熟人。晚上我点起一盏植物油灯,玻璃罩里的火光在我四周聚集了一堆一堆的黑影,我或者转动灯芯,或者拿油瓶来加油,更多的时候是奋笔写下去,写到窗外没有一点声音,写到板壁时时发出叫声,写到油干灯尽,我那颗燃烧的心得到宁静,我才丢开笔倒在床上。在这些长夜里,我的确感觉到我是在用火烧我自己。我写作绝不是为了维护自己的"声誉"。

我在四十年代中出版了几本小说,有长篇、中篇和短篇小说集,短篇集子的标题就叫《小人小事》。我在长篇小说《憩园》里借一位财主的口说:"就是气魄太小!你为什么尽写些小人小事呢?"我其实是欣赏这些小人小事。这一类看不见英雄的小人小事作品大概就是从《还魂草》开始,到《寒夜》才结束,那是一九四六年底的事了。

但是读者并没有摈弃我这些作品。《还魂草》如期交稿,受到编者和读者的欢迎,它反映了当时的社会生活,人物都是在那个小镇上来来往往的人,他们就是那样地混日子;小说还接触到人们关心的问题,而且它不是欺骗读者的谎言。《还魂草》在《文艺杂志》创刊号上发表后,我又为第二期的杂志写了短篇小说《某夫妇》。这也是反轰炸的作品,小说里也有我自己的见闻,例如一九四一年一月我在成都躲警报的经验。失去了丈夫的明方是一个普通的女教师,一个坚强的女人,但她绝不是一个英雄或者模范。我始终认为正是这样的普通人构成我们中华民族的基本力量。任何困难都压不倒中华民族,任何灾难都搞不垮中华民族,主要的力量在于我们的人民,并不在于少数戴大红花的人。四十年代开始我就在探索我们民族力量的源泉,我写了一系列的"小人小事",我也有了一点

讲真话的书　(1980—1981)

理解。其实这样的探索在一九三五年就开始了。我当时住在东京，"在疑惑不安的日子里，在痛苦地担心着祖国命运的日子里"，我翻译了屠格涅夫的散文诗《俄罗斯语言》，在伟大的中华民族的力量中找寻"依靠和支持"。一九五二年我在朝鲜战场上，在中国人民志愿军中间，接触到很多从祖国农村来的青年战士，这些普通人的精神面貌和思想境界打动了我的心。只有在"四人帮"横行的时期，运用各种舆论工具和艺术手段塑造了"八大英雄形象"，我也给迷惑了好一阵子，我甚至承认写小人小事是犯罪，《寒夜》和《还魂草》是"大毒草"。可是后来，骗局揭穿，那些"样板人物"原形毕露，连人间究竟有没有所谓"高、大、全"的英雄也值得怀疑了。谁还相信喊"狼来了"的小孩呢！我的梦也该醒了。想到给浪费掉的那么一大段时间，我真是欲哭无泪。今天翻看四十年代的旧作，我仿佛又坐在小小的竹书桌前不停地动着笔。我多么希望我能够回到那样的年纪，我多么希望我能够写一部像《人到中年》那样的小说。昨天我又在《新华月报》（文摘版）上看到这个中篇，是第三次了，以前在上海的《收获》和天津的《小说月报》上读过它。它使我想到我的中年，使我想到我写小人小事的那个时期。我不止一次地说过："青春是美丽的。"我现在要说："中年更美丽。"我的眼前出现了小说的主人公陆文婷医生。尽管她的情况和我的不同，但她的形象使我感到亲切。今天我对我们社会主义祖国的前途仍然充满信心，就因为我心里有无数的陆医生，这些鞠躬尽瘁、死而后已的普通人的形象。我们的祖国成长、发展、壮大，绝不是由于天天在会场上、在报纸上夸夸其谈的"英雄"，我永远忘不了那些任劳任怨、默默工作、在困难环境中坚守自己岗位的普通人和他们做出来的不是惊天动地的事情。

　　我在谈自己的中篇《还魂草》，一下子动了感情就扯到谌容同志的《人到中年》上面去了，因为《人到中年》讲了我心里的话，给我打开了一个美好的精神世界，我还有那么大的勇气，那么多的力量！对我们祖国，对生活我有那么深切、那么强烈的爱。我真想写，真想奋笔再写二十年啊。但是我已经不可能回到中年了。我读到小说的最后另一个女医生姜亚芬在机场写的那封信，心里翻腾得很厉害，我真愿意献出自己的一切，多么美好的心灵，多么高尚的感情！这就是文学的作用，我自己也需要这样的养料。我去日本的前一天，听说《人到中年》的作者在家中晕倒，我女儿是杂志的编辑，她要去探望谌容同志，我要她带去我的问候，请她保重身体，并且希望她奋笔多写。

美丽的中年，这是成熟的时期，海阔天高，任我翱翔，为了祖国，为了人民，展翅高飞吧。

五月七日

《巴金小说选集》和《巴金散文选集》前记

今年四月我在日本东京发表了一篇讲话谈我的所谓"文学生活"。我在讲话里又一次重复了我在三十年代中说过的几句话:"我的生活中充满了矛盾,我的作品里也是这样,爱与憎的矛盾、思想与行为的矛盾、理智与感情的矛盾、理想与现实的矛盾……这一切织成了一个网,掩盖了我的全部生活、全部作品。我的每一篇作品都是我追求光明的呼声。"我又说:"我是从探索人生出发走上文学道路的。……我绝不愿意在作品中说谎。"

今天回顾过去五十几年的文学生活,我仍然保持着这种想法。固然有一个时期我彻底否定了自己,也否定了我所有的作品,但这绝不是欺骗什么人,我说是做了一场噩梦,或者是中了催眠术。总之,现在我醒了。我又有机会翻看旧作,我认为它们一不是废品,二不是"毒草",当然,它们都不是完美的作品,我也不是经常正确的人,不过我的旧作中还有不少可读的东西,对读者并非毫无益处,它们有权利存在。结果,我编选了两本集子,一本《小说选集》和一本《散文选集》。

收在这两本集子中的每一篇文章都是我过去探索中的收获,也是我一生中追求光明的呼声。说是探索,我不一定得到了珍宝;说是追求光明,我不一定满目阳光。甚至到了今天,我虽然是八旬在望,生活中、写作上仍然充满矛盾,仍然解决不了矛盾,而且现在发生了一个更大的矛盾。我心里有一团火,在熊熊地燃烧;我脑子里不停地响着一个声音:"写吧,快写吧!"我觉得满身波涛般奔腾的感情等待着倾吐,我对祖国对人民有

一九八〇年

多么深的爱！我要写，我要多写，可是我的眼睛昏花，我的手动作迟缓，坐久了我腰酸背痛。在过去那些矛盾之外又加上这个新的矛盾，生与死的矛盾。它似乎比所有其他的更可怕，但是我不怕它。我要奋斗下去。我的火是烧不尽的，我的感情是倾吐不完的，我的爱是永不消失的。一位侨居美国的年轻作家想称我为"与死神赛跑的人"，我不知道她是在开玩笑还是严肃地考虑问题。不过我喜欢这个称号，即使它带点讽刺味道也好。我真愿意同"死神"赛跑，而且我相信我可以胜过它，因为正如我在散文《生》中所说："把个人的命运联系在民族的命运上，将个人的生存放在群体的生存里，群体绵延不绝，能够持续到永久，则个人亦何尝不可以说是永生。"[①]

这就是生的法则，我要遵守这个法则。只要把笔捏在手里，我就能胜过"死神"。这样的集子我以后还要继续编选下去。

五月十五日在上海

[①] 见《巴金散文选集》之《生》，一九三七年八月作。

怀念烈文
——随想录四十三

好久，好久，我就想写一篇文章替一位在清贫中默默死去的朋友揩掉溅在他身上的污泥，可是一直没有动笔，因为我一则害怕麻烦，二则无法摆脱我那种"拖"的习惯。时光水似的一年一年流去，我一个字也没有写出来。今天又在落雨，暮春天气这样冷，我这一生也少见。夜已深，坐在书桌前，接连打两个冷噤，腿发麻，似乎应该去睡了。我坐着不动，仍然在"拖"着。忽然有什么东西烧着我的心，我推开面前摊开的书，埋着头在抽屉里找寻什么，我找出了一份剪报，是一篇复印的文章。"黎烈文先生丧礼……"这几个字迎面打在我的眼睛上，我痛了一阵子，但是我清醒了。这材料明明是我向别人要来的，我曾经想过我多么需要它，可是我让它毫无用处地在抽屉里睡上好几个月，仿佛完全忘了它。我也很可能让它再睡下去，一直到给扔进字纸篓送到废品回收站，倘使不是这深夜我忽然把它找了出来。

我过去常说我这一生充满着矛盾，这还是在美化自己，其实我身上充满了缺点和惰性。我从小就会"拖"和"混"，要是我不曾咬紧牙关跟自己斗争，我什么事也做不成，更不用说写小说了。那么我怎么会在深夜找出这份关于亡友的材料呢？可以用我在前一篇《随想》里引用过的一句话来解释："我从日本作家、日本朋友那里学到了交朋友、爱护朋友的道理。"当初讲了这句话，我似乎感到轻松，回国以后它却不断地烧我的心。我作访日总结的时候并没有提起这样一个重大的收获,可是静下来我老是在想:我究竟得到什么,又拿出了什么;我是怎样交朋友,又怎样爱护朋友。想下去我只是感到良心的谴责,坐立不安。于是我找出了放在抽屉里的那份材料。

是这么一回事。我记不清楚了,是在什么人的文章里,还是在文章的注释里,或者是在鲁迅先生著作的注解中,有人写道:"曾经是鲁迅友好的黎烈文后来堕落成为'反动文人'"。我偶然看到了这句话,我不同意这样随便地给别人戴帽子,我虽然多少知道一点黎的为人和他的情况,可是我手边没有材料可以说清楚黎的事情,因此我也就不曾站出来替他讲一句公道话(那时他还活着,还是台湾大学的一位教授)。这样,流言(我只好说它是"流言")就继续传播下去,到了"四人帮"横行的时期,到处编印鲁迅先生的文选,注释中少不了"反动文人黎烈文"一类的字句,这个时候我连"不同意"的思想也没有了,我自己也给戴上了"反动学术权威"的帽子。我看到鲁迅先生的作品选集就紧张起来,仿佛又给揪到批判会上,有人抓住我的头发往上拉,让台下的听众可以看到我的脸。这就是使我感到奇耻大辱的两种"示众法"。它们的确让我受到深刻的教育。只有身历其境,才懂得是甘是苦。自己尝够戴帽子的滋味,对别人该不该戴帽子就不会漠不关心;自己身上给投掷了污泥,就不能不想起替朋友揩掉浊水。所以我的问题初步解决以后,有一次"奉命"写什么与鲁迅先生有关的材料,谈到黎烈文的事情,我就说据我所知黎烈文并不是"反动文人"。我在一九四七年初夏,到过台北,去过黎家,黎的夫人、他前妻的儿子都是我的熟人。黎当时只是一个普通的教授,在台湾大学教书,并不受重视,生活也不宽裕。我同他闲谈半天,雨田(黎太太)也参加我们的谈话,他并未发表过反动的意见。他是抗战胜利后就从福建到台北去工作的,起初在报馆当二三把手,不久由于得罪上级丢了官,就到台湾大学。课不多,课外仍然从事翻译工作,介绍法国作家的作品,其中如梅里美的短篇集就是交给我编在《译文丛书》里出版的。雨田也搞点翻译,偶

讲真话的书 （1980—1981）

尔写一两篇小说。我离开台北回上海后，烈文、雨田常有信来，到上海解放，我们之间音信才中断。我记得一九四九年四月初马宗融在上海病故，黎还从台北寄了一首挽诗来，大概是七绝吧，其中一句是"正值南天未曙时"，语意十分明显。一九四七年黎还到过上海，是在我去过台北之后，住了半个多月，回去以后还来信说："这次在沪无忧无虑过了三星期，得与许多老朋友会见，非常痛快。"他常到我家来，我们谈话没有拘束，我常常同他开玩笑，难得看见他发脾气。三十年代我和靳以谈起烈文，我就说同他相处并不难，他不掩盖缺点，不打扮自己，有什么主意、什么想法，都会暴露出来。有什么丢脸的事他也并不隐瞒，你批评他，他只是微微一笑。就是这样一个人，我始终没有发现他有过反动的言行，怎么能相信或者同意说他是"反动文人"呢？

不用说，我的意见没有受到重视，因为在我的身上还留着别人投掷的污泥；而且要给一个人平反、恢复名誉，正如我们的一句常用语："要有一个过程"，也就是说要先办一些手续，要得到一些人的同意，可是谁来管这种事呢？

不久我就听说烈文病故，身后萧条，但也只是听说而已。一九七八年我到北京开会，遇见一位在报社工作的朋友，听他谈起雨田的情况，我才知道烈文早在一九七二年十一月就已离开人世，雨田带着孩子艰苦地过着日子，却表现得十分坚强。我托朋友给我找一点关于他们的材料，并没有结果。后来我偶尔看到几本香港出版的刊物，有文章介绍台湾出来的作家，他们都用尊敬的口气谈起他们在台大的"黎烈文老师"，这件事给我留下深的印象。去年有一位年轻的华侨作家到我家来访问，我提起黎的名字，她说他们都尊敬他，她答应寄一篇文章给我看。她回到美国不久文章果然寄来了，就是那篇《黎烈文先生丧礼所见》。我收到它的当时没有能认真地阅读就给别的事情打岔，只好拿它匆匆塞进抽屉里。以后想起来翻看过一次，也有较深的印象，但还是无法解决杂七杂八的事情的干扰，过两天印象减淡，很快就给挤进"遗忘"里去了。在"四害"横行之前十几年中间我也常常像这样地"混"着日子,不以为怪。在"四人帮"垮台之后再这样地"混"日子,我就渐渐地感到不习惯,感到不舒服了。我的心开始反抗,它不让我再"混"下去。早已被我忘却了的亡友的面貌又出现在我的眼前。于是我开了抽屉,不仅是打开抽屉,我打开了我的心。

我和烈文第一次见面是在一九三三年,他还在编辑《申报》的《自由谈》副刊。他托人向我约稿,我寄了稿去,后来我们就认识了。但是我和他成为朋友却是在一九三五年年尾,我从日本回来担任文化生活出版社编辑工作的时期。到了一九三六年下半年我们就相熟到无话不谈了。那时几个熟人都在编辑文学杂志,在《作家》(孟十还主编)、《译文》(黄源主编)、《文季月刊》(靳以主编)之后,烈文主编的《中流》半月刊也创刊了。这些人对文学和政治的看法并不是完全一致,但是我们有一个共同的感情,就是对鲁迅先生的敬爱。烈文和黄源常去鲁迅先生家,他们在不同的时间里看望先生,出来常常对我谈先生的情况,我有什么话也请他们转告先生。据我所知,他们两位当时都得到先生的信任,尤其是烈文。鲁迅先生从来不发号施令,也不向谁训话,可是我们都尊重他的意见。先生不参加"文艺家协会",我们也不参加,我还有个人的原因:我不习惯出头露面,不愿意参加社会活动。

"文艺家协会"发表了一份宣言,不少的作家签了名。鲁迅先生身体不好,没有能出来讲话,我们也没有机会公开表示我们对抗日救亡的态度。有一天下午烈文同我闲谈,都认为最好我们也发一个宣言,他要我起草,我推他动笔,第二天我们碰头,各人都拿出一份稿子,彼此谦让一阵,烈文就带着两份稿子去见鲁迅先生。他在先生那里把它们合并成一份,请先生签上名字,又加上《中国文艺工作者宣言》这个标题,再由他抄录几份,交给熟人主编的刊物《作家》《译文》《文季月刊》分头找人签名后发表出来,因此各个刊物上签名的人数和顺序并不相同。这就是《宣言》"出笼"("文革"期间习用的语言)的经过,可以说这件事是他促成的。

讲真话的书 （1980—1981）

过三个多月鲁迅先生离开了我们，我和烈文都在治丧处工作，整天待在万国殡仪馆，晚上回家之前总要在先生棺前站立一会，望着玻璃棺盖下面那张我们熟悉的脸。或者是烈文，或者是另一个朋友无可奈何地说一声："走吧。"这声音我今天还记得。后来我们抬着棺木上灵车，我们抬着棺木到墓穴，有人拍了一些照片，其中有把我和烈文一起拍出来的，这大概是我们在一起拍的唯一的照片了，而且我也只是在当时的报刊上看见，那些情景今天仍然鲜明地留在我的脑子里。

这以后又过了两个月，在上海出版的十三种期刊，被国民党政府用一纸禁令同时查封了。其中有《作家》和《文季月刊》。《中流》半月刊创刊不久，没有给刀斧砍掉，烈文仍然在他家里默默地埋头工作，此外还要照顾他那无母的孩子。刊物在发展，读者在增多，编辑工作之外他还在搞翻译，出版不久的《冰岛渔夫》受到越来越多的读者的注意。但是不到一年，"八一三"日军侵犯上海，全面抗战已爆发，刊物停顿，他也待不下去，我们在一起编了两三期《呐喊》之后，他就带着孩子回到湖南家乡去了。第二年三月靳以和我经香港去广州，他还到香港同我们聚了两天。下次我再看见他却是十年以后了，靳以倒在福建见过他，而且和他同过事，就是说为他主持的改进出版社编过一种文艺杂志。因此我后来从靳以那里和从别的朋友那里知道一点他的情况。他做了官，但官气不多，思想也还不是官方的思想。我也在《改进文艺》上发表过小说。

烈文就这样一直待在福建。抗战胜利后陈仪去台湾，他也到了那里，在报社工作。他相信做过鲁迅先生的同学又做过国民党福建省主席和台湾省行政长官的陈仪，后来他得罪了报社的上级，丢了官，陈仪也不理他了。他怀着满腹牢骚到台湾大学教几小时的课，他在给我的信中一则说："我也穷得厉害。"再则说："这半年来在台北所受的痛苦，特别是精神方面的，这次都和朱洗痛快地说了。"他还说："我一时既不能离开台北，只好到训练团去教点课……"他又说："训练团也浑蛋，（信）既不转给我，也不退还邮局，一直搁在那边。"五十年代初期连陈仪也因为对蒋介石"不忠"在台北给枪毙了。后来我又听到黎烈文牵连在什么要求民主的案件里被逮捕的流言。又过若干年我得到了关于他的比较可靠的消息：患病死亡。

但是我怎样给亡友摘去那顶沉重的"反动文人"的帽子，揩去溅在他身上的污泥浊水呢？

感谢那位远道来访的女士，她从海外寄来我需要的材料，过去在台北期刊上发表的文章，一篇很普通的文章，叙述和感想，只有短短的四页。没有装饰，没有颂扬，似乎也没有假话，但是朴素的文字使我回想起我曾经认识的那个人。我抄录几段话在下面：

"很少的几副挽联和有限的几只花圈、花篮也都是那些生前的老友和学生送的。"

"他躺在棺木中，蜡黄的面孔似乎没有经过化妆。……只有少数要送葬到墓地的人陪着哀伤的台静农先生谈论黎先生的事迹。""黎先生就这样走了，平日里他埋头写作，不求闻达；死了以后仍然是冷冷静静地走上他最后一段路程。""……晚报报道黎先生卧病的消息以后，曾经有些机关派人前往黎府送钱，但深知黎先生为人的黎太太怎样说也不接受。……我觉得这正是黎先生'不多取一分不属于自己的东西'的风范。"

我仿佛也参加了老朋友的葬礼，我仿佛看见他"冷冷静静地走上他最后一段路程"。长时期的分离并不曾在我们之间划一道沟，一直到死他还是我所认识的黎烈文。

"埋头写作，不求闻达"，这是他从福建的那段生活中，从到台湾初期碰钉子的生活中得到的一点教训吧，我起初是这样想的，但接着我便想起来：三十年代在上海他不也就是这样吗？那么我可以这样说吧：有一段时期他丢开了写作，结果他得到了惩罚。但最后二十几年中他是忠于自己的，因此在他工作过的地方出现了许多"从黎先生那里直接间接获得很多东西的文化界人士"。

用不着我替死者摘帽，用不着我替他揩拭污泥，泥水四溅、帽子乱

讲真话的书　(1980—1981)

飞的日子是一去不复返的了。那一笔算不清的糊涂账就让它给扔到火里去吧。在那种时候给戴上一顶"反动"的帽子是不幸的事，但是不给戴上帽子也不见得就是幸运。一九五七年我不曾给戴上"右派"帽子，却写了一些自己感到脸红的反"右"文章，并没有人强迫我写，但是阵线分明，有人一再约稿，怎么可以拒绝！"文革"期间我"靠边"早，没有资格批判别人，因此今天欠债较少。当然现在还有另一种人，今天指东，明天指西，今年当面训斥，明年点头微笑，仿佛他一贯正确，好像他说话从不算数。人说"盖棺论定"，如今连这句古话也没有人相信了。有的人多年的沉冤得到昭雪，可是骨头却不知道给抛到了什么地方；有的人的骨灰盒"庄严地"放在八宝山公墓，但在群众的心目中他却是无恶不作的坏人。我不断地解剖自己，也不断地观察别人，我意外地发现有些年轻人比我悲观，在他们的脑子里戴帽或摘帽、溅不溅污泥都是一样。再没有比"没有信仰""没有理想"更可悲的了！

　　我不能不想起那位在遥远地方死去的亡友。我没有向他的遗体告别，但是他的言行深深地印在我的心上。"埋头写作，不求闻达"，"不多取一分不属于自己的东西"，这应当是他的遗言吧。

　　只要有具体的言行在，任何花言巧语都损害不了一个好人，黑白毕竟是混淆不了的。

五月二十四日

访问广岛
——随想录四十四

这次访问日本，我实现了二十年的心愿：我到了广岛。一九六一年樱花开放的时节我在镰仓和光旅馆里会见了年轻的小说家有吉佐和子女士，听她谈了一些广岛的故事，关于那个地方的每一句话都深深地印在我的心上。从这一天起我就在想：要是我什么时候到广岛去看看那多好。一九六一年我没有能去，一九六二年我到东京出席禁止原子弹、氢弹世界大会，我以为这一次可以看到广岛了，可是出席大会的一部分人动身去广岛的时候，我要留在东京继续开会。杨朔同志是去了的，我多么羡慕他，我请他带一样纪念品给我，他带回来一札明信片，我把它们当作珍品收藏着。一九六三年我又有访日的机会，我把广岛的明信片带在身边，我兴奋地想大概可以去广岛了，我和同行的人谈起，他们的反应并不强烈，主人也没有做这方面的安排，结果我白白做了一场梦。再过三年连那一札明信片也给拿走了。在"牛棚"里，除了"改造"二字外什么也不敢想。日子久了，思想活动了些，在干校的不眠的寒夜里我回想起同日本朋友欢聚的日子，我仿佛又在东京秋田家同中岛健藏先生一起喝清酒，同木下顺二先生在箱根喝茅台，我感到了温暖和安慰，终于沉沉地睡去了。那个时候我正准备等到自己的改造有了成绩回到上海作家协会传达室当一个看门人，我以为今生今世不会再踏上日本的土地了。我也不敢再做广岛的梦，因为一提到广岛，我便想起杨朔同志的悲剧的死亡。

讲真话的书 （1980—1981）

十七年似梦非梦地过去了，我早已从"牛"又变回到人，而且接受了访日的邀请。主人问起有什么要求，我提出了去广岛的愿望，我想这是最后的机会，再过两年我连出门也会有困难，更说不上去远方。

我这个要求得到了满足。在羽田机场辞别了东京的朋友走进机舱坐定以后，我频频地揩着眼睛：朋友们的眼泪引出了我的泪水。飞机平稳地前进，我望着下面的云海……

我为什么这样激动？我的思想为什么这样厉害地翻腾？为什么二十年来我一直忘不了这个地方？我走下舷梯，机场上一片阳光，我的心平静了，迎接我的是一片繁荣的景象。我的思路清楚了，二十年来，不，不止二十年，应当说三十五年来，我一直关心广岛人的命运，我读过关于广岛的书和新闻报道，我也听人谈过广岛的事情，包括种种不真实的流言。五十年代后期我意外地翻看了一本当时身受其害的医院院长的日记，有几天睡不好觉。三十五年来我就是这样想：他们遭受了多么大的痛苦和不幸，他们应当生活得好一些、幸福些。这大概就是我这个理想主义者的正义观吧。三十五年中间我并非时时刻刻都想着这个遥远城市发生过的大悲剧，想的时候并不太多。但是每一想起广岛，我就受到那个愿望的折磨，我多么想亲眼看看广岛人（包括当时的幸存者）今天的生活！

现在我终于用自己的眼睛看到了。我生活在广岛人的中间。我呼吸着少尘土的清洁空气。在安静、宽敞的现代化旅馆里住下来以后，我们去的第一个地方就是在原子弹爆炸中心的废墟上建设起来的和平公园，我们把鲜花扎成的花圈放在悼念受难者的慰灵碑前，站在那里默哀行礼。是在一个明媚的春天的下午，公园里绿草如茵，樱花盛开，孩子们在草地上游戏，不停地发出欢笑。成群的鸽子从容地在草间找食物，同孩子们友好地在一起。马鞍形大纪念碑下面有一个石箱，箱里存放死者的姓名簿，箱上有三行文字，译成中文就是："安息吧，过去的错误不会再犯了。"这碑文据说是广岛大学一位教授在一九五二年写的。我默念着碑文，我的脑子里闪现了三十五年前那些可怕的情景，我又看到了蜂谷院长日记中所描绘的一切，我不敢搅动这一池记忆的黑水，但是我什么也没有忘记，我的耳边仿佛响起了许多人的声音："水，水，给我水！"我的嘴也干了。我转过身，本地记者拉住我问话的时候，我差一点发不出声音来。四周都是水池，要是在一九四五年八月，我就会俯下身去喝水了。

三十五年前这里曾经是一片火海，今天面对着慰灵碑我还有口干的感觉。抬起头我望见了当年产业奖励馆遗留下来的骷髅般圆顶建筑物，这是唯一的旧时代的遗迹，只有它是人类历史上这个大悲剧的见证。在慰灵碑后面隔着水池便是"和平之灯"，两只象征性的大手捧着一只杯形的火炬，火是一九六四年八月一日点起来的，而且要燃下去，一直到世界上没有了核武器的时候。火熊熊地燃着，池子里现出火炬的倒影。火在水里燃烧！这不灭的火就是广岛人对和平的热烈愿望。

千羽鹤纪念碑下面挂着全国儿童折好送来的无数的纸鹤，我取下一只蓝色硬纸折成的小仙鹤放在袋里带回中国，可是今天我却找不到它了。难道它飞回了广岛？纪念碑是为了悼念受害的学生和儿童建立的，是全国儿童捐款建造的。碑的顶上立着一个小女孩，高高举起一只纸折的仙鹤。流传着这样一个故事：一个两岁小女孩当时受到原子辐射，十年后发了病，她根据过去的传说，相信自己折好一千只纸鹤，就能得到幸福，恢复健康。她在病床上一天一天地折下去。她想活。她不仅折到一千只，而且折到了一千三百只。但是她死了。和平纪念资料馆就在前面，在那里我们停留的时间不长，因为接下去还有别的活动。我只是匆匆地看了几个部分，那些鲜血淋淋的"资料"我早已熟悉，而且从未遗忘。我这次不是来挖开记忆的坟墓，找寻痛苦的。我走过和平大道，两旁葱郁的树林是从日本各地送来的；我看见许多健康活泼的广岛儿童，在他们周围开放着美丽的鲜花，它们是世界各大城市儿童送来的礼物。我在广岛看到的是活力和生命。资料馆里一位负责人给我们解释三十五年前的事情，他当时是小学生，手上还留着损害的痕迹，但是他一直坚强地工作，我不愿用惨痛的回忆折磨他。同他握手告别的时候，我觉得有许多根针在刺我的心。主人要

讲真话的书　(1980—1981)

我在留言簿上写下自己的感想，我用不太灵活的手指捏紧日本的"软笔"写了下面的两行：

全世界人民绝不容许再发生一九四五年八月六日的悲剧。
世界和平万岁。

这两行文字并不曾表达出我复杂的思想感情。静夜里我在大饭店十二层楼窗前一把靠背椅上坐了好久，没有一点噪音来干扰，我想起许多事情。我想到了我们的"十年浩劫"——人类历史上另一个大悲剧。我不由自主地低声念起了慰灵碑上那一句碑文："安息吧，过去的错误不会再犯了。"眼前浮现了杨朔同志的面貌、老舍同志的面貌、我爱人萧珊的面貌……我的眼睛润湿了。我坐到靠墙的小书桌前写我四天后在京都"文化讲演会"上的讲话稿《我和文学》。

这一夜我只写成讲话稿的大半。第二天上午我们游览了风景如画的宫岛，在旧日的市街上悠闲地散步，用食物喂鹿，鹿像熟人一样亲切地扑到我的身上来。路旁樱花开得十分绚丽，我在东京只看到初放的花朵。天气好，空气格外清新，浅蓝色的天空，深蓝色的濑户内海……在短短的一个上午我们无法欣赏有名的宫岛八景，但是海中屹立的红色大华表和八百年前的古建筑物好像浮在海上似的，华丽而优雅的严岛神社长留在我的记忆里。

然后我们坐船回去，到东洋工业的招待所休息，下午我们参观了这个产量居世界第十位的汽车工厂，我们看了两个车间。我对汽车工业一无所知，但是工厂十分整洁，车间劳动紧张而有秩序，在这里亲眼看到了广岛人出色的劳动成果。出了工厂，车子驰过繁华、清洁的街道，一座一座的高架桥从我们的头上过去，茂盛的树木，整齐的楼房，身体健壮的行人……这一切和蘑菇云、和火海、和黑雨怎么能连在一起呢？我疑心自己在做梦。

晚上八点我辞别了主人回到十二楼的房间。在广岛的访问已经结束，明天一早我们就要乘"新干线"去京都了。我又在窗前的靠背椅上坐下来，开始了我的思想上的旅行。就这样离开广岛，我不能没有留恋，说实话，我爱上了这个美丽的"水城"。就只有短短的一天半的时间，我没有访问幸存者的家庭和受害者的家属，也不曾到原子弹医院去慰问病人，我感到遗憾。但是我找到了我寻求的东西，在宴会上我对新认识的广岛朋友说："我看见了广岛人在废墟上建设起来的繁荣、美丽的现代化城市，我看见了和平力量和建设力量的巨大胜利。"我带着无限的同情来广岛，我将怀着极大的尊敬同它告别，一切梦魇似的流言都消失了，我又一次认识到无比坚强的人民力量。我不是白白地来一趟，我对未来的信念在这里得到了充实和加强。

城市怎么这样静！夜怎么这样静！我的思想就像高速公路上的汽车那样飞奔，忽然停了下来，好像给前面的车辆堵住了一样，我几乎要叫出声来："敬爱的广岛人，我感谢你们，我永远怀念你们。"坐在静静的窗前，我仍然感觉到那股任何原子武器、核武器所摧毁不了的人民力量。它在动，它在向前。

于是我想起昨夜留下来的未完的讲话稿，已经夜深了，可是有什么力量在推动我，也许就是我常说的那种火在烧我自己吧，我移坐到小书桌前，一口气写完了它。一共不到三千字，我又立下了一个心愿：给自己的十年苦难做一个总结。公园里两只大手捧着的火炬在我的眼前时隐时现，我不会忘记这不灭的火。为了使十年的大悲剧不会再发生，也需要全国人民坚决的努力，让我们也燃起我们的灯，要子孙后代永记住这个惨痛的教训。

六月五日

灌输和宣传（探索之五）
——随想录四十五

我听到一些关于某一本书，或者某一首诗，或者某一篇文章的不同意见，也听到什么人传达的某一位权威人士的谈话，还听到某些人私下的吱吱喳喳，一会儿说这本书读后叫人精神不振，一会儿批评那篇小说替反面人物开脱，或者说这部作品格调不高，或者说那篇小说调子低沉。还有人制造舆论，说要批判某某作品，使作者经常感到威胁。

我动身去日本前在北京先后见到两位有理想、有才华的比较年轻的作家，我劝她们不要紧张，我说自从一九二九年我发表《灭亡》以来，受到的责骂实在不少，可是我并没有给谁骂死。

任何一部文学作品，只要不是朝生暮死的东西，总会让一些人喜欢，让另一些人讨厌。人的爱好也有各种各样。但好的作品经受得住时间的考验。

一部作品有不少的读者，每一个读者有自己的看法。你一个人不能代替大多数的读者，也不能代表大多数的读者，除非你说服了他们，让他们全相信你，听你指挥。即使做到这样，你也不能保证，他们的思路同你的思路完全一样，也就是说他们的思想和你的思想一直在同样的轨道上进行。要把自己的思想强加给别人实在困难，结果不是给扔在垃圾箱里，就是完全走了样。"文革"初期我很想把我的思想灌输到我儿子的脑子里，这些思想是批判会上别人批斗的成果，我给说服了，我开始宣传它们。可是，被我儿子一顶，我自己也讲不清楚了，当时我的爱人还在旁边批评儿子，说"对父亲应当有礼貌"。今天回想起来我过去好像受了催眠术一样，这说明我并未真被"说服"。根据我的经验，灌输、强加、宣传等等的效果不一定都很大，特别是有这类好心的人常常习惯于"从主观愿望出发"。以为"我"做了工作，讲了话，你总该被说服了，不管你有什么想法，不管你是否听懂了"我"的话，不管你的情况怎样，总之，"我"说了你就得照办。而结果呢，很少人照办，或者很少人认真照办，或者不少人"阳奉阴违"。而这个"我"也就真的"说了算"了。

我过去也常常想用我的感情去打动别人，用我的思想去说服别人。我也做过灌输、宣传的事情，至少我有这种想法，不过我的方式和前面所说的不同，因为我无权无势，讲话不受重视，想制造舆论又缺少宣传工具。我的唯一办法就是在自己的作品书前写序、写小引、写前记，书后写后记、写附记、写跋。我从不放过在作品以外说话的机会，我反复说明，一再提醒读者我的用意在什么地方。过了相当长的时期以后，我开始怀疑这样"灌输"是不是徒劳。我才想起自己读过一些中外名著，除了作品本身以外，什么前言后记，我脑子里一点影子也没有。我这时才发现我读别人的书常常避开序文、前记。我拿到一本印有译者或者专家写的长序的西方文学名著，我不会在长序上花费时间。正相反，我对它有反感：难道我自己就不能思考，一定要你代劳？我后来发觉不仅是我，许多人都不看作品以外的前言后记（做研究工作的人除外）。使我感到滑稽的是一家出版社翻印了《红楼梦》，前面加了一篇序或者代序，有意帮助读者正确地对待这部名著；过了若干年书重版了，换上一篇序，是另一个人写的，把前一个人痛骂一顿；又过若干年书重印，序又换了，骂人的人也错了，不错的还是出版社，他们不论指东或者指西，永远帮助读者"正确对待"中外名著。类似的事情不会少。我再举一件，我在另一家出版社出过一本关于中国人民志愿军在朝鲜的英雄事迹的通讯报道，"文革"期间出版社给砸烂了，这本书被认为是宣传和平主义的"大毒草"，后来出版社恢复，

讲真话的书　（1980—1981）

检查过去出版的图书，我那本书也被列在销毁的名单内。究竟它是不是宣传和平主义，我至今还不明白。其实不仅是那本书，我在朝鲜战地写的那些通讯报道、散文特写，我回国后写的反映战士生活的短篇小说都受到了批评，说它们渲染战争恐怖、有意让英雄死亡，说它们是鼓吹和平主义的"反动战争文学"。主持批判的是穿军装的人，发言的也是穿军装的人，他们是"支左"的"军代表"，在这个问题上他们是权威。批判的重点是小说《团圆》和根据它改编摄制的影片《英雄儿女》，人们甚至拿它同《一个人的遭遇》相比。

《英雄儿女》的回忆使我哭笑不得，一九六六年十一月我被抄家后两个多月，我爱人萧珊又在电影院里看了这影片。当时我每天到作协分会的"牛棚"学习、劳动，早去晚归；萧珊在刊物编辑部做过几年的义务编辑，也给揪回去参加运动。但最初只是半靠边，一个星期劳动两三次，因此她可以早下班去买票看电影。晚上我回家她兴奋地告诉我，影片上还保留着我的名字，看来我的问题不太严重，她要我认真作检查。可是仅仅两三天以后作协分会造反派的一个战斗队就拿着大字报敲锣打鼓到电影院和电影发行公司去造反去了，大字报张贴在大门口，给影片和我个人都戴上反革命的大帽子。影片当场停演，萧珊脸上最后一点笑容也消失了。以后"支左"的军代表来到作协分会，批判了一阵"反动的战争文学"。批判刚结束，《英雄儿女》又作为反映抗美援朝的好影片在全国上演了。一共开放了五部电影，据说是周总理挑选的。当时我在干校，有人找我谈话问我感想，我只说影片是编导和演员的成绩，与我的小说无关，小说还是"毒草"。我这样表示，还得不到谅解。还有人写汇报说我"翘尾巴"，而在干校领导运动的军代表却对我说："你不要以为电影又上演了它就没有缺点，我看它有问题。"这个时候我已经不那么恭顺了，我口里不说，心里却想："随便你怎样说吧，反正权在你手里，你有理。"

像这样的经验是不会少的，我以后还有机会谈论它们，不想在这里多说了。这笔糊涂账似乎至今还没有搞清楚。我不是经验主义者，可是常常想到过去，常常回头看过去的脚印。我总有点担心，会不会明天又有人站出来"高举红旗"批判"和平主义"，谴责我给英雄人物安排死亡的结局？我忍不住多次问我自己：走过的那条路是不是给堵死了？账没有算清楚，是非不曾讲明白，你也引经据典，我也有根有据，谁的权大势大，谁就发号施令。我们习惯"明哲保身"，认为听话非常省事。我们习惯于传达和灌输，仿佛自己和别人都是录音机，收进什么就放出什么。这些年来我的经验是够惨痛的了。一个作家对自己的作品竟然没有一点个人的看法，一个作家竟然甘心做录音机而且以做录音机为光荣，在读者的眼里这算是什么作家呢？我写作了几十年，对自己的作品不能作起码的评价，却在姚文元的棍子下面低头，甚至迎合造反派的意思称姚文元作"无产阶级的金棍子"，为什么？为什么？今天回想起来，觉得可笑，不可思议。反复思索，我有些省悟了：这难道不是信神的结果？

对，我想起来了。一九三四年底我住在日本横滨一个朋友的家里，他相信神，我根据我那些天的见闻拿他作主人公写了短篇小说《神》。现在重读这小说，拿前一段时期的我跟小说中的主人公长谷川君比较，我奇怪我怎么完全在模仿他！我更奇怪我怎么在一九三四年就写了讽刺若干年后的自己的小说！是我自己吗？我竟然那样迷信，那样听话，那样愚蠢！它使我浑身冒汗，但是我感谢自己意外地留下这一幅自画像，让儿孙们会看到我某一个时期的丑态。

最近听说有人说我"思想复杂"，我认为这是对我的称赞。其实我也有过"思想简单"的时候，倘使思想复杂，人就不容易虔诚地拜倒在神面前了。据我看生活在今天的世界上要应付复杂的局面，思想复杂些总比思想简单些好。要把新中国建设成社会主义的人间乐园，恐怕也得靠复杂的集体的智慧，靠九亿中国人民。现在不是信神的时代，不可能由一两个人代表千万读者给一部作品、一篇文章下结论，也没有人愿意让别人把自己当作录音机吧。要是大家都成了录音机，我们就用不着进行复杂的思维活动，脑子也成了多余的了。但我始终相信：人类社会发展的方向总是由简单到复杂,而不是由复杂到简单。我们文艺发展的方向当然也是百花齐放,而不是一花独放,更不是无花开放。

六月十五日

发　烧
——随想录四十六

我本来要写我们访问长崎的事，但忽然因感冒发高烧，到医院看病就给留了下来。吊了两天青霉素、葡萄糖，体温慢慢下降，烧退了，没有反复，再过几天我便可回家。

病房里相当静。三十年来我第一次住医院，有点不习惯。晚上上床后常常胡思乱想。想得最多的就是关于发烧的事情。

我首先想到的是我的哥哥李尧林。一九四五年十一月我从重庆回上海，住在霞飞坊（淮海坊）五十九号三楼。李尧林生病睡在床上，因为没有钱不能住进医院，由一个懂医道的朋友给他治疗。晚上我搭一张帆布床，睡在他的旁边。每天清早他醒来就要在床上量体温。早晨温度不高，我在旁边听见他高兴地自言自语："好些了，好些了。"他是英语教员，喜欢讲英语。下午他的体温逐渐增高。每天都是这样，体温一高，他的情绪就坏起来。不几天靠一位朋友帮忙他住进了医院，但是在医院里他并不曾活过两个星期。

其次我想到亡妻萧珊。一九七二年六月初我从奉贤县"五七"干校回家度假，发现萧珊病倒在床。不知道她患什么病，不是查不出，是不给查。当时是"四人帮"横行的时代，看门诊的"医生"不一定懂医，一个普通老百姓（还不说"牛鬼的臭婆娘"）发烧在三十九度以上，到医院挂急诊，或者开点药就给打发走了，或者待在"观察室"吊盐水针过半天

讲真话的书 (1980—1981)

回家。萧珊患肠癌，那年三月想办法找人开后门，在一家医院里照了直肠镜，但她的病在结肠上，照不出来。那个时候拍X光片子也非常困难，不但要请人帮忙，而且还得走不少弯路。到七月中旬才查出她的病源，七月下旬她住进医院，癌细胞已经扩散。她在病房里只活了三个星期。

在焦急等待查出病源的时候，我每天四次给萧珊登记体温（我回家之前我女儿、女婿做这工作）。清早，温度低一些，以后逐渐升高，升到三十九度左右，全家就紧张起来，准备上医院去挂急诊号。明知到医院看门诊也解决不了问题（就在查出病源前十多天，门诊医生还断定她患肠结核呢！），但是发了高烧不去一趟又怎么说得过去？

今天回想起这些日子我还会打冷噤。所以我不喜欢量体温。我长时期没有患过大病，没有住过医院，总以为自己身体好，什么病痛都可以对付过去。明明感觉到不舒服、有热度，偏偏不承认，不去看病，不量温度，还以为挺起胸来就可以挺过去。这次也是如此。大清早起来就觉得发烧，人不舒服，却不肯量温度。下午四点实在支持不住，我才到楼下找药吃，我的妹妹拉住我量体温：三十八度八，我女儿、女婿便拉我到医院去看病。再量体温：三十九度三，人已经十分委顿。两天后才退烧。

现在一切都正常了。不过十天光景吧，我在身心两方面都像是生过一次大病似的。

在病床上总结这次退烧的经验，我不能不感谢我的妹妹和女儿。她们怀疑我生病，拉我去看病，似乎有意跟我过不去，我当初有点责怪她们多事，后来才明白，要不是她们逼我量体温，拉我上医院，我很可能坚持到感冒转成肺炎，病倒下来，匆匆忙忙地离开人世。在讨厌我的人看来，这大概是好事。但对我来说，这未免太愚蠢了。

不承认自己发烧，又不肯设法退烧，这不仅是一件蠢事，而且是很危险的事。今后我决不再干这种事情，也劝告我的朋友们不要干这种事情。

七月十一日

"思想复杂"
——随想录四十七

在病床上读了唐琼先生六月三十日的《京华小记》(《爱之……与恶之……》)①，我看出来他对我那句"思想复杂"的话有所误解。有人说我"思想复杂"，并非读了我的《随想录》后所下的结论。我知道有这么一件事情：

有一位比我年轻的朋友忽然想起替我树碑立传，得到他的单位负责人的同意，起初业余写作，后来请假写作，他翻了不少材料，找我谈话几次，辛辛苦苦，写成二十几万字的著作。我读了他寄来的两大叠的手稿，我不同意他的好些看法，也不知道他寄给我的是第几次的誊写稿。但他的辛勤劳动我是看得出来的。我不好意思给他泼冷水，没有提什么意见，只是指出少数与事实不符的地方。他告诉我有一家出版社愿意接受他的稿子。我有一种感觉：他对他这部著作有较大的自信。那么就由他去吧。

但是两个月前他写信给我的女儿，说稿子给退回了，据说出版社里有人怀疑替活人写传是否合适，何况我的"思想复杂"。朋友情绪不好，垂头丧气，从信上也看得出来。很对不起他，我看了信，心里高兴。一则书出不了，无人替我树碑立传，我倒感到轻松，精神上少背包袱；二则说我"思想复杂"，我认为是对我的恭维。当然，说话人绝不是有意吹捧我，

① 见香港一九八〇年六月三十日《大公报·大公园》。

讲真话的书 (1980—1981)

他用的"思想复杂"可能是贬词。

"思想复杂"的人喜欢胡思乱想。思想会长眼睛，想多了，会看见人们有意掩饰的东西，会揭穿面具下面的真容。所以"文革"期间"思想复杂"的人遭受迫害，思想简单的人飞黄腾达。

思想不简单，怎么能创造出"忠字舞"？怎么想得到"早请示，晚汇报"？怎么能发明出"喷气式"？怎么能够不休止地召开以"高举"开始、以"打倒"结束的批斗会呢？

"十年浩劫"中的生活是应当详细记录下来的。这是人类历史上的"奇迹"。想想看，十年中间八个样板戏，一位作家！简单到了这样的程度。人人都看样板戏，每个人脑子里都有顶天立地的"英雄形象"。那些喜欢夸大文学作用的人可能感到奇怪：几亿人民齐看革命样板戏，怎么产生不了一个伟大的革命形势！他们忘记了人民不只看戏，他们还要看人，看上面的掌权的人。十年中间人们的思想也渐渐变得复杂了。你不带头做，就没有人信你的话。

一切都会变，一切都在变。我也在变。我的思想由复杂变简单，又由简单变复杂，以后还要变下去，但有一点是可以肯定的，我绝不会再低头弯腰"自报罪行"了。

今年四月我第四次访问日本，看见一个光怪陆离的世界，相隔十七年，变化很大，几乎适应不了。资本主义社会当然有它的缺点，但也有值得注意的地方。变化总是从无到有，从旧到新，从复杂到更复杂。我们实现社会主义的四个现代化，也绝不会由复杂到简单。关于这个问题我以后还想谈谈，例如文字的发展究竟是为了简单易学，还是为了更准确地表达人们的复杂思想，我也有个人的看法。说我"思想复杂"，是无足怪的。

七月十三日

昭明出版社《巴金选集》后记

　　昭明出版社要我为我的"选集"写一篇序,当时我正准备出国,便说:序不想写了,等我回来写一篇后记吧。现在是践诺的时候了。

　　本来我是不想讲话的。我连编选、出版自己旧作的事情也感到厌倦。两年前,人民文学出版社找我编辑两卷本的"巴金选集",我勉强地照办了,但是我写了一篇类似"自我批评"的"后记",即使不彻底吧,我总算解剖了自己。一个人应当严格要求自己,至于做得怎样,当然以他的言行为根据。我的"后记"是为读者写的。我向读者打开门,让他们看见我的房间里有什么陈设,给他们时间考虑要不要进来坐坐。以后有机会,我还要作这一类的自我批评,因为我认为自我批评比自我吹嘘好,对自己、对读者都是这样。但有时我觉得"彻底"解剖自己,很难办到,与其反复地自我批评,不如让人完全忘记痛快,这就是"四人帮"搞的那种"自行消亡"的把戏吧。说实话,有时候我也真想"自行消亡",为了安静,为了听不见那些吱吱喳喳。今年我为两家香港的出版社编了"选集",都是违心之举,却不过朋友的情面。既然做了,就得等待着后果。我常常说我这一生挨的骂可谓多矣,多少次的围攻,甚至"四人帮"时代无数次的批斗都不曾把我骂死,那么我还要活下去听没完没了的诅咒,编印两三本选集有何不可!

　　谦虚是中国人的美德。我是一个中国人,我也重视谦虚。谁当面对我说读过我的小说,我总回答:自己乱写一通。但是我读到黄河先生的文章，我才发现世界上真有"乱写一通"的人。黄河先生说我"通过杜大心得出一条荒谬的逻辑：'凡是最先起来反抗的人，灭亡一定会降临到他的一身'"。他的文章印在香港文学研究社出版的《中国新文学大系续编》第三卷《小说二集》的前面，是"一九六四年六月十九日写于斗室"的。我在一九五八年三月写的、后来收在"文集"第十四卷中的《谈〈灭亡〉》里就说过："书名是从过去印在小说扉页上的主题诗来的……这八句诗并非我的创作，它们是我根据俄国诗人雷列叶夫的几句诗改译成的。雷列叶夫的确说过：'我知道：灭亡等待着第一个起来反抗压制人民的暴君的人'，而且他自己就因为起来反抗压制人民的暴君，领导十二月党人的起义，死在尼古拉一世的绞刑架上。他是为了追求自由、追求民主'甘愿灭亡'的英雄。"这不是讲得清清楚楚了吗？古往今来为革命甘愿献出生命的先烈何止千千万万。请问三十一岁就结束他的创作生活的大诗人雷列叶夫的诗句究竟是什么样的"荒谬的逻辑"！可能有些成天关在"斗室"里的人认为革命是"冒一次险、捞一把"，因此把革命者为理想英勇牺牲的献身精神看作"荒谬的逻辑"。但我想，《新文学大系续编》的编者的头脑总是清醒的吧。究竟谁"荒谬"，我想听听他们的意见。

　　一棍子打死人或作品的时代已经结束了。作者有权利为自己的作品辩护。对打棍子的人我只提出一个要求：你们下棍子之前，请先把作品看懂。

　　我的作品有种种的缺点，但我看不出"荒谬的逻辑"在什么地方。

　　我虽然重视谦虚，也不愿在棍子下面低头。我还能保护自己，用不着在这里饶舌了。

八月十九日，上海

世界语
——随想录四十八

上一篇"随想"还是在病院里写成的。出院不久我到北欧去了一趟，出国前我又患感冒，到达斯德哥尔摩时，引发了支气管炎，有了上次的教训，我就老老实实地对我国驻瑞典使馆的同志讲了。晚上有一位从上海来进修的医生给我治疗。第二天使馆的同志们给我送稀饭、送面条、送水果来，我在旅馆里也感到了家庭的温暖。前一天我下飞机的时候还以为自己到了一个陌生的城市，第二天我却见到了这么多的亲人。在瑞典的首都我住不到两个星期，可是我过得轻松愉快。离开这个由无数个小岛构成，由七十多道桥连接起来的风景如画的和平城市的时候，我觉得自己是个健康的人。

我是去出席第六十五届国际世界语大会的。我究竟从什么时候开始学习世界语，我自己也讲不清楚，可能是一九一八年，即五四运动的前一年，也有可能是一九二一年。但是认真地学它，而且继续不断地学下去，却是一九二四年到一九二五年的事情。我在南京上学，课余向上海世界语书店函购了一些书，就一本一本地读下去，书不多，买得到的全读了。因为是自修，专门看书，说话不习惯。后来我到法国常和两三个朋友用世界语通信。一九二八年十二月初我回到上海，住在旅馆里，友人索非来看我，他当时还担任上海世界语学会的秘书或干事一类的职务。他说："学会的房子空着，你搬过来住几天再说。"我就搬了过去，在鸿兴坊上

讲真话的书 （1980—1981）

海世界语学会的屋子里搭起帆布床睡了将近半个月，后来在附近的宝光里租到屋子才离开了鸿兴坊。但从这时起我就做了学会的会员，不久又做了理事，也帮忙做一点工作。我还根据世界语翻译了几本书，如意大利爱·德·亚米西斯的独幕剧《过客之花》、苏联阿·托尔斯泰的剧本《丹东之死》、日本秋田雨雀的独幕剧《骷髅的跳舞》、匈牙利尤利·巴基原著的中篇小说《秋天里的春天》。一直到一九三二年"一·二八"事变，日军的炮火使鸿兴坊化为灰烬，我才搬出了闸北，上海世界语学会终于"消亡"，我也就离开了世界语运动。在"十年浩劫"中"四人帮"用"上海市委"的名义把我打成"不戴帽"的"反革命"，剥夺了我写作的权利。我后来偷偷地搞点翻译，空下来时也翻看家里有的一些世界语书，忘记了的单词又渐渐地熟悉起来，我仿佛回到了青年时代，对世界语的兴趣又浓了。所以我出席了今年举行的国际世界语大会。几十年前我就听人讲起这样的国际大会。在上海世界语学会里我只是偶尔听见人用世界语交谈。现在来到大会会场，会场内外，上上下下，到处都是亲切的笑脸，友好的交谈，从几十个国家来的人讲着同样的语言，而且讲得非常流畅、自然。在会场里人们报告、讨论，用世界语就像用本民族语言那样的纯熟。坐在会场里，我觉得好像在参加和睦家庭的聚会一样。对我来说这是第一次，但是我多年来盼望的、想象的正是这样，我感到遗憾的只是自己不能自由地使用这种语言，它们从别人口里出来像潺潺的流水，或者像不绝的喷泉；有时又很像唱歌或者演奏乐曲，听着听着甚至令人神往，使人陶醉。但是它们从我的嘴里出来，却像一些不曾磨光的石子堵在一处，动不了。

不过我并不灰心，我们中国代表团里的年轻人讲得好、讲得熟。他们交了不少新朋友，他们同朋友们谈得很融洽，希望在他们的身上。我去北欧前，友人几次劝我不要参加这次大会，甚至在动身前一两天，还有一位朋友劝阻我，他认为我年纪大了，不应当为这样的会奔波。他们都没有想到这些年，我一直关心国际语的问题，经过这次大会，我对世界语的信念更加坚定了。世界语一定会成为全体人类公用的语言。

中国人把Esperanto称为"世界语",我认为这种译法很好。经过九十三年的考验,波兰人柴门霍甫大夫创造的Esperanto成了全世界人民所承认的唯一的"世界语"了。它已经活起来,不断地丰富、发展,成了活的语言。我开始学习世界语的时候只有一本薄薄的卡伯(Kabe)博士的字典,现在我可以使用一千三百页的插图本大字典了。世界语的确在发展,它的用途在扩大,参加大会的一千七百多人中间,像我这样的老年人只占少数,整个会场里充满了朝气,充满了友情。

在斯德哥尔摩我还有一些瑞典朋友,因此我也有不少会外活动。朋友们见面首先问我关于世界语的事情,他们不大相信它会成为真正的"世界语"。我便向他们宣传,说明我的看法:世界语一定会大发展,但是它并不代替任何民族、任何人民的语言,它只能是在这之外的一种共同使用的辅助语。每个民族都可以用这种辅助语和别的民族交往。我常常想:要是人人都学世界语,那么会出现一种什么样的新形势、新局面!倘使在全世界就像在大会会场一样,那该有多好!世界语是易学易懂的,这是人造语的长处,不仅对于欧洲人,对于我们亚洲人,对于其他的民族也是如此。但即使是人造语吧,它既然给人们使用了,活起来了,它就会发展、变化,而且一直发展、变化下去,由简单变为复杂,由贫乏变为丰富、更丰富……而且积累起它的文化遗产……

从国际世界语大会的会场,回到上海西郊的书斋,静夜里摊开那本厚厚的世界语大字典,我有很多的感想。想到我们的文字改革的工作,我不能不发生一些疑问:难道我们真要废除汉字用汉语拼音来代替吗?难道真要把我们光辉的、丰富的文化遗产封闭起来不让年轻人接触吗?我并不完全反对文字的简化,该淘汰的就淘汰吧,但是文字的发展总是为了更准确地表达人们的复杂思想,绝不只是为了使它变为更简单易学。在瑞典、在欧洲、在日本……人们每星期休息两天,难道我们中国人就永远忙得连学习的工夫也没有!忙得连多认一两个字的时间也没有!忙得连复杂的思

讲真话的书　(1980—1981)

想也不会有！？我们目前需要的究竟是提高人民的文化水平，还是使我们的文字简单再简单，一定要鬥斗不分、麵面相同？我不明白。在九亿人口的国家里，文字改革是大家的事情，慎重一点，听听大家的意见，总没有害处。

八月二十四日

《胡絜青画集》[①]前言

"十年浩劫"之前,我每次到北京,总要去老舍同志的家,照例先见到他的夫人胡絜青同志,她让我在客厅里坐下,然后进书房通知老舍。老舍出来,闲谈一会,他们夫妇就陪我到王府井大街或者东安市场走走,有时也去书画社看看。我记得有一次他买了一把折扇送给我,他们夫妇都向我解释扇面上谁写的字,谁画的画。虽然我对书画是外行,听了很快就忘记,但他们的好意我却忘记不了。还有一次,我和一位朋友到他们家去,老舍书房里一张桌上放了十几把老式折扇,他要我们每人挑两把拿回去。他说,这都是他最近买来的,在扇面上题诗作画的人全是清代北京的知名人士,谈起这些人他们非常熟悉。我们高兴地接受了礼物。我知道絜青同志是白石老人的弟子,我当时曾经想:拿一把折扇请他们两位给我写字作画留个纪念吧,可是我还不曾有机会把这想法讲出来,"浩劫"来了,几把折扇也全给拿走了。我仿佛落进了但丁的"地狱"里面,一下子变成了"牛"。在"牛棚"里听到关于老舍的不幸的消息,我将信将疑,但从自己的处境来看,我又感到凶多吉少。后来连自己能不能活下去也成了问题,再也没有精力考虑其他的事情,活着就像做梦一样。

我渐渐脱离了"险境",可是越来越多的消息证实老舍悲惨的死亡,传播消息的人常常添上一些可怕的描写。我空下来,想起那位正直善良、

―――――――

[①] 香港出版。

讲真话的书　(1980—1981)

才华横溢的作家会得到"家破人亡"的下场，我感到不平。我不知道絜青同志和孩子们在哪里，但他们的处境我也可以想象到，我多么希望他们平安无恙！

　　终于盼到了云散天青的日子。压在我头上的大石给搬走了，我又从"牛"变回到人，恢复了人的权利。我到了北京，到了过去常到的老舍的家，一次、两次、三次……我见到了絜青同志，读了她写的回忆文章，我看到大的变化。破碎的家庭又团聚了。老舍的遗著逐渐得到整理出版，多卷本文集的编辑工作也已开始。杰作《茶馆》将在欧洲演出。对这伟大作家的纪念，应当做的工作都在进行……我坐在丰富胡同十九号的客厅里，同絜青同志和孩子们畅谈，我总觉得老舍就在我们中间，我仿佛几次听见他的笑声。他应当为絜青同志这些年的努力感到高兴！去年四月中国作家代表团访问法国，动身前我和孔罗荪同志到丰富胡同拜访絜青同志，向她讨画，准备赠给法国朋友。她为我们绘了三幅。法国文化界朋友重视这样的礼物，他们敬重《骆驼祥子》和《茶馆》的作者，也敬重他的夫人。絜青同志的《红梅》挂在法中友好协会的会所里，美丽的花朵象征着中国人民的深厚友谊。对绘画我没有发言权，但对人民的友谊我却是深有体会的。为了这个我感谢絜青同志。

八月三十一日于北京

说真话
——随想录四十九

最近听说上海《新民晚报》要复刊。有一天我遇见晚报的前任社长，问起来，他说："还没有弄到房子。"又说，"到时候会要你写篇文章。"

我说："我年纪大了，脑子不管用，写不出应景文章。"他说："我不出题目，你只要说真话就行。"我不曾答应下来，但是我也没有拒绝，我想：难道说真话还有困难！？过了几天我出席全国文联的招待会，刚刚散会，我走出人民大会堂二楼东大厅，一位老朋友拉住我的左胳膊，带笑说："要是你的《爝火集》里没有收那篇文章就好了。"他还害怕我不理解，又加了三个字："姓陈的。"我知道他指的是《大寨行》，我就说："我是有意保留下来的。"这句话提醒我自己：讲真话并不那么容易！

去年我看《爝火集》清样时，人们就在谈论大寨的事情。我曾经考虑要不要把我那篇文章抽去，后来决定不动它。我坦白地说，我只是想保留一些作品，让它向读者说明我走过什么样的道路。如果说《大寨行》里有假象，那么排在它前面的那些文章，那许多豪言壮语，难道都是真话？就是一九六四年八月我在大寨参观的时候，看见一辆一辆满载干部、社员的卡车来来去去，还听说每天都有几百个参观、学习的人。我疑惑地想：这个小小的大队怎么负担得起？我当时的确这样想过，可是文章里写的却是另外一句话："显然是看得十分满意。"那个时候大队支部书记还没有当上副总理，吹牛还不曾吹到"天大旱，人大干"，每年虚报产量的程度。

讲真话的书 (1980—1981)

我的见闻里毕竟还有真实的东西。这种写法好些年来我习以为常。我从未考虑听来的话哪些是真，哪些是假。现在回想，我也很难说出是什么时候开始的，可能是一九五七年以后吧。总之，我们常常是这样：朋友从远方来，高兴地会见，坐下来总要谈一阵大好形势和光明前途，他谈我也谈。这样地进行了一番歌功颂德之后，才敞开心来谈真话。这些年我写小说写得很少，但是我探索人心的习惯却没有给完全忘掉。运动一个接着一个没完没了，每次运动过后我就发现人的心更往内缩，我越来越接触不到别人的心，越来越听不到真话。我自己也把心藏起来，藏得很深，仿佛人已经走到深渊边缘，脚已经踏在薄冰上面，战战兢兢，只想怎样保全自己。"十年浩劫"刚刚开始，为了让自己安全过关，一位三十多年的老朋友居然编造了一本假账揭发我。在那荒唐而又可怕的十年中间，说谎的艺术发展到了登峰造极的地步，谎言变成了真理，说真话倒犯了大罪。我挨过好几十次的批斗，把数不清的假话全吃进肚里。起初我真心认罪服罪，严肃对待；后来我只好人云亦云，挖空心思编写了百份以上的"思想汇报"。保护自己我倒并不在乎，我念念不忘的是我的妻子、儿女，我不能连累他们，对他们我还保留着一颗真心，在他们面前我还可以讲几句真话。在批判会上，我渐渐看清造反派的面目，他们一层又一层地剥掉自己的面具。一九六八年秋天一个下午他们把我拉到田头开批斗会，向农民揭发我的罪行；一位造反派的年轻诗人站出来发言，揭露我每月领取上海作家协会一百元的房租津贴。他知道这是假话，我也知道他在说谎，可是我看见他装模作样毫不红脸，我心里真不好受。这就是好些外国朋友相信过的"革命左派"，有一个时期我差一点也把他们当作新中国的希望。他们就是靠说假话起家的。我并不责怪他们，我自己也有责任。我相信过假话，我传播过假话，我不曾跟假话作过斗争。别人"高举"，我就"紧跟"；别人抬出"神明"，我就低首膜拜。即使我有疑惑，我有不满，我也把它们完全咽下。我甚至愚蠢到愿意钻进魔术箱变"脱胎换骨"的戏法。正因为有不少像我这样的人，谎话才有畅销的市场，说谎话的人才能步步高升。……

  现在那一切都已经过去，正在过去，或者就要过去。这次我在北京看见不少朋友，坐下来，我们不谈空洞的大好形势，我们谈缺点，谈弊病，谈前途，没有人害怕小报告，没有人害怕批斗会。大家都把心掏出来，我们又能够看见彼此的心了。

九月二十日

《人到中年》
——随想录五十

几个月前我的一个侄女从遥远的边疆写信来说："我们工作很忙,设计任务一个接着一个。作为技术骨干,总想把自己的一切都投到'四化'中去,加班加点经常工作到深夜,回到家中,家务劳动又重,真有精疲力尽之感。最近《收获》中《人到中年》里的陆大夫就是我们这些中年科技人员的写照。……一些基层干部总喜欢那些'唯唯诺诺'、无所作为的人,而和我们这些'大学生'总有些格格不入……"

《人到中年》是谌容同志的中篇小说,陆大夫是小说中的主人公眼科医生陆文婷。半年多来我听见不少的人谈论这部小说,有各种各样的看法;起初还听说有一份省的文艺刊物要批判它。以后越来越多的读者出来讲话,越来越多的读者在小说中看见了自己的面影。的确到处都有陆大夫,她(他)们就在我们的四周。她(他)们工作、受苦、奋斗、前进,或者做出成绩,或者憔悴死去……小说真实地反映了我们的现实生活。

三十年来我对自己周围的一切绝非视若无睹。但是读了《人到中年》后我一直忘不了这样一个事实:今天在各条战线上干工作、起作用,在艰苦条件下任劳任怨、鞠躬尽瘁的人多数是解放后培养出来的一代知识分子,也就是像陆文婷那样的"臭老九"。("臭老九"这个称号固然已经不用了,但是在某些人的心里它们还藏得好好的、深深的,准备到时候再拿出来使用。)正是靠了这无数默默地坚持工作的中年人,我们的国家才能够前进。要搞"四化",即使是搞中国式的"四化"吧,也离不开他们。那么提高他们的生活水平,改善他们的工作条件,让他们心情舒畅,多做工作、多做贡献,有什么不好?!即使办不到这个,把他们的真实情况写出来,让大家多关心他们,多爱护他们,又有什么不好?!

读了小说的人没有不同情陆大夫的处境的;但是我更敬佩她的"勇气和毅力",敬佩她那平凡的不自私,她那没有尘埃的精神世界使我向往,使我感动。有人说作者不应该把陆大夫的遭遇写得那样凄惨,也不应该在"外流"的姜亚芬医生的身上倾注太多的同情;还有人责备作者"给生活蒙一层阴影"。有人质问:"难道我们新社会就这样对待知识分子?""难道外流的人会有爱国心?"但是更多的人,越来越多的人却说:"小说讲了我们心里的话。"

我们已经吃够了谎言的亏,现在到了多讲真话的时候了。我们的生活里究竟有没有阴影,大家都知道,吹牛解决不了问题。我喜欢这本小说。我有这么一个习惯,读了好的作品,我会感到心灵充实,我会充满对生活的热爱;我有一种愿望,想使自己变得善良些、纯洁些、对别人有用些。《人到中年》写了我们社会的缺点,但作者塑造的人物充满了爱国主义的感情,这种感情不是空洞的、虚假的,而是深沉的,用行动表示出来的。我接触到她(他)们的心,我更想到我那位遍体伤痕的母亲,我深深感觉到我和祖国血肉相连的关系。是她把我养育大的,是她使我拿起笔走上文学道路的,我从她那里不断地吸取养料。她有伤,所有她的儿女都应当献出自己的一切给她治疗。陆大夫就是这样的人,她就是不自私地献出一切的。在中国,她(他)们何止千千万万!同她(他)们一起为社会主义祖国尽力,我感到自豪,我充满信心。还有姜亚芬医生,对她,对她(他)们,祖国母亲也会张开两只胳膊欢迎。难道海外华侨就不热爱祖国?难道外籍华人对故土就没有感情?只要改善工作条件,"外流"也可以变为"内流"。建设新中国,人人有责任。这个伟大的、严肃的工作绝不是少数人可以垄断的。文学的事业也是这样,一部作品最好的裁判员是大多数

讲真话的书 *(1980—1981)*

的读者,而不是一两位长官。作者在作品里究竟是说真话还是贩卖谎言,读者们最清楚。

九月二十二日

再论说真话
——随想录五十一

  我的"随想"并不"高明",而且绝非传世之作。不过我自己很喜欢它们,因为我说了真话,我怎么想,就怎么写出来,说错了,也不赖账。有人告诉我,在某杂志[①]上我的《随想录》(第一集)受到了"围攻"。我愿意听不同的意见,就让人们点起火来烧毁我的"随想"吧!但真话却是烧不掉的。当然,是不是真话,不能由我一个人说了算,它至少总得经受时间的考验。三十年来我写了不少的废品,譬如上次提到的那篇散文,当时的劳动模范忽然当上了大官,很快就走向他的反面;既不"劳动",又不做"模范",说假话、搞特权、干坏事倒成了家常便饭。过去我写过多少豪言壮语,我当时是那样欢欣鼓舞,现在才知道我受了骗,把谎言当作了真话。无情的时间对盗名欺世的假话是不会宽容的。
  奇怪的是今天还有人要求作家歌颂并不存在的"功""德"。我见过一些永远正确的人,过去到处都有。他们时而指东,时而指西,让别人不断犯错误,他们自己永远当裁判官。他们今天夸这个人是"大好人",明天又骂他是"坏分子"。过去辱骂他是"叛徒",现在又尊敬他为烈士。本人说话从来不算数,别人讲了一句半句就全记在账上,到时候整个没完没了,自己一点也不脸红。他们把自己当作机器,你装上什么唱片,他们

[①] 香港《开卷》杂志,一九八〇年九月号。

讲真话的书　(1980—1981)

唱什么调子；你放上什么录音磁带，他们哼什么歌曲。他们的嘴好像过去外国人屋顶上的信风鸡，风吹向哪里，他们的嘴就朝着哪里。

外国朋友向我发过牢骚：他们对中国友好，到中国访问，要求我们介绍真实的情况，他们回去就照我们所说向他们的人民宣传。他们勇敢地站出来做我们的代言人，以为自己讲的全是真话。可是不要多长的时间就发现自己处在尴尬的境地：前后矛盾、不能自圆其说，变来变去，甚至打自己的耳光。外国人重视信用，不会在思想上跳来跳去、一下子转大弯。你讲了假话就得负责，赖也赖不掉。有些外国朋友就因为贩卖假话失掉信用，至今还被人抓住不肯放。他们吃亏就在于太老实，想不到我们这里有人靠说谎度日。当"四人帮"围攻安东尼奥尼的时候，我在一份意大利"左派"刊物上读到批判安东尼奥尼的文章。当时我还在半靠边，但是可以到邮局报刊门市部选购外文"左派"刊物。我早已不相信"四人帮"那一套鬼话，我看见中国人民越来越穷，而"四人帮"一伙却大吹"向着共产主义迈进"。报纸上的宣传和我在生活中的见闻全然不同，"四人帮"说的和他们做的完全两样。我一天听不到一句真话，偶尔有人来找我谈思想，我也不敢吐露真心。我怜悯那位意大利"左派"的天真，他那么容易受骗。事情过了好几年，我不知道他今天是左还是右，也可能还有人揪住他不放松。这就是不肯独立思考而受到的惩罚吧。

其实我自己也有更加惨痛的教训。一九五八年大刮浮夸风的时候我不但相信各种"豪言壮语"，而且我也跟着别人说谎吹牛。我在一九五六年也曾发表杂文，鼓励人"独立思考"，可是第二年运动一来，几个熟人摔倒在地上，我也弃甲丢盔自己缴了械，一直把那些杂感作为不可赦的罪行，从此就不以说假话为可耻了。当然，这中间也有过反复的时候，我有脑子，我就会思索，有时我也忍不住吐露自己的想法。一九六二年我在上海文艺界的一次会上发表了一篇讲话：《作家的勇气和责任心》。就只有那么一点点"勇气和责任心"！就只有三十几句真话！它们却成了我精神上一个包袱，好些人拿了棍子等着我，姚文元便是其中之一。果然，"文化大革命"开始,我还在北京出席亚非作家紧急会议,上海作家协会的大厅里就贴出了"兴无灭资"的大字报,揭露我那篇"反党"发言。我回到上海便诚惶诚恐地到作家协会学习。大字报一张接着一张,"勒令"我这样,"勒令"我那样,贴不到十张,我的公民权利就给剥夺干净了。

那是一九六六年八九月发生的事。我当时的心境非常奇怪,我后来说,我仿佛受了催眠术,也不一定很恰当。我脑子里好像只有一堆乱麻,我已无法独立思考,我只是感觉到自己背着一个沉重的"罪"的包袱掉在水里,我想救自己,可是越陷越深。脑子里没有是非、真假的观念,只知道自己有罪,而且罪名越来越大。最后认为自己是不可救药的了,应当忍受种种灾难、苦刑,只是为了开脱、挽救我的妻子、儿女。造反派在批斗会上揭发、编造我的罪行,无限上纲。我害怕极了。我起初还分辩几句,后来一律默认。那时我信神拜神,也迷信各种符咒。造反派批斗我的时候常骂一句:"休想捞稻草!"我抓住的唯一的"稻草"就是"改造"。我不仅把这个符咒挂在门上,还贴在我的心上。我决心认真地改造自己。我还记得在我小的时候每逢家中有人死亡,为了"超度亡灵",请了和尚来诵经,在大厅上或者别的地方就挂出了十殿阎罗的图像。在像上有罪的亡魂通过十个殿,受尽了种种酷刑,最后转世为人。这是我儿童时代受到的教育,几十年后它在我身上又起了作用。一九六六年下半年以后的三年中间,我就是这样地理解"改造"的,我准备给"剖腹挖心","上刀山、下油锅",受尽惩罚,最后喝"迷魂汤",到阳世重新做人。因此我下定决心咬紧牙关坚持到底。虽然中间有过很短时期我曾想到自杀,以为眼睛一闭就毫无知觉,进入安静的永眠的境界,人世的毁誉无损于我。但是想到今后家里人的遭遇,我又不能无动于衷。想了几次我终于认识到自杀是胆小的行为,自己忍受不了就让给亲人忍受,自己种的苦果却叫妻儿吃下,未免太不公道。而且当时有一句流行的话:"哪里摔倒就在哪里站起来。"我还痴心妄想在"四人帮"统治下面忍受一切痛苦,在摔倒的地方爬起来。

讲真话的书 （1980—1981）

那些时候，那些年我就是在谎言中过日子，听假话，说假话，起初把假话当作真理，后来逐渐认出了虚假；起初为了"改造"自己，后来为了保全自己；起初假话当真话说，后来假话当假话说。十年中间我逐渐看清楚十座阎王殿的图像，一切都是虚假！"迷魂汤"也失掉了效用，我的脑子清醒，我回头看背后的路，还能够分辨这些年我是怎样走过来的。我踏在脚下的是那么多的谎言，用鲜花装饰的谎言！

哪怕是给铺上千万朵鲜花，谎言也不会变成真理。这样一个浅显的道理，我为它却花费了很长的时间，付出了很高的代价。

人只有讲真话，才能够认真地活下去。

十月二日

写真话
——随想录五十二

朋友王西彦最近在《花城》①上发表了一篇文章，讲我们在"牛棚"里的一些事。文章的标题是《炼狱中的圣火》，这说明我们两个人在"牛棚"里都不曾忘记但丁的诗篇。不同的是，我还在背诵"你们进来的人，丢开一切的希望吧"②，我还在"地狱"里徘徊的时候，他已经走向"炼狱"了。"牛棚"里的日子，这种荒唐而又残酷、可笑而又可怕的生活是值得一再回忆的。读了西彦的文章，我仿佛又回到了但丁的世界。正如西彦所说，一九六六年八月我刚在机场送走了亚非各国的作家，"就被当作专政对象，关进了'牛棚'"。他却是第一个给关进上海作家协会的"牛棚"的，用当时的习惯语，就是头一批给"抛出来的"。他自己常说，他在家里一觉醒来，听见广播中有本人的名字，才知道在前一天的大会上上海市长点了他的名，头衔是"反党、反革命分子"。他就这样一下子变成了"牛"。这个"牛"字是从当时（大概是一九六六年六月吧）《人民日报》的一篇社论《横扫一切牛鬼蛇神》来的。"牛鬼蛇神"译成外文就用"妖怪"（Monster）这个字眼。我被称作"妖怪"，起初我也想不通，甚至痛苦，我明明是人，又从未搞过"反党""反革命"的活动。但是看到

---

① 见《花城》第六集，一九八〇年八月。
② 见《神曲》第三曲。

讲真话的书　(1980—1981)

"兴无灭资"的大字报，人们说我是"精神贵族"，是"反动权威"；人们批判我"要求创作自由"；人们主张"无产阶级对资产阶级实行全面专政"，我就逐渐认罪服罪了。

我是真心"认罪服罪"的，我和西彦不同，他一直想不通，也一直在顶。他的罪名本来不大，因为"顶"，他多吃了好些苦头，倘使"四人帮"迟垮两三个月，他很有可能给戴上"反革命"的帽子。一九六七年在巨鹿路作家协会的"牛棚"里，我同西彦是有分歧的，我们不便争吵，但是我对他暗中有些不满意。当时我认为我有理，过两年我才明白，现在我更清楚：他并不错。我们的分歧在于我迷信神，他并不那么相信。举一个例子，我们在"牛棚"里劳动、学习、写交代，每天从大清早忙到晚上十点前后，有时中饭后坐着打个盹，监督组也不准。西彦对这件事很不满，认为这是有意折磨人，很难办到，而且不应照办。我说既然认真进行"改造"，就不怕吃苦，应当服从监督组的任何规定。我始终有这样的想法：通过苦行赎罪。而据我看，西彦并不承认自己有罪，现在应当说他比我清醒。读他的近作，我觉得他对我十分宽容，当时我的言行比他笔下描写的更愚蠢、更可笑。我不会忘记自己的丑态，我也记得别人的嘴脸。我不赞成记账，也不赞成报复。但是我绝不让自己再犯错误。

"十年浩劫"绝不是黄粱一梦。这个大灾难同全世界人民都有很大的关系，我们要是不搞得一清二楚，作一个能说服人的总结，如何向别国人民交代！可惜我们没有但丁，但总有一天会有人写出新的《神曲》。所以我常常鼓励朋友："应该写！应该多写！"

当然是写真话。

十月四日

"腹　地"
——随想录五十三

西彦同志在介绍"牛棚"（和"劳动营"）生活经验的文章里提到关于"腹地"的批判。这件事我早已忘记，翻看西彦的文章，"腹地"二字刺痛了我的眼睛，我又想起了十年前的事情。

这是一九六九年尾或者一九七〇年初，在松江辰山发生的事。我们起初在那里参加"三秋"劳动，干完了本来要回上海，但由于林彪的所谓"一号命令"就留了下来，等到第二年初，我们文化系统在奉贤县修建的"五七"干校建成后，直接搬到那里去。当时我们借住在一所小学校里面，靠边的人多数住在一起，就睡在土地上，只是垫了些稻草。除了劳动外，我们偶尔还参加班组学习，就是说同所谓"革命群众"、同造反派在一起学习。也就是在这种"学习"的时间里，造反派提出我在一九三一年写的一篇短文里用过的一句话："我们（应当）去的地方是中国的腹地，是民间……"他们解释说，腹地是指"心腹之患"的地方，在一九三一年这就是苏区，苏区是国民党政府的"心腹之患"。因此他们揭发我"鼓动青年到苏区去搞破坏活动"。他们要我写交代和检查。

多么可怕的罪名！幸而当时我已经不那么迷信神了，否则一块大青石会压得我粉身碎骨。我的文章的题目是《给一个中学青年》，收在三十年代出版的散文集《短简》里面，后来又给编印在一九六一年出版的《巴金文集》第十一卷里。九一八事变后，一个中学生写信问我："该怎么

讲真话的书 （1980—1981）

办？"我回答说：第一，我们没有理由悲观；第二，年轻人还有读书的权利，倘使不得不离开学校，应该去的地方是中国的腹地，是人民中间。文章里有这样一整句话："我们的工作是到民间去，到中国的腹地去，尤其是被洪水蹂躏了的十六省的农村。"我的意思很明白，而且，对于"腹地"两个字《辞海》（一九三七年版）里就有这样的解释："犹云内地，对边境而言也。"我不承认所谓"心腹之患"的古怪解释，我几次替自己辩护，都没有用。在我们那个班组学习会上我受到了围攻。只有一个人同意我的说法：腹地是内地。他就是文学评论家孔罗荪，当时也是"牛鬼蛇神"，还是很早揪出来的一个，据说问题不小，当然没有发言权。只是在别人问他"腹地"二字如何解释的时候，他回答是内地。不用说，他因此挨了训。

班组学习会上不能逼我承认反党罪行，造反派就召开全连批判会。会前两位"革命左派"找我谈话，要我老实交代、承认罪行，并对我进行威胁。我已经看透了那些用美丽辞藻装饰的谎言，忽然感到一阵恶心，我坚持腹地只有一个解释：内地。但是在批判会进行的时候，发言人接连问我："腹地是不是心腹之患的地区？"我忽然感到厌倦，我不想坚持了，就说"是"。他接着问："你以前为什么不承认？"我迟疑一下回答道："以前我害怕。"他得意，他们都得意。他们胜利了。我放弃了斗争，我疲倦，我甘愿倒下去、不起来了。但这只是我当时的一种想法。

批判会结束，"靠边"的人奉命到"牛棚"开会谈感想。只有罗荪同志表面上有点狼狈相，他替我辩护，我自己反而承认了，投降了。

我一方面在他面前感到惭愧，但另一方面听着大家的责骂，我倒觉得脑子清醒多了。刚才召开的哪里是对我的批判会？明明是造反派在台上表演。一层一层地剥下自己的面具，一个个都是骗子。

于是我开始有了另一种想法："伟大的中国人民难道会让骗子们长期横行下去吗？"这以后我经常用这问句问自己，一直到一九七六年十月。

全连批判会开过后不到一个星期，本市报纸和《人民日报》上都刊出一条国际消息，讲到"以色列腹地"。再过两三天又出现了另一条类似的消息。在这两处"腹地"都是作为"内地"解释的。我把两条消息抄录在笔记本上，心里想以后也许用得着它们，却不曾想到从此再也没有人提起"腹地"了。

十月七日

再说小骗子
——随想录五十四

两三年来我经常在考虑一个问题：讳疾忌医究竟好不好？我的回答是：不好。但也有人不同意我的想法，他们认为：你有病不讲就没有人知道，你的体格本来很好，可以不医自愈，大病化为小病，小病化为无病。这种人自己生了病怎么办？难道他们不找医生？不吃药？从前我很老实，现在我的脑子比较灵活些了，尽管有人说我倒退，写的文章"文法上不通顺"，可是我看人、看事却深了些，透了些，不大容易受骗了。去年九月底我写过一篇谈小骗子的"随想"。当时小骗子已被逮捕，话剧正在上演，人们发表各种不同的意见，那时还有人出来责备话剧同情骗子，替骗子开脱，认为这种作品助长青年犯罪行为、社会效果不好，等等，等等。在他们看来，不让它上演，不许它发表，家丑就不会外扬。我没有看过戏，但是我读过剧本，我不仅同情小骗子，我也同情受骗的人。我认为应当受到谴责的是我们的社会风气。话剧虽然不成熟，有缺点，像"活报剧"，但是它鞭挞了不正之风，批判了特权思想，像一瓢凉水泼在大家发热发昏的头上，它的上演会起到好的作用。剧本的名字叫《假如我是真的……》，我对它的看法一直是这样，我从没有隐蔽过我的观点。在北京出席四次全国文代大会的时候我曾向领导同志提出要求：让这个戏演下去吧。开会期间这个戏演过好几场，有一次我在小轿车上同司机同志闲谈，他忽然说看过这个戏，他觉得戏不错，可以演下去。

一九八〇年

关于小骗子的戏究竟演了多少场，我也说不清楚。我只知道后来在北京召开了有该戏原作者参加的讨论会，议论了戏的缺点。又听说剧作者另外写出了受到观众热烈欢迎的好戏。以后就没听见人谈起小骗子的事情。《假如我是真的……》也就让人完全忘记了，一直到小骗子再出来活动的时候。

今年九月二十三日上海《解放日报》第二版上刊出了这样一条消息："又一骗子骗得某些领导团团转。"当然不是那个姓张的小骗子，姓张的已经给判了刑。这一个姓吴，冒充"市委领导同志的侄子"，又自称哈尔滨市旅游局的处长，"套购了大量高级香烟准备到外地贩卖"。事情败露、狐狸尾巴给抓住的时候，姓吴的小骗子还说："当今社会上特权思想盛行，如果我不拿这些人作牌子，他们就不会卖给这么多高档香烟……"

小骗子给抓住了，但是他不一定会认输。我看他比我们聪明，我们始终纠缠在"家丑""面子""伤痕"等等之间的时候，他看到了本质的东西。不写，不演，并不能解决问题。

有人问我在骗子前面加一"小"字是不是有意缩小他们的罪行，替他们开脱。我说：绝不是！骗子有大小之分，姓张、姓吴……他们只是一些小骗子。大骗子的确有，而且很多。那些造神招鬼、制造冤案、虚报产量、逼死人命，等等，等等的大骗子是不会长期逍遥法外的。大家都在等待罪人判刑的消息，我也不例外。

十月九日

赵丹同志
——随想录五十五

昨天傍晚在家看电视节目，听见广播员报告新闻：本日凌晨赵丹逝世……

一个多月来不少的朋友对我谈起赵丹的事情。大家都关心他的病，眼看着一位大艺术家一步一步走向死亡，却不能把他拉住，也不能帮助他多给人民留下一点东西。一位朋友说，赵丹问医生，可以不可以让他拍好一部片子后死去。这些年他多么想拍一两部片子！但是癌症不留给他时间了。我想得到，快要闭上眼睛的时候，他多痛苦。

然而赵丹毕竟是赵丹，他并没有默默地死去。在他逝世前两天《人民日报》发表了他"在病床上"写的文章《管得太具体，文艺没希望》，最后有这样一句话："对我，已经没什么可怕的了。"他讲得多么坦率，多么简单明了。这正是我所认识的赵丹，只有他才会讲这样的话：我就要离开人世，不怕任何的迫害了。因此他把多年来"管住自己不说"积压在心上的意见倾吐了出来。

我认识赵丹时间也不短，可以说相当熟，也可以说不熟。回想起来，我什么时候在什么地方第一次同他见面，也说不出。"文革"期间没有人来找我外调他的事情。我们交往中也没有什么值得提说的事。但是他在我的脑子里留下很深的印象，有一些镜头我永远忘记不了。三十年代我看过他主演的影片《十字街头》和《马路天使》，解放后的影片我喜欢《聂耳》和《林则徐》。不过给我印象最深的还是讨饭办学的武训,将近三十年过去了,老泪纵横的受尽侮辱的老乞丐的面影还鲜明地出现在我的眼前。我觉得他的演技到了家。影片出了问题,演员也受到连累。我没有参加那一次的运动,但赵丹当时的心情我是想象得到的。

在讨论《鲁迅传》电影剧本的时候,我也曾向人推荐赵丹扮演鲁迅先生,我知道他很想塑造先生的形象,而且他为此下了不少的功夫。有一个时期听说片子要开拍了,由他担任主角。我看见他留了胡髭又剃掉,剃了又留起来,最后就没有人再提影片的事。

"十年浩劫"其实不止十年,在一九六四年尾举行的三届全国人代的省市小组会上就有一些人受到批判,听说赵丹是其中之一,刚刚拍好的他主演的故事片《在烈火中永生》也不能公开放映。对《北国江南》《早春二月》《舞台姐妹》一批影片的批判已经开始了。人心惶惶,大家求神拜佛,烧香许愿,只想保全自己。但是天空飘起乌云,耳边响起喊声,头上压着一块大石,我有一种预感:大祸临头了。

于是出现了所谓"文革"时期。在这期间赵丹比我先"靠边",我在九月上旬给抄了家。我们不属于一个系统,不是给关在一个"牛棚"里。我很少有机会看见他。现在我只想起两件事情:

头一件,一九六七年九月十八日我给复旦大学中文系学生揪到江湾,住了将近一个月,住在学生宿舍六号楼,准备在二十六日开批斗会。会期前一两天,晚饭后我照例在门前散步,一个学生来找我闲聊。他说是姓李,没有参加我的专案组,态度友好。他最近参加了一次批斗赵丹的会,他同赵丹谈过话,赵丹毫不在乎,只是香烟抽得不少,而且抽坏烟,赵丹说,没有钱,只能抽劳动牌。大学生笑着说:"他究竟是赵丹啊。"

第二件,大约是在一九六八年一月下旬,我和吴强给揪到上海杂技场参加批斗会。我们只是陪斗,主角可能是陈丕显和石西民。总之,挨斗的人不少,坐了满满一间小屋,当然都坐在冷冰冰的水泥地上。赵丹来了,坐在白杨旁边,我听见他问白杨住在什么地方。在旁边监视的电影系统的

讲真话的书　（1980—1981）

造反派马上厉声训斥："你不老实，回去好好揍你一顿。"这句话今天还刺痛我的耳朵。十一年后赵丹在病床上说："对我，已经没什么可怕的了。"这是多么强烈的控诉！他能忘记那些拳打脚踢吗？他能忘记各式各样的侮辱吗？

后来在一九七七年九月中岛健藏先生一行来上海访问，我和赵丹一起接待他们，我们向久别的日本朋友介绍我们十年的经验，在座谈会上赵丹谈了他的牢狱生活，然后又谈起"四人帮"下台后他去江西的情况。他说："由于我受到迫害，人们对待我更亲切、更热情。"真实的情况就是这样。还有一次我听见他表露他的心情："为了报答，我应当多拍几部好片子。"我很欣赏他这种精神状态。他乐观，充满着信心。我看见他总觉得他身上有一团火，有一股劲。我听说他要在《大河奔流》中扮演周总理，又听说他要拍《八一风暴》，还听说他要扮演闻一多，最后听说他要同日本演员合拍影片。我也替他宣传过，虽然这些愿望都不曾实现，但我始终相信他会做出新的成绩。

我没有料想到今年七月会在上海华东医院里遇见他，我在草地上散步，他在水池边看花。他变了，人憔悴了，火熄了，他说他吃不下东西。他刚在北京的医院里检查过，我听护士说癌症的诊断给排除了，还暗中盼他早日恢复健康。我说："让他再拍一两部好片子吧。"我这句话自己也不知道是向谁说的。主管文艺部门的长官，领导文艺部门的长官是不会听见我的声音的。华东医院草地上的相遇，是我和赵丹最后一次见面。我从北欧回来，就听说他病危了。

赵丹同志不会回到我们中间来了。我很想念他，最近我们常常惋惜地谈起我国人才的"外流"。这个优秀的表演艺术家这些年的遭遇可以帮助我们头脑清醒地考虑一些事情。"让你活下去"，并不解决人才的问题。我还是重复我去年十二月里讲过的话：

"请多一点关心他们吧，请多一点爱他们吧，不要挨到太迟了的时候。"

一九八〇年

  对赵丹同志来说,已经太迟了,他只能留下"已经没什么可怕的了"这样的遗言了。

十月十一日至十三日

"没什么可怕的了"
——随想录五十六

这几天，我经常听见人谈起赵丹，当然也谈他在《人民日报》上发表的文章。对他在文章最后写的那句话，各人有各人的看法。赵丹同志说："对我，已经没什么可怕的了。"他的话像一根小小的火棍搅动我的心。我反复地想了几天。我觉得现在我更了解他了。

"文革"期间，我在"牛棚"里听人谈起赵丹，据说他在什么会上讲过，他想要求毛主席发给他一面"免斗牌"。这是人们揭发出来的他的一件"罪行"。我口里不说，心里却在想：说得好。不休止的批斗，就像我们大城市里的噪音，带给人们多大的精神折磨，给文艺事业带来多大的损害。当时对我的"游斗"刚刚开始，我多么希望得到安静，害怕可能出现的精神上的崩溃。今天听说这位作家自杀，明天听说那位作家受辱；今天听说这个朋友挨打，明天听说那个朋友失踪。……人们正在想出种种方法残害同类。为了逃避这一切恐怖，我也曾探索过死的秘密。我能够活到现在，原因很多，可以说我没有勇气，也可以说我很有勇气。那个时候活着的确不是容易的事。一手拿"红宝书"一手拿铜头皮带的红卫兵和背诵"最高指示"动手打人的造反派的"英雄形象"，至今还在我的噩梦中出现。那么只有逼近死亡，我才可以说："没什么可怕的了。"赵丹说出了我们一些人心里的话，想说而说不出来的话。可能他讲得晚了些，但他仍然是第一个讲话的人。我提倡讲真话，倒是他在病榻上树立了一个榜样。

我也在走向死亡,所以在我眼前"十年浩劫"已经失去它一切残酷和恐怖的力量。我和他不同的是:我的脚步缓慢,我可以在中途徘徊,而且我甚至狂妄地说,我要和死神赛跑。

然而我和他一样,即使在走向死亡的路上也充满对祖国人民的热爱和对文艺事业的信心。工作了几十年,在闭上眼睛之前,我念念不忘的是这样一件事:读者,后代,几十年、几百年后的年轻人将怎样论断我呢?

他们绝不会容忍一个说假话的骗子。那么让我坦率地承认我同意赵丹同志的遗言:"管得太具体,文艺没希望。"

十月十四日

究竟属于谁？
——随想录五十七

读了赵丹同志的"遗言",我想起自己的一件事情。大概是在一九五七年的春季吧,在一次座谈会上,我发言不赞成领导同志随意批评一部作品,主张听取多数读者的意见,我最后说:"应当把文艺交给人民。"讲完坐下了,不放心,我又站起来说,我的原意是"应当把文艺交还给人民"。即使这样,我仍然感到紧张。报纸发表了我的讲话摘要。我从此背上一个包袱。运动一来,我就要自我检讨这个"反党"言论。可以看出我的精神状态很不正常。倘使有人问我错误在哪里,我也讲不清楚。但是没有人以为我不错。我的错误多着呢!反对"有啥吃啥",替美国作家法斯特"开脱",主张"独立思考",要求创作自由,等等,等等。同情的人暗中替我担心,对我没有好感的人忙着准备批判的文章。第二年下半年就开始了以姚文元为主力的"拔白旗"的"巴金作品讨论"。"讨论"在三四种期刊上进行了半年,虽然没有能把我打翻在地,但是我那一点点"独立思考"却给磨得干干净净。你说写十三年也好,他说写技术革新也好,你说文艺必须为当前政治服务也好,他说英雄人物不能有缺点也好,我一律点头。但是更大的运动一来我仍然变成了"牛鬼蛇神",受尽折磨。张春桥恶狠狠地说:"不枪毙巴金就是落实政策。"他又说:"巴金这样的人还能够写文章吗?"其实不仅是在"文革"期间,五十年代中期张春桥就在上海"领导"文艺、"管"文艺了。姚文元也是那个时候在上海培养出来的。赵丹同志说："大可不必领导作家怎么写文章、演员怎么演戏。"当时上海的第一把手就是要领导作家"写十三年"，领导演员"演十三年"。这些人振振有词、扬扬得意，经常发号施令，在大小会上点名训人，仿佛真理就在他们的手里，文艺便是他们的私产，演员、作家都是他们的奴仆。……尽管我的记忆力大大衰退，但是这个惨痛的教训我还不曾忘记。尽管我已经丧失独立思考，但是张春桥、姚文元青云直上的道路我看得清清楚楚。路并不曲折，他们也走得很顺利，因为他们是踏着奴仆们的身体上去的。我就是奴仆中的一个，我今天还责备自己。我担心那条青云之路并不曾给堵死，我怀疑会不会再有"姚文元"出现在我们中间。我们的祖国母亲再也经不起那样大的折腾了。

张春桥、姚文元就要给押上法庭受审判了，他们会得到应有的惩罚。但是他们散布的极左思潮和奇谈怪论是不会在特别法庭受到批判的。要澄清混乱的思想，首先就要肃清我们自己身上的奴性。大家都肯独立思考，就不会让人踏在自己身上走过去。大家都能明辨是非，就不会让长官随意点名训斥。

文艺究竟属于谁？当然属于人民！李白、杜甫、白居易、苏东坡的诗归谁所有？当然归人民。但丁、莎士比亚、托尔斯泰、巴尔扎克、雨果、左拉的作品究竟是谁的财产？当然是人民的。过去是这样，现在是这样，将来也是这样。只有那些用谎言编造的作品才不属于人民。人民不要它们！

这是最浅显的常识，最普通的道理，我竟然为它背二十年的包袱，受十年的批判！回顾过去，我不但怜悯自己，还轻视自己，我奇怪我怎么变成了这样的一个人！过去的事就让它过去吧。

十月十五日

作　家
——随想录五十八

前两天我意外地遇见一位江苏的青年作家。她插队到农村住了九年，后来考上了大学，家里要她学理工，她说："我有九年的生活我要把它们写出来；我有许多话要说，我不能全吃在肚子里。"我找到她的两个短篇，读了一遍，写得不错。她刚刚参加了江苏省的青年创作会议。她说："尽是老一套的话，我们受不了。"我说："吃得好，住得好，开这个会不讲真话怎么行！"她和别的几个青年作家站出来，放了炮。

我在这里引用的并不是她的原话，但大意不会错。我和她谈得不多，可是她给我留下深刻的印象。她充满自信，而且很有勇气。她不是为写作而写作，她瞧不起"文学商人"，那些看"行情"、看"风向"的"作家"。她脑子里并没有资历、地位、名望等等东西，我在她的眼里也不过是一个小老头子。这是新的一代作家，她（他）们昂着头走上文学的道路，要坐上自己应有的席位。他们坦率、朴素、真诚，毫无等级的观念，也不懂得"唯唯诺诺"。他们并不要求谁来培养，现实生活培养了他们。可能有人觉得他们"不懂礼貌"，看他们来势汹汹，仿佛逼着我们让路。然而说句实话，我喜欢他们，由他们来接班我放心。"接班"二字用在这里并不恰当，绝不是我们带着他们、扶他们缓步前进；应当是他们推开我们，把我们甩在后面。

我绝不悲观。古往今来文学艺术的发展就是这样地进行的。我也许不够了解这些新人，但是我欣赏他们。到该让位的时候，我绝不"恋栈"。不过士兵常常死在战场，我为什么不可以拿着笔死去？作家是靠作品而存在的，没有作品就没有作家。作家和艺术家活在自己的作品中，活在自己的艺术实践中，而不是活在长官的嘴上。李白、杜甫并不是靠什么级别或者什么封号而活在人民心中的。

这些天大家都在谈论赵丹的"遗言"①。赵丹同志患病垂危的时候，在病床上回顾了三十年来的文艺工作，提出了一些疑问，发表了一些意见。他的确掏出了自己的心。这些疑问和意见是值得认真讨论的。希望今后再没有人说"对我已经没什么可怕的了"这一类的话。

不过，对这一点我倒很乐观，因为新的一代作家不像我们，他们是不懂得害怕的，他们是在血和火中间锻炼出来的。

我常说：作家不是温室里的花朵，也不是翰林院中的学士。作家应当靠自己的作品生活，应当靠自己的辛勤劳动生活。

作家是战士，是教员，是工程师，也是探路的人。他们并不是官，但也绝不比官低一等。

这是我个人的看法。我就是这样地看待新人的，我热诚地欢迎他们。

十月十七日

---

① 指赵丹著《管得太具体，文艺没希望》，一九八〇年八月《人民日报》。

长崎的梦
——随想录五十九

昨夜我梦见我在长崎。今年四月访问日本，我曾要求去广岛。长崎的日程则是主人安排的，我当然满意。全世界仅有的两个遭受原子弹破坏的城市，我都到过了，在其中生活过了。用自己的眼睛看到的这两个城市今天的面目，加强了我对人类前途的信心。对我这是必要的，我的脑子里装满了背着弟弟找寻母亲的少年、银行门前石头上遗留的人影这一类的惨象和数不清的惨痛的故事……我必须消除它们。不需要空话，在废墟上建设起来的现代化城市的强大生命力解答了我的问题：人民的力量是无穷的。

一位同行的朋友似乎有不同的看法，他非常谨慎，到了广岛和长崎，他特别担心，唯恐我们中间谁多讲一句话会得罪别人。我尊重他的意见，努力做到不使他为难。对他我有好感，在我遭遇困难的时候，他关心过我；在"四人帮"下台半年后，我的问题还没有得到解决，他出来替我讲话，说是一些日本友人想同我见面。后来我的文章《第二次的解放》发表，一九七七年六月他来上海，要见我，约好我到锦江饭店去找他。因为我是"一般人"，服务处不让上楼进他的房间，他下来交涉也没有用，我们只好在底层谈了一会。我告辞出来，他似乎感到抱歉，一直把我送到电车站。他的友情使我感动，我们社会中这样严格的等级观念使我惶惑。

前面提到的日本友人中有一位是土岐善麿先生，他早已年过九十。我一九六一年第一次访问日本，曾在他的阳光明媚的小园里度过一个愉快的上午。这次一到东京我便要求登门拜访。听说他身体不适,不能见客。我没有想到我们一到长崎,刚刚在和平公园内献了花,到了国际文化会馆就接到东京的电话:土岐先生逝世了。没有能向他表示感激之情,没有能在他的灵前献一束花,我感到遗憾,仿佛有一个声音一直在责备我:"来迟了!"我这一生中"来迟了"的事情的确太多了。我说过我来日本是为了偿还友情的债。长崎是这次旅行最后的一站,日本友人陪伴我们访问六个城市,相聚的日子越来越短,晚上静下来我会痛苦地想到就要到来的分别,我又欠上更多的新债了。

在这一点上,那位朋友和我倒是一致的。但是在广岛,在长崎我到底想些什么,他就不太清楚了。何况我们一行十二个人,十二张嘴会不会讲出不同的话,他更没有把握。奇怪的是在昨夜的梦里,一九八〇年十月十九日夜间做的梦里,十二张嘴讲了同样的话。

其实这是不足为怪的。过去我们就是这样想、这样做的。只有在"思想解放"之后,今年四月十八日我们从长崎回到上海的第二天,我才发表意见:要是十二个作家都说同样的话、发同样的声音,那么日本朋友将怎样看待我们?他们会赞赏我们的"纪律性"吗?他们会称赞我们的文艺工作吗?我看,不会。

每个作家有他自己的生活感受,有他自己的思想感情。在广岛和长崎,我回顾了过去长时间复杂的经历,也想到横在面前的漫长的道路,我十分痛惜那些白白浪费了的宝贵时间。长崎人民和广岛人民一样,花了三十多年的时间,在那样可怕的废墟上建设起一座繁荣、美丽、清洁的新城市。来到这里,谁能够无动于衷?难道我不更加想念我的在困难中的祖国?难道我们就不想在祖国建设没有污染、空气清新的现代化城市?倘使我们说话需要同一的口径,那么这就是共同的理想、共同的愿望。回国的前夕,我们出席了当地华侨总会的晚宴。同侨胞们一起举杯共祝祖国母亲长寿,不仅是我,我看见好些人,有侨胞,有留学生,有祖国来的海员,大家眼里都闪耀着喜悦的泪光,仿佛有两只母亲的胳膊把我们紧紧地抱在一起。

讲真话的书 (1980—1981)

在梦里，我也到和平公园献花，到资料馆观看遗物；我也乘坐游艇看海，在海上机场休息，在繁花似锦的名园中徘徊……我重复了半年前的经历，同真实的见闻完全一样。不同的只是身高十公尺的青铜人像离开像座走了下来，原来他右手指着上空，左手平伸着，现在他高举两只铜臂大声叫："我不准！""我不准！"他不准什么？他没有说下去。但是他忽然掉转身往后一指，后面立刻出现了无数的儿童，他们哀叫，奔跑。出现了蘑菇云、火海、黑雨……一只给包封在熔化的玻璃中的断手在空中飞来飞去，孩子哭着喊："爸爸，妈妈！"要"水！水！水！"然后青铜的巨人又大叫一声："我不准！"于是那一切恐怖的景象完全消失了。

青铜像又回到了像座上。……四周一片静寂。我一个人站在和平泉的前面，听着喷泉的声音，我念着纪念碑上刻的字："我很渴，出去找水。水上有像油一样的东西……我十分想喝水，就连油一块儿喝下去了。"这是一位九岁小姑娘的话。和平泉就是为了纪念喝着水死去的受难者建立的。当时在原子弹爆炸中心附近有一所小学，一千五百个学生中有一千四百人死亡。这些受难者拼命要喝水，找到了水，大家抢着喝，就死在水边。……

感谢日本友人的殷勤款待，两天的长崎见闻深深地印在我的心上，甚至在梦中我也能重睹现实。从长崎和广岛我带走了勇气和信心。历史的经验不能不注意。忘记了过去惨痛的教训，一定会受到严厉的惩罚。广岛和长崎的悲剧，我们十年的"浩劫"，大家都必须牢记在心。怕什么呢？我们没有理由回避它们。我并不想回避，我还不曾讲完我的梦呢！在梦里我终于憋得透不过气了，当着朋友的面我叫喊起来："让我说！我要告诉一切的人，绝不准再发生广岛、长崎的大悲剧！绝不准再发生'文革'期间的十年大灾祸！"说完了我自己想说的话，我的梦醒了。

十月二十日至二十一日

说　梦
——随想录六十

我记得四岁起我就做怪梦，从梦中哭醒。以后我每夜都做梦，有好梦，有噩梦，半夜醒来有时还记得清清楚楚，再睡一觉，就什么都忘记了。

人说做梦伤神，又说做梦精神得不到休息，等于不睡。但是我至少做了七十年的梦，头脑还相当清楚，精神似乎并未受到损伤。据我估计，我可能一直到死都不能不做梦。对我来说只有死才是真正的安息。我这一生中不曾有过无梦的睡眠。但是这事实并不妨碍我写作。

人们还常说："日有所思，夜有所梦。"这句话有时灵，有时又不灵。年轻时候我想读一部小说，只寻到残本，到处借阅，也无办法。于是在梦里得到了全书，高兴得不得了，翻开一看，就醒了。这样的梦我有过几次。但还有一件事我至今并未忘记：一九三八年七月初我和靳以从广州回上海，待了大约两个星期，住在辣斐德路（复兴中路吧？）一家旅馆里，一天深夜我正在修改《爱情的三部曲》，准备交给上海开明书店重排。早已入睡的靳以忽然从里屋出来，到阳台上去立了片刻又回来，走过桌子前，没头没脑地说了一句："我梦见你死了。"他就回里屋睡了。第二天我问他，他什么都不知道。我也无法同他研究为什么会做这个梦。我说做梦不损伤精神，其实也不尽然。有一个时期我也曾为怪梦所苦，那是"十年浩劫"的中期，就是一九六八、六九、七〇年吧。从一九六六年八月开始我受够了精神折磨和人身侮辱。虽说我当时信神拜神，还妄想通过

讲真话的书　(1980—1981)

苦行赎罪，但毕竟精神受到压抑，心情不能舒畅。我白天整日低头沉默，夜里常在梦中怪叫。造反派总是说我"心中有鬼"。的确我在梦中常常跟鬼怪战斗。那些鬼怪三头六臂，十分可怕，张牙舞爪向我奔来。我一面挥舞双手，一面大声叫喊。有一次在家里，我一个人睡在小房间内，没有人叫醒我，我打碎了床头台灯的灯泡。又有一次在干校，我梦见和恶魔打架，带着叫声摔下床来，撞在板凳上，擦破了皮，第二天早晨还有些痛。当然不会有人同情我。不过我觉得还算自己运气好。一九七〇年我初到干校的时候，军代表、工宣队员和造反派头头指定我睡上铺，却让年轻力壮的"革命群众"睡在下面。我当时六十六岁，上上下下实在吃力，但是我没有发言权。过了四五天，另一位老工宣队员来到干校，他建议让我搬到下铺，我才搬了下来。倘使我仍然睡在上面，那么我这一回可能摔成残废。最近一次是一九七八年八月，我在北京开会，住在京西宾馆，半夜里又梦见同鬼怪相斗，摔在铺了地毯的地板上，声音不大，同房的人不曾给警醒，我爬起来回到床上又睡了。

　　好些时候我没有做怪梦，但我还不能说以后永远不做怪梦。我在梦中斗鬼，其实我不是钟馗，连战士也不是。我挥动胳膊，只是保护自己，大声叫嚷，无非想吓退鬼怪。我深挖自己的灵魂，很想找一点珍宝，可是我挖出来的却是一些垃圾。为什么在梦里我也不敢站起来捏紧拳头朝鬼怪打去呢？我在最痛苦的日子，的确像一位朋友责备我的那样，"以忍受为药物，来纯净自己的灵魂"。

　　但是对我，这种日子已经结束了。

十月二十二日

《探索集》后记

我按照预定计划将在香港《大公报》上连载的"随想"三十篇(第三十一至第六十)和附录一篇(《我和文学》)编成一个集子,作为《随想录》第二集。新的集子有它自己的名字:《探索集》。我给第二集起名"探索",并无深意,不过因为这一集内有五篇以"探索"为名的"随想"。其实所有的"随想"都是我的探索。

《随想录》的每一位读者都有权发表自己的意见。当然我也可以坚持我的看法。倘使我的文章、言论刺痛了什么人,别人也有权回击,如果乱棒齐下能打得我带着那些文章、言论"自行消亡",那也只能怪我自己。但要是棍子打不中要害,我仍然会顽强地活下去,我的"随想"也绝不会"消亡"。这一点倒是可以断言的。

最近有几位香港大学学生在《开卷》杂志上就我的《随想录》发表了几篇不同的意见,或者说是严厉的批评吧:"忽略了文学技巧""文法上不通顺",等等,等等。迎头一瓢冷水,对我来说是一件好事,它使我头脑清醒。我冷静地想了许久,我并不为我那三十篇"不通顺的""随想"脸红,正相反,我倒高兴自己写了它们。从我闯进"文坛"的时候起,我就反复声明自己不是文学家,一直到今年四月在东京对日本读者讲话,我仍然重复这个老调。并非我喜欢炒冷饭,只是要人们知道我走的是另一条路。我从来不曾想过巧妙地打扮自己取悦于人,更不会想到用花言巧语编造故事供人消遣。我说过,是大多数人的痛苦和我自己的痛苦使我

讲真话的书 （1980—1981）

拿起笔不停地写下去。我爱我的祖国，爱我的人民，离开了它，离开了他们，我就无法生存，更无法写作。我写作是为了战斗，为了揭露，为了控诉，为了对国家、对人民有所贡献，但绝不是为了美化自己。我写小说，第一位老师就是卢梭。从《忏悔录》的作者那里我学到诚实，不讲假话。我写《家》，也只是为了向腐朽的封建制度提出控诉，替横遭摧残的年轻生命鸣冤叫屈。我不是用文学技巧，只是用作者的精神世界和真实感情打动读者，鼓舞他们前进。我的写作的最高境界、我的理想绝不是完美的技巧，而是高尔基《草原故事》中的"勇士丹柯"——"他用手抓开自己的胸膛，拿出自己的心来，高高地举在头上。"五十多年来我受到好几次围攻，"四人帮"烧了我的作品，把我逐出了文艺界。但他们一倒，读者们又把我找了回来，那么写什么呢？难道冥思苦想、精雕细琢、为逝去的旧时代唱挽歌吗？不，不可能！我不会离开过去的道路，我要掏出自己燃烧的心，要讲心里的话。

我要履行自己的诺言，继续把《随想录》写下去，作为我这一代作家留给后人的"遗嘱"。我要写自己几十年创作的道路上的一点收获，一些甘苦。但是更重要的是：给"十年浩劫"作一个总结。我经历了"十年浩劫"的全过程，我有责任向后代讲一点真实的感受。大学生责备我在三十篇文章里用了四十七处"四人帮"，他们的天真值得人羡慕。我在"牛棚"的时候，造反派给我戴上"精神贵族"的帽子，我也以"精神贵族"自居，其实这几位香港的大学生才是真正高高在上的幸福的"精神贵族"。中国大陆给"四人帮"蹂躏了十年，千千万万的人遭受迫害，国民经济到了崩溃的边缘，三代人的身上都留着"四人帮"暴行的烙印……难道住在香港和祖国人民就没有血肉相连的关系？试问多谈"四人帮"触犯了什么"技巧"？在今后的"随想"里，我还要用更多的篇幅谈"四人帮"。"四人帮"绝不只是"四个人"，它复杂得多。我也不是一开始就很清楚，甚至到今天我还在探索。但是，我的眼睛比十多年前亮多了。"十年浩劫"究竟是怎样开始的？人又是怎样变成"兽"的？我总会弄出点眉目来吧。尽管我走得慢，但始终在动；我挖别人的疮，也挖自己的疮。这是多么困难的工作！能不能挖深？敢不敢挖深？会不会有成绩？这对我也是一次考验。过去的十年太可怕了！我们每个人都有责任不允许再发生那样的"浩劫"。我一闭上眼睛，那些残酷的人和荒唐的事又出现在面前。我有这样一种感觉：倘使我们不下定决心，十年的悲剧又会重演。如果大家都有洁癖，不愿意多看见"四人帮"的字样，以为抱住所谓"文学技巧"就可以化作美女，上升天堂，那么任何地方都会出现"牛棚"，一张"勒令"就可以夺去人的一切权利。极左思潮今天还不能说就没有市场，在某些国家人们至今还不明白我们怎样度过那十年的"浩劫"。我对一位日本作家说，我们遭受了苦难，才让你们看清楚究竟是怎么一回事情。据我看，他不一定就看得十分清楚，而且我们也不曾对他们解释明白。

两年前外国朋友常常问我："'四人帮'，不过四个人，为什么有这样大的能量？"我吞吞吐吐，不曾正面回答他们。但在总结十年经验的时候，我冷静地想：不能把一切都推在"四人帮"身上，我自己承认过"四人帮"的权威，低头屈膝，甘心任他们宰割，难道我就没有责任！难道别的许多人就没有责任！不管怎样，我要写出我的总结。我准备花五年的功夫，写完五本《随想录》。这是我的责任，也是我的权利。

十月二十六日

关于《砂丁》
——创作回忆录之九

昨天在旧书堆里发现一九三二年排版的中篇小说《砂丁》的清样，是用铜订书钉订好的一个本子。它跟着我经过了战争，又经过多次的运动，还经过人生难逢的大抄家，竟然没有一点伤痕，真是想不到的事！清样中有一篇《序》，是"一九三二年九月在青岛"写的。我到青岛是在朋友沈从文那里做客，大约住了一个星期。从文当时在山东大学教书，还不曾结婚，住在宿舍里面。他把房间让给我，我晚上还可以写文章。我就借用他的书桌写了短篇小说《爱》，也写了《砂丁》的《序》，因为我的中篇小说已经交给上海开明书店出版，那边正等着我在卷首写几句话。我在青岛写好《序》寄回去，然后去北平旅行，大约一个月以后吧，我回到上海，小说就在书店里发卖了。

中篇小说《砂丁》的脱稿日期应当是这一年的五六月。我还记得这年三月我写了中篇《海的梦》，五月写成了另一个中篇《春天里的秋天》。就在那个时候，上海一份大的日报《申报》准备创刊一本综合性的杂志《申报月刊》，约我写一篇小说。月刊第一期将在七月刊行，我必须在六月内把原稿送去。在月刊社主管文艺栏的是黄幼雄，以前担任《东方杂志》的编辑。《东方杂志》是商务印书馆发行了多年的老牌综合性杂志，"一·二八"上海事变中商务印书馆编译所大楼给日军的炸弹摧毁了，《东方杂志》不得不暂时停刊，黄幼雄就转到新创办的申报月刊社工作。

他同我熟，他来组稿，我一口答应。我当初想过写"死城"的故事，这是一位云南朋友告诉我的，他去过那个地方，对我讲起那里的种种情况。我第一次听人讲起"砂丁"，十分激动。朋友鼓励我写出来。但是不说没有生活，我手边连一点材料也没有。这个朋友姓黄，就是从日本回来住在步高里的两个朋友中的一位，我还把他写进了《爱情的三部曲》，给他起了另外一个名字：高志元。"三部曲"中《雨》里面的高志元可以说是真实的人物，大部分的描写都不是虚构的，连那个绰号"活的气象表"也是真的。（但在《电》里面我就把他理想化了，甚至为他安排了"殉道"的结局。）我在第四篇回忆录中讲过，我写《海的梦》时和那两位朋友同住在步高里。有空我也找黄谈谈"砂丁"们的事情，他谈得不多，我也不曾记录下来，我年轻时候"记性好"，因此养成了不记笔记的习惯。我在《雨》里面写了高志元在上海法租界一家酒楼上谈的一段话，当时他对我讲的大概不过这些。

高志元说："我本来打算在锡矿公司里做事情……到了那里……我看过矿工的生活以后就决定不干了。……在那里做工的人叫作'砂丁'……他们里面有的人是犯了罪逃到那里去做工的，有的却是外县的老实农民，他们受了招工人的骗，卖身的钱也给招工的拿去了。他们到了厂里，别人告诉他们：'招工的人已经把你的身价拿去了，你应该给我们做几年的工。'如果他们不愿意，就有护厂的武装警察来对付他们。……'砂丁'初进厂都要戴上脚镣，因为怕他们逃走。……'砂丁'穿着麻衣，背着麻袋，手里拿着铲子，慢慢儿爬进洞口，挖着锡块就放在袋里，一到休息的时候，他爬出洞来，丢了铲子倒在地上，脸色发青，呼吸闭塞，简直像死人。……我在那里的时候，一天夜里听见枪响，后来问起，才知道一个'砂丁'逃走被警察开枪打死了。我对我那个同学说：'你们的钱都是血染出来的，我不能用一个！'我就走了。"

关于"砂丁"我知道的就只有这一点。黄每次谈起"砂丁"都很动感情。所谓"死城"就是锡城个旧。他去过那里，本来想到公司工作，

讲真话的书　(1980—1981)

但是住了不几天，他忍受不下去。他说，要是他不走，可能有两种前途：或者他患精神病，或者他给人抓走甚至枪杀。我认为他自己的估计不错。他是一个感情丰富的热心家。我在四十几年前写的序言里称他为单纯而真诚的"大孩子"。在中篇《电》里面我给他安排了一个被军阀枪毙的结局，事实上他后来静悄悄地死在云南的家乡。我写《砂丁》的时候，他已经离开了上海。第一年我们之间有过书信往来。他是个不爱写信的人。一九四〇年七月我从上海到昆明，在那里住了三个月，见到了不少云南朋友，却始终没有机会同黄见面。我等待他来昆明，他却希望我去玉溪。我在昆明写完了《火》第一部，还以为他会来找我。他只托人带来一个口信。我没有想到由于我的疏忽就错过了同他见面的机会。第二年我再去昆明，也没有能见到他。一九五五年四月我从印度回来，经过昆明，没有遇见过去的熟人，来去匆匆，我也不曾打听黄的下落。第四次到昆明是在一九六〇年，在那里我没有见到一位老友。现在我记不清楚，究竟是由于时间的限制我无法问到黄的情况，还是我已经知道他离开了我们。那些年我的生活忙乱而紧张，颇像一个初上场的乒乓球员，跑来跳去忙着应付打过来的小球，别的都顾不上了。为了回忆写作《砂丁》的经过，我翻看了《爱情的三部曲》，在《总序》里我重读到黄写给我的旧信中的话："我知道我走了以后你的生活会更寂寞，我知道我走后我的生活也会更寂寞。我愿意我们大家都在一个地方，天天见面，然而这是不可能的。……我恐怕再找不到一个像你这样了解我的人了。"我不知道他是否找到更了解他的朋友，但是我辜负了他的信任。他说我"了解"他，我当时也是这样想，可是除了我四十几年前在小说中留下的那些话以外，我这里就只有他在日本东京买来、后来从家乡寄给我的英国版两卷本《克鲁泡特金自传》，我在扉页上写了一行字说明我当时喜悦的心情："于方赠我"（于方是他的名字）。此外我什么都忘记了。忘不了的就只有中篇小说《砂丁》。写在纸上、印成了书的文字是抹不掉的，即使小说有种种的缺点。总之，我就这样轻易地失去了一位朋友，关于他，我今天什么也讲不出来了。

现在回到小说上面。我答应为《申报月刊》写稿，写什么呢？当时我刚写完《春天里的秋天》，还没有别的打算，又想到了"死城"的故事。我不再踌躇了，我还是决定写，决定编造故事。这种写法是不足为训的，《砂丁》当然也不是成功的作品。生活是创作的源泉，可以说是唯一的源泉。但作家也可以完全写他自己的精神世界或者别人的心灵的发展，不过这样的作品不会是多数读者所关心的。然而我也不是这样，我没有到过那个城市，不曾接触过那些人物，不了解那里的生活环境……也没有任何具体的材料，就凭着两三个简单的故事，搭起中篇小说的架子，开始写起了银姐和升义的会面。

我年纪轻，创作力旺盛，好像浑身有使不完的劲，我写得快，一坐就是半天。没有人"管"我，也没有人"领导"我创作，因此我可以自由发挥，按期写完，准时交稿。《申报月刊》约我写一个短篇，我却交出一个中篇，让他们两期刊完，他们并无意见。写这个中篇时我住在环龙路（南昌路）花园别墅一号，我的舅父陈林不久前租下了那幢房子，让我一个人住在三楼，不像现在我坐下来写不到几百字，就听见门铃在响，担心有人来找，又得下楼谈话。那个时候很少有人打岔，我可以钻进自己编造的世界里去。小说中的"死城"只存在于我的脑子里，真正的锡城并不是这样。可是当时的读者不会管这些，他们不知道"死城"在什么地方，也不会有机会到那么遥远的城市去。我记起来了：我小时候我们家哪一房嫁女准备陪奁，总要把锡匠找来做锡器，如酒壶、烛台，等等。"过礼"时这些锡器都要陈列在"抬盒"里给送到男家。我对这些锡器的制作很感兴趣，经常站在锡匠旁边看他劳动。但是我始终不知道锡是怎样产生出来的。我在一九三一年年尾会见黄以前就不知道中国有座锡城在云南个旧。我的读者不会比我知道得更多，即使我任意下笔，也不会有人出来指摘我的错误。但是像这样地写中篇，我却是第一次，也是最后的一次。我写另一部中篇《雪》也曾在书中进行编造，随意发挥，连自己也不满意。但是我毕竟到过长兴的煤矿，在那里住了一个星期，下过一次矿坑，亲眼看见

讲真话的书 （1980—1981）

矿工们用鹤嘴锄挖煤。还有一部中篇小说也反映我所不熟悉的生活，那就是我在第七篇回忆中提到的《火》第二部。我描写对我完全陌生的地区，就只依靠朋友供给的第二手材料。当时那位朋友和我住在一处，我可以随时找他谈话，问一些有关生活细节、自然环境等等的事，他也可以替我出一点主意。没有他，我写不了这小说。但是《火》第二部虽然写了出来，印了几版，它仍然是"失败之作"。《雪》本来叫《萌芽》，一九三三年在上海出版不久就被国民党党部查禁。一九三四年情况有了些缓和，我将书中人物改名换姓，又把书名改作《煤》，交给另一个书店出版，但是图书杂志审查老爷的朱笔仍然放不过它。我只好把它再改称为《雪》，秘密发行。这部"失败之作"早该"自行消亡"，可是国民党的查禁反而使它活到现在。因此我常常想起我小时候在鼓吹革命的小册子上面看到的"警句"："天下第一乐事未有过于雪夜闭门读禁书。"

我举以上三本小说为例，无非说明靠脱离生活、编造故事的做法写不出好的作品。我不仅反对"闭门造车"，我也不赞成把作家当作鸭子一样赶到生活里去。过去人们常说"走马看花"或者"下马看花"。

我相信过这种做法，但是我也吃过亏上过当，我看到了不少的纸花。总之存心说谎的作品和无心地传达假话的作品都是一现的昙花。说谎的文学即使有最高的"技巧"也仍然是在说谎，不能震撼多数读者的心灵。人为什么需要文学？需要它来扫除我们心灵中的垃圾，需要它给我们带来希望，带来勇气，带来力量，让我们看见更多的光明。倘使我没有记错，一位欧洲作家临终时说过："多一点光明。"让人看见多一点光明，并不是多说几句好话、空话。我为什么需要文学？我想用它来改变我的生活，改变我周围的环境，改变我的精神世界。我五十年的文学生活可以说明一件事情：我不曾玩弄人生，不曾装饰人生，也不曾美化人生，我是在作品中生活，在作品中奋斗。即使是写《砂丁》，我也是在生活，在奋斗。"死城"虽然不是我所描写的那个样子，但"死城"是存在的，"奴隶劳动"是存在的。人们被骗到那里，甚至被绑架到那里，戴着铁镣下矿，劳动，受苦，受虐待，最后死亡，没有一个人活着离开矿山。在我的小说中主人公升义死在意外的事故里，水淹没了矿井，污泥封住了洞子。少女银姐还在大城市里"祷告神明保佑她的升义哥早早发财回来"。我在青岛写的序言中说过："它（指《砂丁》）和我的别的作品一样，里面也有我的同情，我的眼泪，我的悲哀，我的愤怒，我的绝望。……但这并不是一切。"我还说："我是把一个垂死的制度摆在人们的面前，指给人们看：'这儿是伤痕，这儿是血，你们看！……'聪明的读者就不会从这伤痕遍体的尸首上面看出来一个合理的制度的产生么？"所以我在小说的《尾声》中提到"将来一切都翻转过来的时候"，我甚至充满信心地说："那个时候是会到来的。"

那个时候的确来了。一九六〇年我第四次到昆明，就是为了去访问锡城个旧。去的途中我游览了石林。在石山中间上上下下走得满头大汗，就只有我们一行三四个人。晚上我在路南县过夜，一路上照料我的是一位年轻的四川同乡。他已在昆明工作了几年，也比较熟悉锡城的一些情况。我还记得那一晚是很好的月夜，招待所很清静，没有什么客人。我想起了二三十年前的旧事，想起多年不通音信的朋友，我一个人在院子里散步，走了许久，也想了许久。我知道在前面等着我的不会是"死城"，但是过去那些受苦的人，那些数不清的旧社会、旧制度的受难者，他们的不幸遭遇在我的心上投下深浓的阴影，倒下了的人不会站起来诉苦了。我多么希望能找到一个熟人，向他倾吐我的感情。

第二天早晨我坐着车子奔向个旧。离锡城越近，我越兴奋，我二十八年前发表中篇，不是为了争取名利，也不是为了讨好长官。我过去常说：大多数人的痛苦像一根鞭子似的抽打我的背，逼着我写作。我写过去的黑暗就是为了迎接今天的光明。升义他们，那些死去的冤魂看不到春回大地的景象，我就要看到了。

车子停在金湖宾馆的门前。喷水池边石栏杆上的盆景亲切地欢迎我，每一层楼玻璃窗上浅红色窗帘仿佛在对我微笑。春天的风轻轻地揩去我脸

讲真话的书 （1980—1981）

上的尘土，从不远处送过来锣鼓声和人们的笑语。山坡上高高低低一幢一幢土红色和灰色的楼房，人们告诉我它们都是工人的宿舍。我不由得想起小说里没有窗户的阴冷潮湿的"炉房"。过去那两座光秃秃的山——老阴山和老阳山上不仅绿树成荫，而且修建了不少美丽的楼房。我住的宾馆是在过去的乱坟堆中间建筑起来的。再也找不到乱坟堆，也看不到死城了。我来到一个充满生活力的兴旺的城市。

我住了六天，没有停过脚。我到处找寻同我在小说中描写的类似的遗迹，却什么也看不见。我下过矿井在地底下两百米的大坑道里，铁轨旁边洞壁上有一个小洞眼，矿工同志在背后推着我爬到那里，用煤石灯照着朝上看，洞子早给封住了，我只能想象当年童工们背着"矿包"从这里往上爬的情景。我还到过地下的小卖部，在明亮的电灯光下，坐在长凳上，捧着瓷茶缸喝热气腾腾的糖开水。我也去过市文化馆，参观了那里布置的"矿工今昔展览室"，在那里我看到旧日"伙房"的模型，我才知道我当年误把"伙房"写作了"炉房"，那是一种吊脚楼，由一把活动的梯子通到上面，楼板上铺着烂草、滑席，几十个人挤在一个大铺上，盖的是蓑衣、破絮。屋角有一个便桶。"砂丁"们一进去，门就给"凉饭狗"锁上了。"伙房"四周都是碉堡，矿警住在里面。有些"砂丁"得罪了他们，就给活活地打死。过去的实际情况比我想象的更可怕，更黑暗，更残酷。但是那一切终于像夜雾似的被阳光驱散了。我在个旧看见了明媚的春天，中饭后我在金湖旁边散步，水面上好像浮起千万颗明珠，又好像千万条金色小鱼在水里游来游去。我爱上了这个地方，离开这里的前一天晚上我和五位矿工（里面有从小被骗到矿山戴着脚镣下洞的老"砂丁"）同去京剧院看《杨八姐游春》，欣赏年轻演员的精彩表演。看到皇帝出洋相和杨八姐骂昏君的时候，大家笑得多高兴。……

我还要到别处去开会，不能在锡城多停留。匆匆地离开，我觉得好像失去了什么东西。我当初原想多搜集材料改写我的中篇，后来又想下次再来，多住些日子。但是运动和任务接连不断，上面还有"长官"们发号施令，哪能容你专心写作？（我只发表了两篇回忆个旧的散文。）我还记得张春桥，他从一九五五年起就"领导"上海的文艺工作。我看见他步步高升，不由得不担心，等到他当了"中央文革"的副组长，我就大祸临头了。我从人变到了"牛"，哪里还敢想改写小说？连我在散文中提起矿工们看京剧，看到杨八姐骂皇帝笑得高兴，也受到造反派的严厉批判，要我交代、检查。我当时正在后悔自己写了十四卷"邪书"，听说有人烧毁《家》，反而感到轻松。否定自己，这个问题我已经解决。但偶尔我会想到一些我写过的书和我去过的地方，例如想到锡城个旧，我就起了一个疑问：连企图强占民女的昏君也不准人骂了，是不是在那里又有"翻转过去"的事情？这个疑问的确带给我一些精神折磨，然而并没有动摇我对未来的信念。

我跟锡城分别后，一晃就是二十年。我得到了"第二次的解放"，锡城经过十年的"浩劫"也得到了新生。我近来多病不容易再作一次长途旅行。但个旧市现有它自己的文艺期刊《个旧文艺》，这也是一件新的事物，它本身就是一个进步，而且它会向关心的读者介绍锡城的新貌。

关于《砂丁》，我想说的话就是这么一些。我现在的想法有了改变，我认为用不着改写它了。就让它这个样子存在下去吧，因为我并没有讲过假话。

十一月

祝《萌芽》复刊

《萌芽》复刊，主编同志要我讲几句话。倘使我没有记错，《萌芽》创刊时我曾写过短文表示我的祝贺和期望，但现在不需要我出来讲什么了。前些时候我的家乡成都要创刊一种叫作《青年作家》的杂志，有人来向我征求意见。我说，我接触过一些青年作家，现在并不是我们带着他们，扶他们缓缓前进，应当是他们推开我们，把我们甩在后头。可能有人不同意我这个说法。但是今天我仍然坚持我的主张。我不大喜欢"培养""接班"这一类字眼，我也不喜欢"老作家"这样的称呼。在国外好像没有人用这种称呼。作家就是作家嘛，他靠作品而存在，不能靠资格活下去。作家是职业，不是官职。只要手里捏着笔，他可以写到死。只要有人读他的书，谁也不能强迫他搁笔。但是作家多年不写文章，他就会被读者忘记。既然称"老"，不管是"衰老"，还是"老朽"，都得退休。所以有人抱怨"老"作家霸占着席位，新作家起不来。还有人抱怨"老"作家不肯带徒弟培养新人。我看问题还是出在"老"字上。我建议取消这顶帽子。我们生活在九亿人口的大国，就只有寥寥可数的少数作家，空着的席位多得很，谈不到谁霸占谁的席位。

只要读者接受你的作品，你就可以大步走进文坛，那么多的空席位任你挑选。培养作家的是生活，养活作家的是读者，我始终这样想。我也不赞成"带徒弟"的说法，作家不是温室里的花朵。他是在生活中间锻炼成长的，每个作家有他自己的生活经验，有他自己的思想感情，别人不能代替他感受，也不能替他出主意怎样下笔。别人能替作者改动的只是错别字和文法不通顺的字句。这种事情文学出版社和期刊的编辑做得比"老"作家更好。拿我来说吧，我一九二八年从法国把第一部小说《灭亡》寄给上海朋友，原稿上还有些别字。我并不认识叶圣陶同志，更没有想到在《小说月报》上发表作品。圣陶同志把我的小说拿去发表，绝不是看上了那些错别字，而是为了小说的内容，为了小说中人物的命运。我当时还不能驾驭文字，也不想"进入"文坛。我从来不认为自己是"文学家"，我一再声明自己只是一个"客串"。但是我描写、反映自己熟悉的生活，表达我的思想感情，用笔作武器进行斗争，我认为这是我的责任，也是我的权利。我要进行战斗，就不肯放下我的笔，我只好在创作实践中不断学习。凡是对我写作有用的我都学。我学会了少写别字，少说废话。

我没有才华，也不会玩弄技巧，我写作一方面靠辛勤劳动，另一方面靠生活中的爱憎。我希望我的文章起较大的作用，打动更多人的心，我尽全力把故事讲得好一些，感情倾注得多一些，用自己的真实感情去感动别人。我不喜欢那些浓妆艳抹、忸怩作态、编造故事、散布谎言的文学作品。我认为技巧是为内容服务的，不可能有脱离内容的技巧。每个作家都有他自己的表现手法，这是从他的创作经验产生的。古今中外的文学作品我也读了一些，但是震撼我的心灵、使我的生活受到巨大影响的作品（例如《悲惨世界》和《复活》）绝不是乔装打扮、精雕细琢、炫耀才华、卖弄技巧的东西。我因为自认为是一个"客串"，精神上没有包袱，我可以老老实实地写，不必管有没有"文学腔"。我写文章不是因为想做作家，只是因为我有一肚皮的话想吐出来，我在生活里有许多感受要写出来。我的感受，我的话只能由我自己写，自己说，不能找别人帮忙，请别人"培养"。我听见有些年轻人说："我想写，写不出来。"自己写不出来，别人也无法代写，反正写得出的人不会少。全国有一百几十种文艺刊物，它们需要稿子。

前两个月我遇见一位青年作家，她说她在农村插队九年，有很多话

讲真话的书 (1980—1981)

要说，她一定要写出来。她已经在刊物上发表了一些作品，她还准备写出更多的。这样的青年作家我见过好几个，我知道他们的数目不少，各省市都有。他们有生活，有爱憎，有话要说，有精力从事创作劳动，不让他们写也不行。读者需要他们。他们是正在生长、发展的新生力量。他们有勇气，有良心，有才华，有责任感；他们不为名，不为利，只是出于对祖国和人民的热爱。他们不是"文学商人"，也不会看"风向"、看"行情"。他们向读者交出整个的心。他们是靠作品而存在，而战斗，而成长。他们将在自己的艺术实践中勇往直前。在他们的身上我看到了我国文学事业的繁荣和发展。

我热诚地欢迎他们，也甘心让他们把我抛在后头。

十一月二十八日

《靳以文集》后记

去年是靳以逝世的二十周年，我写了一篇怀念他的短文。我当时这样写道：

时间好像在飞跑，靳以逝世一转眼就是二十年了。但我总觉得他还活着。

一九三一年我第一次在上海看见他，他还在复旦大学念书，在同一期的《小说月报》上发表了我们两人的短篇小说。一九三三年底在北平文学季刊社我们开始在一起工作。（他在编辑《文学季刊》，我只是在旁边帮忙看稿，出点主意。）这以后我们或者在一个城市里，或者隔了千山万水，从来没有中断联系，而且我仍然有在一起工作的感觉。他写文章，编刊物；我也写文章，编丛书。他寄稿子给我，我也给他的刊物投稿。我们彼此鼓励，互相关心。一九三八年下半年他到重庆，开始在复旦大学授课。他进了教育界，却不曾放弃文艺工作。二十几年中间，他连续编辑了十种以上的大型文艺期刊和文艺副刊，写了长篇小说《前夕》和三十几本短篇小说和散文集，并为新中国培养了不少优秀的语文教师和青年文学工作者。今天不少有成就的中年作家大都在他那些有独特风格的刊物上发表过最初的作品，或多或少地得到他的帮助。那些年我一直注视着他在生活上、在创作上

讲真话的书 (1980—1981)

走过的道路,我看见那些深的脚印,他真是跨着大步在前进啊。从个人爱情上的悲欢开始,他在人民的欢乐和祖国的解放中找到自己的幸福。《青的花》的作者终于找到了共产党。他的精神越来越饱满,情绪越来越热烈,到处都听见他那响亮的、充满生命和信心的声音:"你跑吧,你跑得再快再远,我也要跟着你转,我们谁也不能落在谁的后边。"

二十年过去了。他的声音还是那样响亮,那样充满生命和信心。我闭上眼,他那愉快的笑脸就在我的面前。"怎么样?"好像他又在发问。"写吧。"我不假思索地回答。这就是说,他的声音、他的笑容、他的语言今天还在给我以鼓励。

靳以逝世的时候刚刚年过五十,有人说:"他死得太早了。"我想,要是他再活三十年那有多好。我们常常感到惋惜,后来在"文化大革命"期间,我和其他几位老作家在"牛棚"里也常常谈起他,我们却是这样说:"靳以幸亏早死,否则他一定受不了。"我每次挨斗受辱之后回到"牛棚"里,必然想到靳以。"他即使在一九五九年不病死,现在也会给折磨死的。"我有时这样想。然而他还是"在劫难逃"。他的坟给挖掉了。幸而骨灰给保存了下来,存放在龙华革命公墓里,可是我哥哥李林的墓给铲平以后,什么都没有了。

一九五九年靳以逝世后,中国作家协会派人到上海慰问他的家属,问起有什么要求,家属希望早日看到死者的选集或者文集。协会同意了,出版社也答应了,不过把编辑的事务托给作家协会上海分会办理。最初听说要编四册,后来决定编成上下两集。《靳以文集》上集已经在"文化大革命"以前出版,印数少,没有人注意,而且"大写十三年"的风越刮越猛,即使还没有点名批判,出这样的书已经构成了右倾的罪名,再没有人敢于提下集的事。于是石沉大海,过了十几年还不见下集的影子。死

一九八〇年

者的家属问原来的编辑人，说是早在"文化大革命"以前就交出了原稿，出版社呢，还没有人到出版社去交涉，但回答是料想得到的："现在纸张缺乏"，或者"不在计划之内"。不过我想，倘使靳以忽然走运，只要风往这边一吹，下集马上就会出来。否则……谁知道靳以是什么人？已经十几年没印过他的一本书了。

要是靳以死而有知，他会有什么感想呢？

一九七九年八月十一日

最近，靳以的女儿洁思把《靳以文集》下集的全稿送给我看，我才知道出版社愿意履行诺言，尽它的职责，把落在大海里的石子捡回来。当然海底捞针，只是神话里的事情。下集原稿早已丢失，我现在看到的是重新编选的稿本。经过"十年浩劫"之后我又看到这样一叠文稿，它们多么值得珍惜，我相信这一次不会再有什么阻力了。

靳以是一位勤勤恳恳的作家，又是认真负责的编辑，还是桃李满天下的教师。他在这三方面都做了巨大的工作，也取得不小的成就。他后来发病住院治疗还在病房里审稿校稿，可以说坚持工作直到生命的最后一息。他的早逝是一个大的损失。他留下不少的作品（长篇、中篇、短篇、散文等等），在读者中间产生过影响。香港书店不久前还编印过《靳以小说选》和《靳以散文选》，对今天的读者来说，上下两册文集似嫌分量太少，希望将来能看到靳以的多卷本文集。这大概不是我的奢望吧。

十二月七日

关于《激流》

——创作回忆录之十

一

近来多病，说话、写字多了，就感到吃力。但脑子并不肯休息，从早到晚它一直在活动，甚至在梦中我也得不到安宁。总之，我想得很多。最近刚写完《随想录》第二集，我正在续写《创作回忆录》，因此常常想起过去写作上的事情。出版社计划新排"激流三部曲"，我重读了《家》。关于《家》我自己谈得不少，别人谈得更多。我经常在想几件有关这本小说的事。我在这里谈谈它们。

第一件。一位美籍华裔女作家三年前对我说："你的《家》不行，写恋爱也不像，那个时候你还没有结婚。"我当时回答她："你飞过太平洋来看朋友，我应当感谢你的好意，我不是来跟你吵架的。"我笑了。我还听见人讲《家》有毛病，文学技巧不高，在小说中作者有时站出来讲话。我只有笑笑。

第二件。一九七七年出版社打算重印《家》，替这本小说"恢复名誉"，在社内引起争论，有人反对，认为小说已经"过时"；有人认为作者没有给读者指路，作品有缺点，争论不休之后，终于给小说开了绿灯。我还为新版写了《重印后记》，我自己也说"《家》已经完成了它的历史任务"。

　　第三件。时间更早一些，是在我"靠边"受审、给关在"牛棚"里的时期，不是一九六八年，就是六九年，南京路上有批判我的专栏。造反派们毫不脸红地按期在过去马路旁的广告牌上造谣撒谎，我也已经习惯于这种诬蔑，无动于衷了。但是有一个下午我在当天日报上看到一篇文章，叙述北火车站候车室里发生的故事，却使我十分激动。一个女青年在候车室里出神地看书，引起了旅客们的注意，有人发现她看的书是"毒草"小说《家》，就说服她把书当场烧毁，同时大家在一起批判了"毒草"小说。

　　还有第四件、第五件、第六件……不列举了。一个二十七岁的年轻人写了一本长篇小说，它本来会自生自灭，也应当自行消亡，不知怎样它却活到现在，而且给作者带来种种的麻烦。我最近常常在想：为什么？为什么？

　　我还记得，一九六六年八月底九月初，隔壁人家已经几次抄家，我也感到大祸就要临头。有一天下午，我看见我的妹妹烧纸头，我就把我保存了四十几年的大哥的来信全部交给她替我烧掉。信一共一百几十封，装订成三册，从一九二三年到一九二六年写给我和三哥（尧林）的信都在这里，还有大哥自杀前写的绝命书的抄本。我在写《家》《春》《秋》和《谈自己的创作》时都曾利用过这些信。毁掉它们，我感到心疼，仿佛毁掉我的过去，仿佛跟我的大哥永别。但是我想到某些人会利用信中一句半句，断章取义，造谣诽谤，乱加罪名，只好把心一横，让它们不到半天就化成纸灰。"十年浩劫"中我一直处在"什么也顾不得"的境地，"四人帮"下台后我才有"活转来"的感觉。抄去的书刊信件只退回一小半，其余的不知道造反派弄到哪里去了。在退回来的信件中我发现了三封大哥的信，最后的一封是一九三〇年农历三月四日写的，前两天翻抽屉找东西我又看见了它。在第一张信笺上我读到这样的话：

　　《春梦》你要写，我很赞成；并且以我家人物为主人翁，

讲真话的书 (1980—1981)

> 尤其赞成,实在的,我家的历史很可以代表一切家族的历史。我自从得到《新青年》等书报读过以后,我就想写一部书。但是我实在写不出来。现在你想写,我简直喜欢得了不得。我现在向(你)鞠躬致敬,希望你有余暇把他(它)写成罢,怕什么!《块肉余生述》若(害)怕,就写不出来了。

整整五十年过去了。这中间我受过多少血和火的磨炼,差一点落进了万丈深渊,又仿佛喝过了"迷魂汤",记忆力大大地衰退,但是在我的脑子里大哥的消瘦的面貌至今还没有褪色。我常常记起在成都正通顺街那个已经拆去的小房间里他含着眼泪跟我谈话的情景,我也不曾忘记一九二九年在上海霞飞路(淮海路)一家公寓里我对他谈起写《春梦》的情景。倘使我能够挖开我的记忆的坟墓,那里埋着多少大哥的诉苦啊!

为我大哥,为我自己,为我那些横遭摧残的兄弟姊妹,我要写一本小说,我要为自己,为同时代的年轻人控诉、申冤。一九二八年十一月回国途中,在法国邮船(可能是"阿多士号",记不清楚了)四等舱里,我就有了写《春梦》的打算,我想可以把我们家的一些事情写进小说。一九二九年七八月我大哥来上海,在闲谈中我提到写《春梦》的想法。我谈得不多,但是他极力支持我。后来他回到成都,我又在信里讲起《春梦》,第二年他寄来了上面引用的那封信。《块肉余生述》是狄更斯的长篇小说《大卫·考伯菲尔》的第一个中译本,是林琴南用文言翻译的,他爱读它,我在成都时也喜欢这部小说。他在信里提到《块肉余生述》,意思很明显,希望我没有顾忌地把自己的事情写出来。我读了信,受到鼓舞。我有了勇气和信心。我有十九年的生活,我有那么多的爱和恨,我不愁没有话说,我要写我的感情,我要把我过去咽在肚里的话全写出来,我要拨开我大哥的眼睛让他看见他生活在什么样的环境里面。(那些时候我经常背诵鲁迅先生翻译的小说《工人绥惠略夫》中的一句话:"可怕的是使死骸站起来看见自己的腐烂……"我忍不住多次地想:不要等到太迟了的时候。）

　　过了不到一年，上海《时报》的编者委托一位学世界语的姓火的朋友来找我，约我给《时报》写一部连载小说，每天发表一千字左右。我想，我的《春梦》要成为现实了。我没有写连载小说的经验，也不去管它，我就一口答应下来。我先写了一篇《总序》，又写了小说的头两章（《两兄弟》和《琴》）交给姓火的朋友转送报社编者研究。编者同意发表，我接着写下去。我写完《总序》，决定把《春梦》改为《激流》。故事虽然没有想好，但是主题已经有了。我不是在写消逝了的渺茫的春梦，我写的是奔腾的生活的激流。《激流》的《总序》在上海《时报》四月十八日第一版上发表，报告大哥服毒自杀的电报十九日下午就到了。还是太迟了！不说他一个字不曾读到，他连我开始写《激流》的事情也不晓得。按照我大哥的性格和他所走的生活道路，他的自杀是可以料到的。但是没有挽救他，我感到终生遗憾。

　　我当时住在闸北宝山路宝光里，电报是下午到的，我刚把第六章写完，还不曾给报馆送去。报馆在山东路望平街，我写好三四章就送到报馆收发室，每次送去的原稿可以用十天到两个星期。稿子是我自己送去的，编者姓吴，我只见过他一面，交谈的时间很短，大概在这年底前他因病回到了浙江的家乡，以后的情况我就不知道了。《激流》从一九三一年四月十八日起在《时报》上连载了五个多月。九一八事变后，报纸上发表小说的地位让给东北抗战的消息了。《激流》停刊了一个时期，报馆不曾通知我。后来在报纸上出现了别人的小说，我记得有林疑今的，还有沈从文的作品（例如《记胡也频》），不过都不长。我的小说一直没有消息，但我也不曾去报馆探问。我有空时仍然继续写下去。我当时记忆力强，虽然有一部分原稿给压在报馆里，我还不曾搞乱故事情节，还可以连贯地往下写。这一年我一直住在宝光里，那是一幢石库门的二层楼房。在这里除了写《激流》以外，我还写了中篇小说《雾》和《新生》以及十多个短篇。起初我和朋友索非夫妇住在一起，我在楼下客堂间工作，《激流》的

讲真话的书 （1980—1981）

前半部是在客堂间里写的。九一八事变后不久索非一家搬到提篮桥去了，因为索非服务的开明书店编译所早已迁到了那个地区。宝光里十四号里就只剩下我一个人，还有那个给我做饭的中年娘姨。这时我就搬到了二楼，楼上空阔，除了床，还有一张方桌，一个凳子，加上一张破旧的小沙发，是一个朋友离开上海时送给我的，这还是我头一次使用沙发。我的书和小书架都放在亭子间里面。《激流》的后半部就是在二楼方桌上写完的。这中间我去过一趟长兴煤矿，是一个姓李的朋友约我同去的，来回一个星期左右。没有人向我催稿，报纸的情况我也不清楚，但是形势紧张，谣言时起，经常有居民搬进租界，或者迁回家乡。附近的日本海军陆战队随时都可能对闸北区来一个"奇袭"。我一方面有充分时间从事写作，另一方面又得作"只身逃难"的准备。此外我发现慢慢地写下去，小说越写越长，担心报馆会有意见，还不如趁早结束。果然在我决定匆匆收场，已经写到瑞珏死亡的时候，报馆送来了信函，埋怨我把小说写得太长，说是超过了原先讲定的字数。信里不曾说明要"腰斩"我的作品，但是用意十分明显。我并不在乎他们肯不肯把我的小说刊载完毕，当初也并不曾规定作品应当在若干字以内结束。不过我觉得既然编者换了人，我同报馆争吵下去，也不会有什么结果。我就送去一封回信，说明我的小说已经结束，手边还有几万字的原稿，现在送给他们看看，不发表它们，我也不反对。不过为了让《时报》的读者读完我的小说，我仍希望报馆继续刊登余稿。我声明不取稿酬。我这个建议促使报馆改变了"腰斩"的做法，《激流》刊载完毕，我总算没有辜负读者。少拿一笔稿费对我有什么损害呢？

《激流》就这样地在《时报》上结束了。但是我只写了一年里面的事情。而我在《总序》里却说过："我所要展开给读者看的乃是过去十多年生活的一幅图画。"时间差了那么多！并且我还有许多话要说，有好些故事要讲，我还可以把小说续写下去。我便写一篇后记，说已经发表的《激流》只是它的第一部《家》，另外还有第二部《群》，写社会，写主人公觉慧到上海以后的活动。我准备接下去就写《群》，可是一直拖到一九三五年八九月我才开始写了三四张稿纸，但以后又让什么事情打岔，没有能往下写。第二年靳以到上海创办《文季月刊》，我为这个刊物写了连载小说《春》，一九三九年至四〇年我又在上海写了《春》的续篇《秋》。我为什么要写《春》和《秋》以及写成它们的经过，我在《谈自己的创作》里讲得很清楚，用不着在这里重复说明了。这以后《家》《春》《秋》就被称为"激流三部曲"。至于《群》，在新中国成立后，我还几次填表报告自己的创作计划，要写《群三部曲》。但是一则过不了知识分子的改造关，二则应付不了一个接一个的各式各样的任务，三则不能不胆战心惊地参加没完没了的运动，我哪里有较多的时间从事写作！到了所谓"文化大革命"期间，我倒真正庆幸自己不曾写成这部作品，否则张（春桥）姚（文元）的爪牙不会轻易地放过我。

二

我在三十年代就常说我不是艺术家，最近又几次声明自己不是文学家。有人怀疑我"假意地谦虚"。我却始终认为我在讲真话。《激流》在《时报》上刊出的第一天，报纸上刊登大字标题称我为"新文坛巨子"，这明明是吹牛。我当时只出版了两本中篇小说，发表过十几个短篇。文学是什么，我也讲不出来，究竟有没有进入文坛，自己也说不清楚，哪里来的"巨子"？我一方面有反感，另一方面又感到惭愧，虽说是吹牛，他们却也是替我吹牛啊！而且我写《激流·总序》和第一章的时候，我就只有那么一点点墨水。在成都十几年，在上海和南京几年，在法国不到两年，从来没有人教过我文学技巧，我也不曾学过现代语法。但是我认真地生活了这许多年。我忍受，我挣扎，我反抗，我想改变生活，改变命运，我想帮助别人，我在生活中倾注了自己的全部感情，我积累了那么多的爱憎。我答应报馆的约稿要求，也只是为了改变命运，帮助别人，为了挽救大哥，实践我的诺言。我只有一个主题，没有计划，也没有故事情节，但是

讲真话的书　（1980—1981）

送出第一批原稿时我很有勇气，也充满信心。我知道通过那些人物，我在生活，我在战斗。战斗的对象就是高老太爷和他所代表的制度，以及那些凭借这个制度作恶的人，对他们我太熟悉了，我的仇恨太深了。我一定要把我的思想感情写进去，把我自己写进去。不是写我已经做过的事，是写我可能做的事；不是替自己吹嘘，是描写一个幼稚而大胆或者有点狂妄的青年的形象。挖得更深一些，我在自己身上也发现我大哥的毛病，我写觉新不仅是警告大哥，也在鞭挞我自己。我熟悉我反映的那种生活，也熟悉我描写的那些人。正因为像觉新那样的人太多了，高老太爷才能够横行无阻。我除了写高老太爷和觉慧外，还应当在觉新身上花费更多的笔墨。

倘使语文老师、大学教授或者文学评论家知道我怎样写《激流》，他们一定会认为我在"胡说"，因为说实话，我每隔几天奋笔写作的时候，我只知道我过去写了多少、写了些什么，却没有打算以后要写些什么。脑子里只有成堆的生活积累和感情积累。人们说什么现实主义，什么浪漫主义，我一点也想不到，我想到的只是按时交稿。我拿起笔从来不苦思冥想，我照例写得快，说我"粗制滥造"也可以，反正有作品在。我的创作方法只有一样：让人物自己生活，作者也通过人物生活。有时，我想到了写一件事，但是写到那里，人物不同意，"他"或者"她"做了另外的事情。我的多数作品都是这样写出来的。我控制不住自己的感情，也不想控制它们。我以本来面目同读者见面，绝不化妆。我是在向读者交心，我并不想进入文坛。

我在前面说过，我刚写完第六章，就接到成都老家发来的电报，通知我大哥自杀。第六章的小标题是《做大哥的人》。这不是巧合，我写的正是大哥的事情，并且差不多全是真事。我当时怀着二十几年的爱和恨向旧社会提出控诉，我指出：这里是血，那里是尸首，这里是屠刀。写作的时候，我觉得有不少的冤魂在我的笔下哭诉、哀号。我感到一股强大的精神力量，我说我要替一代人申冤。我要使大哥那样的人看见自己已经走到深渊的边缘，身上的疮开始溃烂；万不想大哥连小说一个字也没有能读到。

读完电报我怀疑是在做梦,我又像发痴一样过了一两个钟头。我不想吃晚饭,也不想讲话。我一个人到北四川路,在行人很多、灯火辉煌的人行道上走来走去。住在闸北的三年中间,我吃过晚饭经常穿过横浜桥去北四川路散步。在中篇小说《新生》里我就描述过在这条所谓"神秘之街"上的见闻。

我的努力刚开始就失败了。又多了一个牺牲者!我痛苦,我愤怒,我不肯认输。在亮光刺眼、噪音震耳、五颜六色的滚滚人流中,我的眼前不断出现我祖父和大哥的形象,祖父是在他身体健康、大发雷霆的时候,大哥是在他含着眼泪向我诉苦的时候。死了的人我不能使他复活,但是对那吃人的封建制度我可以进行无情的打击。我一定要用全力打击它!我记起了法国革命者乔治·丹东的名言:"大胆,大胆,永远大胆!"大哥叫我不要"怕"。他已经去世,我更没有顾虑了。回到宝光里的家,我拿起笔写小说的第七章《旧事重提》,我开始在挖我们老家的坟墓。空闲的时候我常常翻看大哥写给我和三哥的一部分旧信。我在《家》以及后来的《春》和《秋》中都使用了不少旧信里提供的材料。同时我还在写其他的小说,例如中篇《雾》和《新生》,大约隔一星期写一次《家》。写的时候我没有遇到任何的困难。我的确感觉到生活的激流向前奔腾,它推着人物行动。高老太爷、觉新、觉慧,这三个主要角色我太熟悉了,他们要照自己的想法生活、斗争,或者作威作福,或者忍气吞声,或者享乐,或者受苦,或者胜利,或者失败,或者死亡……他们要走自己的路,我却坚持进行我的斗争。我的最大的敌人就是封建制度和它的代表人物。我写作时始终牢牢记住我的敌人。我在十年中间(一九三一到一九四〇)写完"激流三部曲"。下笔的时候我常常动感情,有时丢下笔在屋子里走来走去,有时大声念出自己刚写完的文句,有时叹息呻吟、流眼泪,有时愤怒,有时痛苦。《春》是在狄思威路(溧阳路)一个弄堂的亭子间里开了头,后来在拉都路(襄阳路)敦和里二十一号三楼续写了一部分,最后在霞飞路霞飞坊五十九号三楼完成,那是一九三六到一九三七年的事。《秋》不曾

讲真话的书 (1980—1981)

在任何刊物上发表过,它是我一口气写出来的。一九三九年下半年到第二年上半年,我躲在上海"孤岛"(日本军队包围中的租界)上,主要是为了写《秋》。

人们说,一切为了抗战。我想得更多,抗战以后怎样?抗战中要反封建,抗战以后也要反封建。这些年高老太爷的鬼魂就常常在我四周徘徊,我写《秋》的时候,感觉到我在跟那个腐烂的制度作拼死的斗争。在《家》里我的矛头针对着高老太爷和冯乐山;在《春》里我的矛头针对着冯乐山和周伯涛;在《秋》里我的矛头针对着周伯涛和高克明。对周伯涛,我怀着强烈的憎恨。他不是真实的人,但是我看见不少像他那样的父亲,他的手里紧紧捏着下一代人的命运,他凭个人的好恶把自己的儿女随意送到屠场。

当时我在上海的隐居生活很有规律,白天读书或者从事翻译工作,晚上九点后开始写《秋》,写到深夜两点,有时甚至到三四点,然后上床睡觉。我的三哥李尧林也在这幢房子里,住在三楼亭子间,他是一九三九年九月从天津来的。第二年七月我再去西南后,他仍然留在上海霞飞坊,一直到一九四五年十一月我回上海送他进医院,在医院里他没有活到两个星期。他是《秋》的第一个读者。我一共写了八百多页稿纸,每次写完一百多页,结束了若干章,就送到开明书店,由那里发给印刷所排印。原稿送出前我总让三哥先看一遍,他有时也提一两条意见。我五月初写完全书,七月中就带着《秋》的精装本坐海船去海防转赴昆明了。我今天向一些年轻朋友谈起这类事情,他们觉得奇怪:出版一本七八百页的书怎么这样快,这样容易!但事实毕竟是事实。

三

"激流三部曲"就是这样地写出来的。三本书中修改次数最多的是《家》,我写《家》的时候,喜欢使用欧化句子,大量地用"底"字,而且正如我在小说第五章里所说,"把'的''底''地'三个字的用法也分别清楚"。我习惯用欧化句子的原因在第四篇回忆录里已经讲过,不再在这里重述。我边写边学,因此经常修改自己的作品。幸而我不是文学艺术的专家,用不着别人研究我的作品中的Variant(异文),它们实在不少。就拿《家》来说吧,一九三三年我第一次看单行本的校样,修改了一遍,第三十五章最后关于"分家"的几段便是那时补上去的,一共三张稿纸。《家》的全稿都在时报馆丢失了,只有这三页增补的手稿保留下来。五十年代中我把它们连同《春》和《秋》的全部手稿赠给北京图书馆了,那两部手稿早在四十年代就已装订成册,我偶尔翻着它们,还信笔加上眉批,不过这样的批语并不多。一九三六年开始写《春》,我又读了《家》,作了小的改动。一九三七年上半年书店要排印《家》的新五号本,我趁这机会又把小说修改一遍,删去了四十个小标题,文字上作了不少的改动,欧化句子减少了。这一版已经打好纸型,在美成印刷所里正要上架印刷的时候,"八一三"事变,印刷所化成灰烬,小字本《家》永远失去了同读者见面的机会。幸而我手边还留了一份清样。这年底开明书店在上海重排《家》,根据的就是这一份清样,也就是唯一的改订稿。我一边看《家》的校样,一边续写《春》。《春》的初稿分一、二两部。一九三八年二月写完《春》的尾声,不久我就离开上海去广州,开始了"在轰炸中的日子"。

建国后人民文学出版社愿意重印《家》,一九五二年十月我从朝鲜回来,又把《家》修改了一遍才交出去排印。这次修改也是按照我自己的意思。一九五七年开始编辑《巴金文集》,我又主动地改了一次《家》,用"的"字代替了"底"。算起来这部小说一共改动了七八次,上个月的修改,改动最少,可能是最后的一次了。如此频繁地修改一部作品,并不能说明我写作态度的认真,这是由于我不是文学家,只能在实践中学习。但是这本小说已经活了五十年,几次的围攻和无情的棍棒都没有能把它砸烂,即使在火车站上烧毁,也没有能使它从人间消失。几十年来我一直听

讲真话的书 (1980—1981)

见各种各样的吱吱喳喳：什么没有给读者指明道路啦，什么反封建不够彻底啦，什么反封建已经过时啦……有一个时期我的脑子也给搞糊涂了，我彻底否定了自己的作品。造反派说《家》是替地主阶级少爷小姐"树碑立传"的小说，批判我是"地主阶级的孝子贤孙"，我低头承认。但是我至今不能忘记的是在"牛棚"里被"提审"或者接受"外调"的时候，不管问话的人是造反派，还是红卫兵，是军代表，还是工宣队，我觉得他们审问的方法和我父亲问案很相似（我五六岁时在广元县衙门里经常在二堂上看我父亲审案），甚至更"高明"。这个事实使我产生疑问：高老太爷的鬼魂怎么会附在这些人的身上？在"牛棚"里，在"五七"干校内，我一面为《家》写检讨，自己骂自己，一面又在回忆写作"激流三部曲"的情况和当时的想法。我写《家》就是为了让它消亡，我反封建是真的反封建，而不是为了给自己争取名利。反封建如已过时，我的小说便不会有读者；反封建不够彻底，就会由反得彻底的作品代替。总之，《家》如果自行消亡，我一定十分高兴，因为摆脱了封建，我们的祖国、我们的社会一定有更大的进步，这正是我朝夕盼望的事。

"激流三部曲"中《春》和《秋》都只改了一次，就是一九五八年编辑《文集》时的修改，改动不算太小，还增加了章节，《春》也由一、二两部合并成了一部。现在进行的是第二次的修改，改得极少，只是删去一些字句。这是最后一次的修改了。关于《春》和《秋》人们也有各种不同的看法。香港出版的《新文学大系续编》小说二集的编者说"这两部续作……反而造成了《家》的累赘"，因为"作品中的许多人物、故事是他（指作者）根据过去生活中的一些记忆和一些偶然的见闻拼凑起来的，是虚构的"。我不想替自己辩护，而且辩护也没有用，因为历史是无情的。我只说，在《秋》的序文里我写过这样的话："我使死人活起来，又把活人送到坟墓中去。我使自己活在另一个世界里，看见那里的男男女女怎样欢笑、哭泣。"我还说："……在广州的轰炸中我和几个朋友蹲在四层洋房的骑楼下听见炸弹的爆炸，机关枪的扫射，飞机的俯冲，在等死的时候还想到几件未了的事……《秋》的写作便是其中的一件。"我写《秋》只是尽我的职责。人在生死关头绝不会想到什么"拼凑"和"虚构"。我从广州到桂林，再从桂林到金华转温州搭船回上海，历尽艰辛，绝不是为了给过去的作品加一点"累赘"。这些天我在校改《秋》，读到四十年前写下的这样的话："在这样短促的时间里一个顽固的糊涂人的任性可以造成这样大的悲剧。他对于把如此大的权力交付在一个人手里的那个制度感到了大的憎恶。"它们今天还使我的心燃烧。对封建制度我有无比的憎恨，我这三本小说都是揭露、控诉这个制度的罪恶的。我写它们，就好像对着面前的敌人开枪，我亲眼看见子弹飞出去，仿佛听见敌人的呻吟。

时间似乎在奔跑，四十年过去了，五十年过去了。出版社还要重印它们，我的书还不曾"消亡"。各式各样的诅咒都没有用。买卖婚姻似乎比我写《激流》时更加普遍，今天还有青年男女因为不能同所爱的人结婚而双双自杀。在某个省份居然有人为了早日"升天"请人把他全家投在水里。披着极左思潮的外衣，就可以掌握许多人的命运，各种打扮的高老太爷千方百计不肯退出历史舞台。……

关于《激流》我有满肚子的话，因为写了这个"三部曲"，在"文化大革命"期间，我被当作"地主"，受过种种侮辱，有话不准说，今天我可以尽量倾吐自己的感情，但是也用不着多说了。在我的创作生活的最后四五年中我没有时间吞吞吐吐地讲假话了，让我们的子孙来判断吧，我要讲的就是这样的一句。我写《激流》并没有浪费自己的时间，也没有浪费读者的时间，它们并不是写了等于没有写的作品。

四

按照预定计划，我写《创作回忆录》到第十篇为止，现在这一篇就要结束，我又想起了一些事情，我决定再写一篇《关于〈寒夜〉》。我写文章从来就是这样：是人写文章，不是文章写人；是我在说话，不是别人说话。

讲真话的书 (1980—1981)

　　这些日子我已经没有体力在噪音更大、人流滚滚的人行道上从容散步了。我进行思考或者回忆的时候喜欢在屋前院子里徘徊。许多过去的事情都渐渐地模糊了。唯有一些亲友的面貌还鲜明地印在我的脑子里。他们都想活下去，而且努力挣扎，但还是给逼着过早死去。我却活到今天。这是多么不公平！

　　我在中篇小说《利娜》（一九三四年）的开头引用过一位死在沙皇牢里的年轻女革命者的诗句："文字和语言又有什么用？"我在三十年代常常这样地申述自己的痛苦。今天我的旧作还在读者中间流传，并不是值得骄傲的事：面对着高老太爷的鬼魂，难道这些作品真像道士们的符咒？我多么希望我的小说同一切封建主义的流毒早日消亡！彻底消亡！

十二月十四日

关于《寒夜》
——创作回忆录之十一

关于《寒夜》，我过去已经谈得不少。这次在谈《激流》的回忆里我写过这样的话："我在自己身上也发现我大哥的毛病，我写觉新……也在鞭挞我自己。"那么在小职员汪文宣的身上，也有我自己的东西。我曾经对法国朋友讲过：我要不是在法国开始写了小说，我可能走上汪文宣的道路，会得到他那样的结局。这不是虚假的话，但是我有这种想法还是最近两三年的事，我借觉新鞭挞自己的说法，也是最近才搞清楚的。过去我一直背诵丹东的名言："大胆，大胆，永远大胆！"丹东一七九四年勇敢地死在断头台上，后来给埋葬在巴黎先贤祠里面。我一九二七年春天瞻仰过先贤祠，但是那里的情况，我一点也记不起了。除了那句名言外，我只记得他在法庭上说过，他的姓名要长留在先贤祠里。我一九三四年在北平写过一个短篇《丹东的悲哀》，对他有些不满，但他那为国献身的精神永远值得我学习。我在三十年代就几次引用丹东的名句，我写觉慧时经常想到这句话。有人说觉慧是我，其实并不是。觉慧同我之间最大的差异便是他大胆，而我不大胆，甚至胆小。以前我不会承认这个事实，但是经过所谓"文化大革命"后，我看自己可以说比较清楚了。在那个时期我不是唯唯诺诺地忍受着一切吗？这究竟是为了什么？我曾经作过这样的解释：中了催眠术。看来并不恰当，我不单是中了魔术，也不只是别人强加于我，我自己身上本来就有毛病。我几次校阅《激流》和《寒夜》，我越来越感到不舒服，好像

讲真话的书 (1980—1981)

我自己埋着头立在台上受批判一样。在向着伟大神明低首弯腰叩头不止的时候，我不是"作揖哲学"和"无抵抗主义"的忠实信徒吗？

我写《寒夜》和写《激流》有点不同，不是为了鞭挞汪文宣或者别的人，是控诉那个不合理的社会制度，那个一天天腐烂下去的使善良人受苦的制度。一九四四年秋冬之际一个夜晚，在重庆警报解除后一两个小时，我开始写《寒夜》。当时我的脑子里只有汪文宣，而且面貌不清楚，不过是一个贫苦的患肺结核的知识分子。我写了躲警报时候的见闻，也写了他的妻子和家庭的纠纷。这一切都是围绕着汪文宣进行的。我并没有具体的计划，也不曾花费时间去想怎样往下写。但肺病患者悲惨死亡的结局却是很明确的，这样的结局我见得不少，我自己在一九二五年也患过肺病。的确是这样：我如果不是偶然碰到机会顺利地走上了文学道路，我也会成为汪文宣。汪文宣有过他的黄金时代，也有过崇高的理想。然而他和许多知识分子一样让那一大段时期的现实生活毁掉了。我写汪文宣，写《寒夜》，是替知识分子讲话，替知识分子叫屈诉苦。在当时的重庆和其他的"国统区"，知识分子的处境很困难，生活十分艰苦，社会上最活跃、最吃得开的是搞囤积居奇，做黄（金）白（米）生意的人，还有卡车司机。当然做官的知识分子是例外，但要做大官的才有权有势。做小官、没有掌握实权的只得吃平价米。

那一段时期的确是斯文扫地。我写《寒夜》，只有一个念头：这种情况不能再继续下去。我的脑子里常常出现三个人的面貌：第一位是我的老友范兄。我在早期的散文里几次谈到他，他患肺结核死在武夷山，临死前还写出歌颂"生之欢乐"的散文。但是在给我的告别信里他说："咽喉剧痛，声音全部哑失……最近几个月来我已受够了病的痛苦。"第二位是另一个老友彦兄。在他需要帮助的时候，我没有认真地给他援助。我最后一次看见他，他的声音已经哑了，但他还拄着手杖一拐一拐地走路，最后听说他只能用铃子代替语言，却仍然没有失去求生的意志。他寂寞凄凉地死在乡下。第三位是我一个表弟。抗战初期他在北平做过地下工作，后来回到家乡，仍在邮局服务。我一九四二年回成都只知道他身体弱，不知道他有病。以后听说他结婚，又听说他患肺结核。最后有人告诉我表弟病重，痛苦不堪，几次要求家人让他死去，他的妻子终于满足了他的要求，因此她受到一些人的非难。我想摆脱这三张受苦人的脸，他们的故事不断地折磨我。我写了几页稿纸就让别的事情打岔，没有再写下去。是什么事情打岔？我记不清楚了。大概是"湘桂大撤退"以后，日军进入贵州威胁重庆的那件大事吧。

我在《寒夜》后记里说，朋友赵家璧从桂林撤到重庆，在金城江大火中丧失一切，想在重庆建立新的据点，向我约稿，我答应给他一部小说。我还记得，他来找我。我住在重庆民国路文化生活出版社楼梯下那间很小的屋子里。他毫不气馁地讲他重建出版公司的计划，忽然外面喊起"失火"来，大家乱跑，人声嘈杂，我到了外面，看见楼上冒烟，大吃一惊。萧珊当时在成都（她比我先到重庆，我这年七月从贵阳去看她，准备不久就回桂林，可是刚住下来，就听到各种谣言，接着开始了"湘桂大撤退"，我没有能再去桂林），我便提着一口小箱子跑到门外人行道上。这是我唯一的行李，里面几件衣服，一部朋友的译稿，我自己的一些残稿，可能有《寒夜》的前两页。倘使火真的烧了起来，整座大楼一定会变成瓦砾堆，我的狼狈是可想而知的，《寒夜》在中断之后也不会再写下去了，因为汪文宣一家住在这座大楼里，就是起火的屋子，我讲的故事就围绕着这座楼，就在这几条街上进行，从一九四四年暮秋初冬一直到一九四五年冬天的寒夜。幸而火并未成灾就给扑灭了，我的生活也不曾发生大的变化。萧珊从成都回来，我们在楼梯下的小屋里住了几个月，后来又搬到沙坪坝借住在朋友吴朗西的家中。家璧的图书公司办起来了。我没有失信，小说交卷了，是这年（一九四五）上半年在沙坪坝写成的，但它不是《寒夜》，我把《寒夜》的手稿放在一边，另外写了一本《第四病室》，写我前一年在贵阳中央医院第三病室里的经历。在重庆排印书稿比较困难，我的小说排竣打好纸型，不久，日本政府就宣布投降了。

讲真话的书 (1980—1981)

八年抗战，胜利结束。在重庆起初是万众欢腾，然后是一片混乱。国民党政府似乎毫无准备，人民也没有准备。从外省来的人多数都想奔回家乡，却找不到交通工具，在各处寻找门路。土纸书没有人要了，文化生活出版社显得更冷清，家璧的图书公司当然也是这样。小说没有在重庆印出，家璧把纸型带到上海。我还留在重庆时，有熟人搭飞机去上海，动身的前夕，到民国路来看我，我顺便把包封好的《第四病室》的手稿托他带去。后来朋友李健吾和郑振铎在上海创办《文艺复兴》月刊，知道我写了这本小说，就拿去在刊物上连载。小说刚刚刊出了第一部分，赵家璧回到上海，准备出版全书。他和振铎、健吾两位都相熟，既然全书就要刊行，刊物不便继续连载，小说只发表了一次，为这事情我感到对不起《文艺复兴》的读者（事情的经过我后来才知道）。因此我决定把下一部小说交给这个刊物。

下一部长篇小说就是《寒夜》，我在一九四四年写了几张稿纸，一九四五年日本投降后我在那间楼梯下的屋子里接下去又写了二三十页。在重庆我并没有家。这中间萧珊去成都两次：第一次我们结婚后她到我老家去看看亲人，也就是在这段时间我开始写《寒夜》；第二次在日本政府投降的消息传出不久，一位中国旅行社的朋友帮忙买到一张飞机票让她匆匆地再去成都，为了在老家生孩子有人照料，但是后来因为别的事情（有人说可以弄到长江船上两个铺位，我梦想我们一起回上海，就把她叫回来了。我和她同到船上去看了铺位，那样小的地方我们躺下去都没有办法，只好将铺位让给别的朋友），她还是回到重庆。我的女儿就是在重庆宽仁医院出世的。我续写《寒夜》是在萧珊第二次去成都的时候，那些日子书印不出来，书没有人要，出版社里无事可做，有时我也为交通工具奔走，空下来便关在小房间里写文章，或者翻译王尔德的童话。

我写《寒夜》，可以说我在作品中生活，汪文宣仿佛就是与我们住在同样的大楼，走过同样的街道，听着同样的市声，接触同样的人物。银行、咖啡店、电影院、书店……我都熟悉。我每天总要在民国路一带来来去去走好几遍，边走边思索，我在回想八年中间的生活，然后又想起最近在我周围发生的事情。我感到了幻灭，我感到了寂寞。回到小屋里我像若干年前写《灭亡》那样借纸笔倾吐我的感情。汪文宣就这样在我的小说中活下去，他的妻子曾树生也出来了，他的母亲也出现了。我最初在曾树生的身上看见一位朋友太太的影子，后来我写下去就看到了更多的人，其中也有萧珊。所以我并不认为她不是好人，我去年写第四篇"回忆"时还说："我同情她和同情她的丈夫一样。"

我写《寒夜》也和写《灭亡》一样，时写时辍。事情多了，我就把小说放在一边。朗西有一个亲戚在上海办了一份《环球》画报，已经出了两三期，朗西回到上海便替画报组稿，要我为它写连载小说，我把现成的那一叠原稿交了给他。小说在画报上刊出了两次，画报就停刊了，我也没有再写下去。直到这年六月我第二次回上海见到健吾，他提起我的小说，我把已写好的八章重读一遍，过几天给他送了去。《寒夜》这样就在八月份的《文艺复兴》二卷一期开始连载了。

《寒夜》在《文艺复兴》上一共刊出了六期，到一九四七年一月出版的二卷六期刊载完毕。我住在霞飞坊（淮海坊），刊物的助理编辑阿湛每个月到我家来取稿一次。最后的《尾声》是在一九四六年十二月三十一日写成的。一月份的刊物说是一月一日出版，其实脱期是经常的事。我并没有同时写别的作品，但是我在翻译薇娜·妃格念尔的回忆录《狱中二十年》。我还在文化生活出版社担任义务总编辑兼校对，因此在"文化大革命"中我曾被当作资本家批斗过一次，就像我因为写过《家》给当作地主批斗过那样。我感到抱歉的是我的校对工作做得特别草率，在我看过校样的那些书中，人们发现不少的错字。

《寒夜》写一九四四年冬季到一九四五年底一个重庆小职员的生活。那一段时期我在重庆，而且就生活在故事发生和发展的那个地区。后来我在上海续写小说，一拿起笔我也会进入《寒夜》里的世界，我生活在回忆里，仿佛在挖自己的心。我写小说是在战斗。我曾经想对我大哥和三哥有所帮助，可是大哥因破产后无法还债服毒自杀；三哥在上海患病无钱住院治

讲真话的书　（1980—1981）

疗，等到我一九四五年十一月赶回上海设法送他进医院，他已经垂危，分别五年后相处不到三个星期。他也患肺病，不过他大概死于身心衰竭，不像汪文宣死得那样痛苦。但是他在日军侵占"孤岛"后那几年集中营似的生活实在太苦了。没有能帮助他离开上海，我感到内疚。我们在成都老家时他的性格比我的坚强、乐观，后来离开四川，他念书比我有成绩。但是生活亏待了他，把他的锐气和豪气磨得干干净净。他去世时只有四十岁，是一个中学英文教员，不曾结过婚，也没有女朋友，只有不少的学生，还留下几本译稿。我葬了他又赶回重庆去，因为萧珊在那里等着孩子出世。

回到重庆我又度过多少的寒夜。摇晃的电石灯，凄凉的人影，街头的小摊，人们的诉苦……这一切在我的脑子里多么鲜明。小说《尾声》的最后一部分就是根据我当时的一篇散文改写的。小说的主要部分，小说的六分之五都是在一九四六年下半年写成的。我的确有这样一种感觉：我钻进了小说里面生活下去，死去的亲人交替地来找我，我和他们混合在一起。汪文宣的思想，他看事物的眼光对我并不是陌生的，这里有我那几位亲友，也有我自己。汪文宣同他的妻子寂寞地打桥牌，就是在我同萧珊之间发生过的事情。写《寒夜》的时候我经常想：要不是我过去写了那一大堆小说，那么从桂林逃出来，到书店做个校对，万一原来患过的肺病复发，我一定会落到汪文宣的下场。我还有一个朋友散文作家缪崇群，他出版过几个集子，长期患着肺病，那时期在官方书店正中书局工作，住在北碚，一九四五年一月病死在医院里，据说他生病躺在宿舍里连一口水也喝不到，在医院断气时也无人在场。他也是一个汪文宣。我写汪文宣，绝不是揭发他的妻子，也不是揭发他的母亲。我对这三个主角全同情。要是换一个社会，换一个制度，他们会过得很好。使他们如此受苦的是那个不合理的旧社会制度。生活这样苦，环境这样坏，纠纷就多起来了。我写《寒夜》就是控诉旧社会，控诉旧制度。

这些年我常说，《寒夜》是一本悲观、绝望的小说。小说在《文艺复兴》上连载的时候，最后的一句是"夜的确太冷了"。后来出版单行本，

一九八〇年

我便在后面加上一句："她需要温暖。"意义并未改变。其实说悲观绝望只是一个方面。我当时的想法自己并未忘记，也永远不会忘记。我虽然为我那种"忧郁感伤的调子"受够批评，自己也主动作过检讨，但是我发表《寒夜》明明是在宣判旧社会、旧制度的死刑。我指出蒋介石国民党的统治已经彻底溃烂，不能再继续下去。旧的灭亡，新的诞生；黑暗过去，黎明到来。奇怪的是只有在小说日文译本的书带上才有人指出这是一本充满希望的书。有一位西德女学生在研究我这本作品准备写论文，写信来问我："从今天的立场来看你会不会把几个主角描写修改（比方汪文宣的性格不那么懦弱的，树生不那么严肃的，母亲不那么落后的）？"（原文）我想回答她："我不打算修改。"过去我已经改了两次，就是在一九四七年排印《寒夜》单行本的时候和一九六〇年编印《文集》最后两卷的时候。我本来想把《寒夜》和《憩园》《第四病室》放在一起编成一集，但是在出版社担任编辑的朋友认为这样做，篇幅过多，不便装订，我才决定多编一册，将《寒夜》抽出，同正在写作中的《谈自己的创作》编在一起。因此第十四卷出版最迟，到一九六二年八月才印出来，印数不过几千册。那个时候文艺界的斗争很尖锐，又很复杂，我常常感觉到"拔白旗"的大棒一直在我背后高高举着，我不能说我不害怕，我有时也很小心，但是一旦动了感情，健忘病又会发作，什么都不在乎了。一九六二年我在上海二次文代会上的发言就是这样"出笼"①的。我为这篇发言在"十年浩劫"中吃够了苦头，自己也作过多次的检查。现在回想那篇发言的内容，不过是讲了一些寻常的话，不会比我在十四卷《文集》中所讲的超过多少。我在一九六〇年写的《文集》第十三卷的《后记》中谈到《憩园》和《第四病室》（也附带谈到《寒夜》）时，就用了自我批评的调子。我甚至说："有人批评我'同情主人公，怜悯他们，为他们愤怒，可是并没有给这些受生活压迫走进了可怕的绝路的人指一条出路。没有一个主人公站

---

① "出笼"："四人帮"时期流行的用语。

讲真话的书 （1980—1981）

起来为改造生活而斗争过'。我没法反驳他。"

我太小心谨慎了。为什么不能反驳呢？多年来我一直在想，法庭审判一个罪人，有人证物证，有受害者、有死尸，说明被告罪大恶极，最后判处死刑，难道这样审判并不合法，必须受害者出来把被告乱打一顿、痛骂一通或者向"青天大老爷"三呼万岁才算正确？我控诉旧社会，宣判旧制度的死刑，作为作家我有这个权利，也有责任。写《寒夜》时我就是这样想，也就是这样做的。我恨那个制度，蔑视那个制度。我只有一个坚定的思想：它一定要灭亡。有什么理由责备那些小人物不站起来"斗争"？我国的知识分子从来就是十分善良，只要能活下去，他们就愿意工作。然而汪文宣在当时那种政治的和社会的条件下，要活下去也不能够。

关于《寒夜》我不想再说什么，其实也不需要多说了。我去年六月在北京开会，空闲时候重读了收在《文集》十四卷中的《寒夜》。我喜欢这本小说，我更喜欢收在《文集》里的这个修改本。我给憋得太难受了，我要讲一句真话：它不是悲观的书，它是一本希望的作品，黑暗消散不正是为了迎接黎明！"回忆"第四篇是在北京的招待所里写成的，文章中我曾提到"一九六〇年尾在成都学道街一座小楼上修改这小说的情景"，那时的生活我不但没有忘记，而且对我显得十分亲切。由于朋友李宗林的安排，我得到特殊的照顾，一个人安静地住在那座小楼上写文章。我在那间阳光照得到的楼房里写了好几个短篇和一本成为废品的中篇小说。在那三个月的安适生活中，我也先后校改了三本小说的校样，最后一本便是《寒夜》。

校改《寒夜》时我的心并不平静。那是在所谓"三年自然灾害"的时期，我作为一个客人住在小楼上，不会缺少什么。但周围的事情我也略知一二。例如挂在街上什么地方的"本日供应蔬菜"的牌子，我有时也看到，几次都是供应"凉粉"若干。有一天我刚刚走出大门，看见一个人拿着一个菜碗，里面盛了一块白凉粉，他对旁边一个熟人说："就这样一点点。"

就在供应如此紧张的时候，我的表哥病倒了。这位表哥就是我一九三二年在《家庭的环境》中提到的"香表哥"，也就是《家》的十版代序《给我的一个表哥》的收信人。我学英语，他是我的启蒙老师。在我一九二〇年秋季考进成都外国语专门学校补习班以前，他给过我不少的帮助。可是后来在他困难的时期我却不能给他任何的支持。一九五六年十二月我回成都，他在灌县都江堰工作，我不曾见到他。一九六〇年我再去成都，看望姑母，他刚刚退职回家，我们同到公园喝过茶。过了些时候我再去姑母家，表哥在生病，桌上放了满满一杯药汁。他的声音本来有点哑，这时厉害了些，他说医生讲他"肝火旺"，不要紧。后来我的侄儿告诉我，在医院遇见我表哥，怀疑表哥患肺结核，劝他住院治疗，他不愿意，而且住院也有困难。以后听说表哥住到城外他儿子的宿舍里去了，我让我一个侄女去看过他。病象越来越显著，又得不到营养品，他儿子设法买一点罐头，说是他想吃面，我叫侄女骑车送些挂面去。没有交通工具，我说要去看他，却又怕麻烦，一天推一天。听说他很痛苦，声音全哑了，和汪文宣病得一样，我没有想到他那么快就闭上了眼睛。有一天我一个堂兄弟来告诉我，表哥死了，已经火化了。没有葬仪，没有追悼会，那个时候人们只能够这样简单地告别死者。可是我永远失去了同表哥见面的机会。只有在知道他的遗体火化之后，我才感觉到有许多话要对他说！说什么呢？对大哥和香表哥，我有多少的感激和歉意啊！没有他们，我这个不懂事的孩子能够像今天这样地活下去吗？

　　堂兄弟还对我说，他去看过姑母。姑母很气愤，她感到不公平。她一生吃够了苦，过了八十岁，还看见儿子这样悲惨地死去，她想不通。堂兄弟还说，表哥的退职费只花去一小部分，火葬也花不了什么钱。表哥死后我没有敢去看姑母，我想不出安慰她的话。我不敢面对现实，只好逃避。不多久我因为别的任务赶回上海，动身前也没有去姑母家，不到半年我就得到她老人家逝世的噩耗。在成都没有同她母子告别，我总觉得欠了一笔偿不清的感情的债。我每次翻读《寒夜》的最后一章，母亲陪伴儿子的凄凉情景像无数根手指甲用力地搔痛我的心。我仿佛听见了儿子断气前的无声哀叫："让我死吧，我受不了这种痛苦。"我说，不管想得通想不通，

讲真话的书　(1980—1981)

知识分子长时期的悲剧必须终止了。

　　我先把《寒夜》的校样寄回北京人民文学出版社，然后搭火车回上海，李宗林送我上车。这次回成都得到他的帮助不少，以后在北京出席全国人民代表大会，也经常同他见面。他曾在新疆盛世才监狱中受尽苦刑，身上还留着伤痕和后遗症。一九六四年尾在北京人民大会堂最后一次看见他，他神情沮丧、步履艰难，我无法同他多谈。当时康生、江青之流十分活跃，好些人受到了批判，我估计他也会遇到麻烦，但绝对没有想到过不了几年他就在"文化大革命"初期受尽侮辱给迫害致死。两年前我得到通知在成都开追悼会为他平反雪冤。我打电话托人代我献了一个花圈，这就是我对一个敬爱的友人所能表示的一点心意了。我是一个无神论者，我绝不相信神和鬼。但是在结束这篇"回忆"时，我真希望有神、有鬼。祝愿宗林同志的灵魂得到安宁。也祝愿我姑母和表哥的灵魂得到安宁。

　　《创作回忆录》到这里结束。我写这十一篇回忆录，并没有"扬名后世"的意思，发表它们也无非回答读者的问题，给研究我的作品或者准备批判它们的人提供一点材料。但我究竟是个活人，我有种种新的活动，要我停止活动整天回忆过去或者让别人来"抢救材料"，很难办到。别的人恐怕也是这样。但搜集资料却也是重要的事，我们过去太轻视这一类的工作，甚至经常毁弃资料。在"文化大革命"中不少有关我国现代文学的重要资料化成灰烬。我听说日本东京有一所近代文学馆，是作家们自己办起来的。我多么羡慕日本的作家。我建议中国作家协会负起责任来创办一所中国现代文学馆，让作家们尽自己的力量帮助它完成和发展。倘使我能够在北京看到这样一所资料馆，这将是我晚年的莫大幸福，我愿意尽最大的努力促成它的出现，这个工作比写五本、十本《创作回忆录》更有意义。

十二月二十七日

《创作回忆录》后记

香港《文汇报》为了庆祝创刊三十年出版纪念文集，向我约稿，我答应写一组《创作回忆录》。一九七八年七月中旬开始写第一篇，一九八〇年十二月下旬最后一篇结束。起初打算只写十篇，后来写到第十一篇才觉得意尽搁笔。我写文章从来没有计划，想到哪里写到哪里。但我也给这十一篇"回忆"划了一个范围，让一次的回忆围绕着一部作品进行。不过我的笔有时会像一匹野马，跑起来很难把它拉住。我知道有人会引用我这几句话断定我的文章"不及格"。让它去吧！反正我是在向读者提供资料，完成了任务，这本小书就会自行消亡。

然而有一点是可以断言的，我写这些"回忆"，不管怎样东拉西扯，绝不是无病呻吟，更不是无的放矢。

出版这本小书，我有一个愿望：我的声音不论是微弱或者响亮，它是在替中国现代文学馆的出现喝道。让这样一所资料馆早日建立起来！

十二月二十八日，在上海

一九八一年

《快乐王子集》再记（二）

一九七八年到一九八〇年，译者又将全文陆续校阅一遍，其中《打鱼人》一篇还是一九八一年一月在病中校完的。出版社的编者三年前几次来信谈到童话集出版的事，我一直下不了决心。不用说，我喜欢王尔德的童话，喜欢他那对不合理的社会制度的严正控诉，对贫苦人的深刻同情和在作品中表现出来的崇高灵魂。抱歉的是，我的朴素的笔传达不出他那十分丰富、华丽的辞藻的光彩。我最爱读的是《快乐王子》和《少年国王》。新版本中增加了艾·兴作插图若干幅。

一月

三谈骗子
——随想录六十一

不久前我看过北京电视台摄制的电视剧《他是谁》，接着又看到云南电视台的电视小品《似梦非梦》，两部作品写的都是骗子的事情。电视剧里的骗子冒充省委书记的儿子，在电视小品里，骗子就靠一张港澳同胞回乡证。小品的最后还有说明：这个表现的是真人真事，骗子是来自福建农村的社员，凭一张"回乡证"吃喝玩乐地混了好一阵子，欺负了三个女青年。我对着荧光屏，一边看"戏"一边思索。对在我四周发生的事情，我无法冷眼旁观。两个骗子的手法各有不同，但同样太拙劣了。任何人只要肯用脑子思索，就不会受骗。但偏偏有不少人上当。可以说所有的受害者都是自投罗网的，而且他们推波助澜，推动骗子朝前走，使"他们"欲罢不能。骗子能够一再出现，而且到处吃得开，正因为我们社会里还有不少像飞蛾那样的人，也因为我们的空气里还有一种类似旧小说中使人神志糊涂的迷魂香的东西，有的人见到骗子就头发晕，马上缴械投降。

我几次谈论骗子，并非对那种人特别感到兴趣。我没有忘记我们社会的主流，我也知道在新中国英雄和好人占绝大多数，应当多谈他们。

但是我不同意这样的说法：谈骗子就是给新社会抹黑。当然最好是生活里没有骗子，大家都说真话，彼此以诚心相待。不幸事与愿违，骗子竟然出现了。有人想把他一笔勾销，有人想一手遮盖，有人想视若无睹，反而怪别人无事自扰，少见多怪。这种做法也不见得妥当。你轻视骗子，你以为骗子起不了作用。他却在暗中放毒，扩大影响。吃亏的还是别人，一些没有经验的人。

揭露骗子的话剧没有公开演出就过去了。倘使骗子能像戏那样永远过去，那有多好。可是骗子不肯退出历史舞台，所以电视剧和电视小品又出来了。我希望这样的"剧"和"小品"多放映几次，它们会产生防疫针的作用。我看对付骗子最好的办法就是揭露他，让大家都学会识别骗子的本领，时时处处提高警惕。没有人肯钻进圈套，那么连骗子也会失业了。

其实，骗子的问题并不简单，有各种各样的骗子，不一定全是坏人。在说谎受表扬、讲真话受批评的时期中，谁没有讲过假话？提起冒充的问题，它更是复杂。十八世纪俄国农民起义的领袖普加乔夫不是也冒充过已故的沙皇彼得三世吗？一九三六年冬天我和鲁彦、靳以同去杭州，帮助一位不认识的女读者脱离危难，我就冒充过她的舅父。这三十年来常常有人写信给我或者到作家协会、出版社、刊物编辑部找我，说是我的亲戚，不过是为了见我一面，同我谈谈。最可笑的是有一位朋友听见外面传说我二次结婚大摆酒席，传得太厉害了，他就出来证明确有其事，他也参加过宴会，还说明自己坐在第几桌。后来谣言过去，别人问他，他只好老实承认："我是他的朋友，要是有这种大喜事，我怎能不参加？……"他讲假话骗人，只是为了"保全面子"。还有一些人，平日喜欢吹嘘，交游广，朋友多，说认识某某人，同谁来往密切，他们说谎，并不是想害人，也只是满足个人的虚荣心或者特殊的兴趣。只要听话的人脑子清楚，不去理他们，或者当笑话听听，就不会出什么乱子。

对这种人，难道你也能把他们抓起来，依法判刑吗？我不过是一个作家，却也有人冒充我的这个、那个。幸而我无权无势，讲话不起作用，有时"长官"高兴，还在报告中点一下名，免得我翘尾巴。因此那些冒充我的什么的人，在社会上也得不到好处，我才可以高枕无忧，安度晚年。

然而倘使我是一位"长官"，或者海外富豪，情况就两样了，有人冒充我的儿子、我的侄子或者什么亲戚，只要漏出风声，就会有数不清的飞蛾扑上来，于是种种奇怪的事情都发生了。

骗子的一再出现说明了我们社会里存在的某些毛病。对封建社会的流毒我有切肤之痛。六七十年来我就想摆脱封建家庭的种种束缚和虚伪的礼节，但一直到今天我还无法挣断千丝万缕的家庭联系。要做到大公无私，有多大的困难！不过我至少明白封建特权是丑恶的东西，是应当彻底消除的东西。

我记得一句古话："木朽而蛀生之矣。"正是这样。有了封建特权，怎么能要求不产生骗子？难道你能够用"禁""压""抓"解决问题吗？

只会"头痛医头、脚痛医脚"的医师并不是高明的大夫。至于我呢，我仍坚持我的意见：要是人人识货，假货就不会在市面上出现了。

一月二十九日病中

我和读者
——随想录六十二

我在前一篇随想里提到我冒充别人舅父的事。有人向我问起,要我多讲一点,他说高行健在《花城》第六期上发表的《传奇》中已经讲过。高行健是从曹禺那里打听来的,知道这件事的人除了曹禺外还有一位朋友,但是他们也说不清详情。其实事情很简单,我收到一封读者从杭州寄来的要求援助的长信,我给两三个朋友看,他们拿不定主意,对信上的话将信将疑。我又把信送给一位朋友的太太,征求意见,她怂恿我去一趟。我听了朋友太太的话,手边刚收到一笔稿费,我就约了鲁彦和靳以同游西湖。

写信人是一位姑娘,她同后娘处得不好。离开安徽的家庭出外工作,由于失恋她准备去杭州自杀。在西湖她遇到一位远亲,改变了主意带发修行。几个月后她发现那位远亲同小庙里的和尚有关系,和尚对她还抱有野心。她计划离开虎口,便写信求我援助。我们三人到了杭州安顿下来,吃过中饭,就去湖滨雇了一只船,划到小庙的附近,上岸去约了姑娘出来。我们在湖上交谈了大约两个小时。她叙述了详细情况,连年纪较大的鲁彦也有些感动。我们约好第二天再去庙里看她。她有个舅父住在上海和我同姓,就让我冒充她的舅父。我替她付清了八十多元的房饭钱,把我们的回程火车票给了她一张。她比我们迟一天去上海。我和靳以到北站接她,请她吃过中饭,然后叫一辆人力车送她到虹口舅父家去。当时靳以为良友图书公司编辑的《文季月刊》还未被禁,我和他常在良友公司见面。姑娘到

讲真话的书 （1980—1981）

上海后过两天还同她舅父到良友公司来看我们，向我们表示谢意。她留下了他们的地址。黎烈文知道这件事，过几个月他因编辑《中流》半月刊，收到信稿较多，应付不了，就请那位姓王的姑娘到中流社工作。但是不到三个月，"八一三"事变，《中流》停刊，姑娘便跟她舅父一家去了四川，从成都来过一封信。以后我就再没有她的信息了。在"十年浩劫"的大审查中也没有人因为这件事到上海来找我"外调"。

这件事在当时看来十分寻常。我们两次雇船去小庙访问那位姑娘，她又在船上详尽地谈了自己的身世。划船的人全听见了，他也知道是怎么一回事。那个时候西湖游客很少，船也少，所以两天都坐他的船。在我最后离船付钱时，划船人忽然恳切地说："你们先生都是好人。"他没有向和尚揭发我们，也不曾对我们进行威胁。

可能有人怀疑，姑娘既然有舅父在上海，为什么不向他求助，反而找一个不认识的人帮忙？她说过，当初她充满自信地离开家庭不顾别人劝阻，她不愿意让亲戚知道自己在杭州的困境。我们也可以批评她"好强，爱面子"，甚至"爱虚荣"。但是长期生活在旧社会，我们谁没有这一类的毛病？我们当时的解释是"读者相信作家"，这就够了。

据说人到暮年经常回顾过去，三十年代的旧梦最近多次回到我的心头。那个时候我在上海写文章、办刊物、编丛书，感觉到自己有用不完的精力和时间。读者们从远近地区寄来信件，常常在十页以上，它们就是我的力量的源泉。读者们的确把作家当作可以信任的朋友，他们愿意向他倾吐他们心里的话。在我的创作力旺盛的日子里，那些年轻人的痛苦、困难、希望、理想……许多亲切、坦率、诚恳、热情的语言像一盏长明灯燃在我的写字桌上。我感到安慰，感到骄傲，我不停地写下去。三十年代、四十年代中我交了多少年轻的朋友，我分享了多少年轻人的秘密。有人怀着好意问我：你是不是有一把钥匙，不然你怎么能打开年轻人的心灵之门？我哪里有什么秘诀！我说过我把心交给读者，可是我忘记说读者们也把心给了我。我的生命中也有过火花四射的时候，我的心和年轻的心紧紧

176

贴在一起，人们把不肯告诉父母的话，不肯告诉兄弟姐妹的话，把埋藏在心底的秘密全写在纸上送到我的身边。我常说作家靠读者们养活，不仅因为读者买了我写的书，更重要的是他们送来了精神的养料。我写得最多的时候也就是和读者联系最密切的时候。他们并不认为我是一位有头衔的作家，却只把我当作一个普通的人，一个忠实的朋友。

但是后来我跟读者渐渐地疏远了。我缺少时间，也缺少精力，堆在我身上的头衔越多，我花在写作上的时间越少，我终于成了不需要作品的作家。我为自己不熟悉的各种杂事耗费了生命，却只能在十封读者来信中拣出一封阅读、回答。我常常因为辜负了读者的盛意感到内疚。但即使这样，"十年浩劫"中读者的信件也给我带来不少的麻烦。造反派的作家应当眼睛朝着"首长"，怎么能容许人向读者吸取养料？据说"四人帮"的上海"书记"徐景贤曾经叫嚷："现在还有人给巴金写信，可见批判不力，没有把他批臭。"其实从一九六七年第四季度开始我就让各方面揪出去"游斗"了三四年。整整几年中间我没有收到过一封信。可能有人写了信来，给"领导"扣下了，因为"牛鬼蛇神"不能享受人的权利。

没有想到乌云消散以后，打翻在地的人也居然站了起来，对着面前成堆的信件我感到束手无策。"十年浩劫"在我的心灵上留下无法治愈的创伤，豪言壮语也不能补偿给夺走了的健康。对热情关怀和殷切期望的读者，我能够写什么样的答语呢？在写字也感到吃力的时候，我常常把需要答复的来信放在一边，过了几天却不知道在哪儿去寻找它们，只好望着满屋子的书刊和信件发愁。有些信件需要转到别处，可是我转来转去毫无结果，有时甚至又回到自己的手边。还有人错把作为装饰的头衔当成发光的钥匙，要求我为他们打开一些方便之门。我只好用沉默回答。但是我也为沉默感到痛苦。一方面我没有忘记我欠了读者一笔永远还不清的债，另一方面我脑子里一直保留着这样一个自己的形象，一个多病的老人移动艰难的脚步走向遗忘。让读者忘记我，这是我的心愿。但是我永远忘不了读者。

讲真话的书 （1980—1981）

这不是矛盾吗？既然愿意被人忘记，为什么还不肯放下自己的笔？我说过我这一生充满了矛盾。远离了读者，我感到源泉枯竭，头衔再多，也无法使油干的灯点得通亮。但是只要一息尚存，我那一星微火就不会熄灭。究竟是什么火呢？就是对祖国、对人民的爱，这也就是我同读者的唯一的联系。今天我同读者之间仍然有共同的东西，因此我还能活下去，还能写下去。

二月二十三日

《创作回忆录》再记

在本书第七、第八两篇"回忆"中，我讲过萧珊的好友王同志的一些情况，还摘录了她一位女同学的来信，说："她已成了个活着的死人……"据说从一九七五年起，她就"不能听，不能看，不能说话，脸部肌肉不能动，全身瘫痪，最后只剩下食道功能还正常，喂食能喂下，消化……"她就这样地活了五年多。不用说，她的生活对她自己，对她的亲友，都是莫大的苦刑。我不止一次痛苦地问自己：难道这苦刑就没有结束的时候？回答终于来了。我那个在北京工作的朋友写信告诉我她已于二月二十一日离开人间。他到八宝山参加了她的追悼会，还代我在死者的灵前献了花圈。这就是我对这位善良而刚强的女人所能表示的一点敬意了。

今天重读我去年中写成的那几段文字，我仿佛又在做梦。屠格涅夫的小说《活尸首》中的一句话忽然来到我的心头："死神终于来叫她了。"我这时的感情十分复杂。我难过，我悲痛，但是我松了一口气。我不再说"祝她安好"，也不说"愿她安息"，因为她已经得到安息了。

三月六日，在上海，病中

悼念茅盾同志
——随想录六十三

"十年浩劫"之后我到北京开会,看见茅盾同志,我感到格外亲切。他还是那样意气昂扬,十分健康,不像一位老人。这是我最初的印象,它使我非常高兴。这几年中间我见过他多次,有时在人民大会堂,没有机会长谈;有时在他的住处没有干扰,听他滔滔不绝地谈话,我仿佛又回到了三十年代和四十年代的日子。我每次都想多坐一会儿,但又害怕谈久了会使他疲劳,影响他的健康。告辞的时候我常常觉得还有许多话不曾讲出来,心想:下次再讲吧。同他的接触中我也发现他一年比一年衰老,但除了步履艰难外,我没有看到什么叫人特别担心的事情,何况我自己也是一年不如一年。因此我一直丢不开"下次吧"这个念头,总以为我和他晤谈的机会还有很多。最近有人来说"茅公身体不好住进了医院"。我想到了冬天老年人总要发这样或者那样的毛病,天气暖和就会好起来,我那"下次吧"的信心并不动摇。万万想不到突然来的长途电话就把我的"下次吧"永远地结束了。

二十年代初商务印书馆的《小说月报》改版,开始发表新文艺作品,茅盾同志做了第一任编辑,那时我在成都。一九二八年他用"茅盾"的笔名在《小说月报》发表"三部曲"《蚀》的时候,我在法国。三十年代在上海看见他,我就称他为"沈先生",我这样尊敬地称呼他一直到最后一次同他的会见,我始终把他当作一位老师。我十几岁就读他写的文学论文和翻译的文学作品，三十年代又喜欢读他那些评论作家和作品的文章。那些年他站在鲁迅身边用笔进行战斗，用作品教育青年。我还记得一九三二年他的长篇小说《子夜》出版时的盛况，那是《阿Q正传》以后我国现代文学的又一伟大胜利。那个时期他还接连发表了像《林家铺子》《春蚕》那样的现实主义短篇杰作。我国现代文学始终沿着"为人生"的现实主义道路成长、发展，少不了他几十年的心血。他又是文艺园中一位辛勤的老园丁，几十年如一日浇水拔草，小心照料每一朵将开或者初放的花朵，他在这方面也留下不少值得珍视的文章。

我不是艺术家，我不过借笔墨表达自己的爱憎，希望对祖国和人民能尽一点点力，由于偶然的机会我走上了文学道路，只好边走边学。几十年中间，我从前辈作家那里学到不少作文和做人的道理，也学到一些文学知识。我还记得三十年代中在上海文学社安排的几次会晤，有时鲁迅先生和茅盾同志都在座，在没有人打扰的旅社房间里，听他们谈文学界的现状和我们前进的道路，我只是注意地听着，今天我还想念这种难得的学习机会。

然而我不是一个好学生，缺乏刻苦钻研的学习精神，因此几十年过去了，我在文学上仍然没有多大的成就，回想起来我总是感到惭愧，甚至一些小事自以为记得很牢，也常常不能坚持下去。一九三七年"八一三"事变，文艺刊物停刊，《文学》《中流》《译文》《文丛》等四份杂志联合创办《呐喊》周报，我们在黎烈文家商谈，公推茅盾同志担任这份小刊物的编辑。刊物出了两期被租界巡捕房查禁，改名《烽火》继续出下去，我们按时把稿子送到茅盾同志家里。不久他离开上海，由我接替他的工作。我才发现他看过采用的每篇稿件都用红笔批改得清清楚楚，而且不让一个笔画难辨的字留下来。我过去也出过刊物，编过丛书，从未这样仔细批稿，看到他移交的稿件，我只有钦佩，我才懂得做编辑并不是容易的事。第二年春天他在香港编辑《文艺阵地》，刊物在广州印刷，他每期都要来广州看校样。他住在爱群旅社，我当时住在广州，到旅社去看他，每次都看见他一个字一个字地专心改正错字。我自己有过长期校对的经验，可

讲真话的书 （1980—1981）

是我校过的书刊中，仍然保留了不少的错字。记得我在四十年代后期编了一种丛书，收得有一本萧乾的作品（大概是《创作四试》吧）。书印出后报纸上刊载评论赞扬它，最后却来一句："书是好书，可惜错字太多。"我每想起自己的粗心草率，内疚之后，眼前就现出茅盾同志在广州爱群旅社看校样的情景和他用红笔批改过的稿件。他做任何工作都是那样认真负责，一丝不苟，连最后写《回忆录》时也是这样。他在病床上还念念不忘他的著作；在昏迷的时候他还做写作的姿势，一直到死他始终没有放下手中的笔。我尊他为老师，可是我跟他的距离还差得很远。看来我永远赶不上他了。但是即使留给我的只有一年、两年的时间，我也要以他为学习的榜样。

人到暮年，对生死的看法不像过去那样明白、敏锐。同亲友分别，也不像壮年人那样痛苦，因为心想：我就要跟上来了。但是得到茅盾同志的噩耗我十分悲痛，眼泪流在肚里，只有我自己知道。我们浪费了多少时间啊，现在到了尽头了。他是我们那一代作家的代表和榜样，他为祖国和人民留下了不少宝贵财富，他不应该有遗憾。但是我呢？我多么想拉住他，让他活下去，写完他所想写的一切啊！

去年三月，访问日本的前夕，我到茅盾同志的寓所去看他，在后院那间宽阔整洁的书房里和他谈了将近一个小时，我和罗荪同志同去，但谈得最多的还是茅盾同志。他谈他的过去，谈他最近一次在睡房里摔了一跤后的幻景，他谈得十分生动。我们不愿意离开他，却又不能不让他休息。我们告辞后他的儿子媳妇搀他回到寝室。走出后院，我带走了一个孤寂老人的背影。我想多寂寞啊！这两年我脑子里一直有一个孤寂老人的形象。其实我并不理解他。今天我读了他的遗书，他捐献大量稿费，作为奖励长篇小说的基金；在病危的时候，他这样写道："我自知病将不起，我衷心地祝愿我国社会主义文学事业繁荣昌盛。"他的心里装着祖国的社会主义的文学事业，他为这个事业贡献出了毕生的精力。他怎么会感到寂寞呢？

三月二十九日

现代文学资料馆
——随想录六十四

近两年我经常在想一件事：创办一所现代文学资料馆。甚至在梦里我也几次站在文学馆的门前，看见人们有说有笑地进进出出。醒过来时我还把梦境当作现实，一个人在床上微笑。

可能有人笑我考虑文学馆的事情着了魔。其实在一九七九年中期关于文学馆的想法才钻进我的脑子。我本来孤陋寡闻，"十年浩劫"中我给封闭在各种"牛棚"里几乎与世隔绝。在那些漫长的日子里文学资料成了"四旧"，人们无情地毁掉它们仿佛打杀过街的老鼠，我也亲手烧毁过自己保存多年的书刊信稿，当时我的确把"无知"当作改造的目标。我还记得有一个上午我在作家协会上海分会的厨房里劳动，外面的红卫兵跑进来找"牛鬼"用皮带抽打，我到处躲藏，给捉住了还要自报罪行，承认"这一生没有做过一件好事"。传达室的老朱在扫院子，红卫兵拉住他问他是什么人，他骄傲地答道："我是劳动人民。"我多么羡慕他！也有过一个时候我真的相信只有几个"样板戏"才是文艺，其余全是废品。我彻底否定了自己，我丧失了是非观念。我没有过去，也没有将来，只是唯唯诺诺、不动脑筋地活下去，低着头，躲着人，最怕听见人提到我的名字，讲起我写过的小说。在那种时候，在那些日子里，我不会想、也不敢想文学和文学资料，更不用说创办文学馆和保存我们的文学资料了。在一九六七、六八年中我的精神状态就是这样可怜、可鄙的。这才是真的着

讲真话的书 （1980—1981）

魔啊！

但是"四人帮"贴在我的脑门子上的符咒终于给撕掉了，我回头看以前走过的道路又比较清楚了，文学究竟是什么我也懂得一点，不能说自己读过的书都是毒药或者胡说。文学是民族和人类的财产，它是谁也垄断不了的，是谁也毁灭不了的。"十年浩劫"中的血和火搅动了我心灵中的沉渣，它们全泛了起来，我为这些感到羞耻。我当时否定了自己，否定了文学，否定了一切美好的事物，我真的这样想过。现在我把那些否定又否定了，我的想法也绝非虚假。万幸我在入迷的时候并没有把手边的文学资料全部毁弃，虽然我做过的蠢事已经够多了。我烧毁了大哥写给我的一百多封信以及一些类似的东西，自己也受到了惩罚，我再要写《激流》一类的作品就有困难；同那些信件一起，我过去的一段生活也变成了灰烬。但是一个人的历史可以随意改写吗？可以任意编造吗？在一九六六年和以后的两三年中间我的想法真是这样。我甚至相信过一个没有文化、没有知识、当然也没有资料的理想世界。

我想起来了。当时也有人偷偷地问过我："难道我们的祖先就没有留下一点值得重视的遗产？难道五四以来我国的现代文学就全是废品、全是'四旧'？难道你几十年中那许多作品就全是害人害世的'毒草'？"我答不出来，一方面我仍处于神志不清的状态，另一方面我已经给"打翻在地还踏上一只脚"，不敢"乱说乱动"，唯恐连累亲戚朋友。活命哲学是我当时唯一的法宝。

一九七九年春天起我出国三次。我出去并非镀金，也不想捞取什么，我只是让一些外国朋友看看我并不曾被"四人帮"迫害致死，还能够用自己的脑子思考。在国外我才发现人们关心中国，多数读者想通过中国现代文学认识我们国家，了解中国人的心灵。好些国家中都有人在搜集我国现代文学作品和有关资料；或者成立研究会，召开国际会议讨论有关问题。我们的"文革"期间被视为粪土的东西，在国外却有人当作珍贵文物收藏。

在世界闻名的几个都市里我参观了博物馆、纪念碑，接触了文化和历史资料，看到了人民的今天，也了解他们的过去。任何民族，任何人民都有自己光辉的历史。毁弃过去的资料，不认自己的祖宗，这是愚蠢而徒劳的。你不要，别人要；你扔掉，别人收藏。我们的友邦日本除了个别作家的资料馆外，还有一所相当完备的他们自己的"近代文学馆"。日本朋友也重视我们现代文学的资料。据一位美籍华人作家说这方面的资料美国收藏最多，居世界第一，欧洲有些学者还要到美国去看材料。荷兰莱顿有一所"西欧汉学研究中心图书馆"，成立已经五十年，虽然收藏我国现代作品不多，但正在广泛地搜集。我说句笑话，倘使我们对这种情况仍然无动于衷，那么将来我们只有两条路可走：或者把一代的文学整个勾销，不然就厚着脸皮到国外去找寻我们自己需要的资料。

现在还是能够有所作为的时候。听说日本的"近代文学馆"是日本的作家们创办的，并没有向国家要一个钱。日本作家办得到的事，难道我们中国作家就办不到？我的力量虽然有限，但决心很大，带个头总是可以的吧。创办和领导的工作由中国作家协会担任，我们只要求国家分配一所房子。我准备交出自己收藏的书刊和资料，还可以捐献自己的稿费，只希望在自己离开人世前看见文学馆创办起来，而且发挥作用。

我设想中的"文学馆"是一个资料中心，它搜集、收藏和供应一切我国现代文学的资料，五四以来所有作家的作品，以及和他们有关的书刊、图片、手稿、信函、报道，等等，等等。这只是我的初步设想，将来"文学馆"成立，需要做的工作可能更多。对文学馆的前途我十分乐观。我的建议刚刚发表，就得到不少作家的热烈响应。同志们给了我很大的鼓励。我心情振奋，在这里发表我的预言：十年以后欧美的汉学家都要到北京来访问现代文学馆，通过那些过去不被重视的文件、资料认识中国人民优美的心灵。

点着火柴烧毁历史资料的人今天还是有的；以为买进了最新的机器就买进了一切的人也是有的。但是更多的人相信我们需要加强我们的民族自豪感，提高对我们民族精神的认识。认识自己，认识我们的文学，认识

讲真话的书　(1980—1981)

中国人民的心灵美，我们有一个丰富的矿藏，为什么不建设起来好好地开采呢？

我那些美好的梦境一定会成为现实，我的愉快的微笑并不是毫无原因的。

四月四日，杭州

怀念方令孺大姐
——随想录六十五

最近去杭州住了六天,几乎天天下雨,我不常外出,也很少伏案写作。我住在招待所的二楼,或者在阳台上散步;或者长久地坐在沙发上闭目养神;或者站在廊前,两只胳膊压着栏杆,隔着里西湖眺望白堤。白堤是我熟悉的,但这样看白堤在我还是第一次。那么多的人鱼贯而行,脚步不停,我仿佛在看皮影戏。颜色鲜明的公共汽车,杨柳的新绿和桃花的浅红,都在那幅幕布上现了出来。

我记起来了:十六年前也是在这个时候,我和萧珊买了回上海的车票、动身去车站之前,匆匆赶到白堤走了一大段路,为了看一树桃花和一株杨柳的美景,桃花和杨柳都比现在的高大得多。树让挖掉了,又给种起来,它们仍然长得好。可是萧珊,她不会再走上白堤了。

我哪里有心思游山玩水?!游山玩水,那是三十年代的事情,从一九三〇年到一九三七年,我几乎每年都去杭州,我们习惯在清明前后游西湖,有一两年春秋两季都去,每次不过三四天,大家喜欢登山走路,不论天晴下雨,早晨离开湖滨的旅馆,总要不停步地走到黄昏,随身只带一点干粮,一路上有说有笑。同游的人常有变更,但习惯和兴致始终不改。南高峰、北高峰、玉皇山、五云山、龙井、虎跑、六桥、三竺仿佛是永远走不完、也走不厌似的。那个时候我们好像有无穷无尽的精力和感情!我还记得就是在沿着九溪十八涧走回湖滨的蜿蜒的小路上,陆蠡、丽尼和我

讲真话的书　（1980—1981）

在谈笑中决定了三个人分译屠格涅夫六部长篇小说的计划。我们都践了诺言，陆蠡最先交出译稿，我的译文出版最迟。陆蠡死在日本侵略军的宪兵队里，丽尼则把生命交给自己的同胞。当时同游的法国文学研究者和翻译家黎烈文后来贫困地病死在台北。我再也见不到他们了。

六十年代中从六〇年到六六年我每年都到杭州，但是我已经没有登山的兴趣了。我也无心寻找故人的脚迹。头一年我常常一个人租船游湖，或者泡一杯茶在湖滨坐一两个小时，在西湖我开始感到了寂寞。后来的几年我就拉萧珊同去，有时还有二三朋友同行，不再是美丽的风景吸引着我，我们只是为了报答一位朋友的友情。一连几年都是方令孺大姐在杭州车站迎接我们，过四五天仍然是她在月台上挥手送我们回上海。每年清明前后不去杭州，我总觉得好像缺少了什么。同方令孺大姐在一起，我们也只是谈一些彼此的近况，去几处走不厌的地方（例如灵隐、虎跑或者九溪吧），喝两杯用泉水沏的清茶。谈谈、走走、坐坐，过得十分平淡，现在回想起来，也没有什么值得提说的事情，但是我确实感到了友情的温暖。

友情有多种多样。"温暖"两个字用得太多了，说不清楚究竟是一种什么样的感觉。我当时仿佛在冬天早晨晒太阳心里暖和，无忧无虑、无拘无束，我感到轻松而舒适；我又像在一位和睦家庭中的长姐面前，可以随心谈话，用不着戒备。令孺同志大我八岁，比萧珊大得更多，我们虽然尊她为大姐，她却比我更多小孩脾气。我对她的了解是逐渐加深的。但有一点我的看法始终未变：她是一个十分善良的人。

我现在说不清楚我在什么时候认识她。我先读到她的文章，在我编辑的《文学丛刊》第七集中有一本她的散文集《信》，是靳以介绍给我的。文章并没有给我留下深刻的印象，我隐约记得一位善良的女诗人在吐露她的胸怀。她苦闷、彷徨、追求，但我认识她的时候连这个印象也淡化到没有了，教授代替了诗人。我看见她不用说是在靳以的家里，他们同在复旦大学教书，都住在重庆北碚的夏坝。我同她交谈不多，只是觉得她是一个容易接近的知识分子。她同靳以已经很熟了。她在方家排行第九，侄儿侄女不少，一般熟人都称她"九姑"，靳以也这样称呼她。我跟她相熟，却是解放以后的事。一九五一年第三季度我和靳以还有令孺大姐三个人参加了老根据地访问团华东分团，一起去过沂蒙山区。后来我们又到苏北的扬州和盐城，这样我和她就熟起来了。但是关于她的过去，我知道很少，我向来就不注意朋友们的身世，我想了解的常常是人们的精神世界和真实感情。无怪乎在"文革"期间我经常受到向我"外调"的人的训斥：交朋友不调查别人的出身和成分。我不能满足"外调者"的要求，因为我只能谈个人的印象。关于方令孺大姐，似乎没有人来找我调查过她的情况，倘使别人向我问起，我就会说：解放后她不再彷徨、苦闷，虽然吃力，她始终慢慢地在改造的道路上前进。我还记得我们在山东乡下访问时，她和一位女同志住在农民家里，旁边放着一副空棺材，她也能愉快地住几天。我们一起活动了不到两个月，她留给我的印象除了"善良"外，还加上一个"坦白"。这以后我也习惯像靳以那样用"九姑"称呼她了。

　　回到上海我们少有见面的机会，大家似乎都很忙，又很紧张，却又没有做出什么成绩。在北京开会，我倒遇见她几次，忽然听说她要给调到杭州担任浙江省文联主席，她自己下不了决心。我当面问她，她说在复旦大学她有不少熟人，在杭州除了女儿女婿外，单位里都是生人，前任文联主席又是犯了错误给撤职的。换一个新环境她有些害怕。

　　我相信她会去杭州，用不着我给她打气，我也不曾到复旦宿舍去看她。一九五九年我和萧珊去新安江参观，这是解放后我们第一次去杭州，在那里同她相聚，真像见到亲人一样。她老了些，身体不大好，常常想念上海的朋友，几次讲到她的寂寞。第二年五月我又去杭州，她却到北京治病去了。我这次去杭州是为了写一篇发言稿，大约在两个月以后第三次全国文代会要在北京召开，文联的同志们要我在会上讲话。我不知道该从哪里讲起，拿起笔一个字也写不出，只好躲到杭州，在西湖的确没有干扰，可以说我不曾遇到一个熟人。虽然有那样多的时间，可是我坐在书桌前，写不上十个字就涂掉，然后好像自来水笔有千斤重，我动不了它。这样的

讲真话的书 (1980—1981)

经验那些年我太熟悉了。有时写作甚至成了苦刑，我常常想：我"才尽"了。坐在房间里我感到烦躁，就索性丢开笔出去看看走走，有时在湖滨走两三个小时，有时在西山公园的竹亭里坐一个上午，只是望着熟悉的西湖的景色，我什么也不想。我住过三个招待所，挨了若干日子，最后在花港写完了我那篇发言稿，标题是《文学要跑在时代的前头》。我在文代会上读它的时候仿佛它是一气呵成似的，其实为了那些"豪言壮语"，我花费了多少天的苦思苦想。

一九六一年访问日本回来，六月初我又去西湖。我需要交出第一篇访日文章，在上海连静坐拿笔的工夫也没有，我只好又逃到杭州，还是在花港招待所里完成了任务。我写了几篇散文，还写了短篇小说，因为我有真实感情和创作欲望，我在写我想写的作品。我这次大约住了三个星期，招待所里还有一位朋友，他比我早来，也是来写作的。每天吃过晚饭，我和他一起散步，常常走到盖叫天老人的墓道才折回去。马路上几乎没有行人，光线十分柔和，我们走在绿树丛中，夜渐渐地在我们四周撒下网来。我忘不了这样愉快的散步。盖老当时还活着，他经营自己的生圹好多年了。有一次时间早一点，我走近墓道登上台阶到了墓前，石凳上竟然坐着盖老本人，那么康健，那么英武，那么满意地看刻着他大名的红字墓碑，看坡下的景色，仿佛这里就是他的家，他同我谈话好像在自己家里接待客人。我们一路走下去，亲切地握手告别。这就是我最后一次同他交谈。五年后一九六六年七月底我到西湖参加亚非作家"湖上大联欢"，听人说盖老已经"靠边"受批斗，我也不便多问。在我自己给当作罪人关进"牛棚"之后听到小道消息：盖老给迫害致死。连八旬老人也遭受酷刑，我当时还不肯相信，若干年后才知道真实情况比人们传闻的可怕得多。不用说他无法睡在自己苦心经营的坟墓里面，连墓道，连牌坊，连生圹，连石桌石凳全化作尘土了。然而刻在石牌坊上的那副对联还经常出现在我的眼前："英名盖世三岔口，杰作惊天十字坡"。优美的艺术绝不是任何暴力所能抹杀的！

我记不清楚是不是九姑和我同去看盖老的生圹，当时她已回到杭州，因为天热，她很少出来。我和那个朋友到过白乐桥她那非常幽静的住处，门前淙淙的溪水，院子里一株高大的银杏，我们在窗下阶前融洽地谈了两三个小时。另一天下午我们三个人又在灵隐寺前飞来峰下凉亭里坐了一个下午。我们谈得少，我拿着茶杯，感到时间慢慢地在身边过去，我有一种无忧无虑的幸福感觉。但是同她分别的时候我忽然觉得她还是想回上海，在这里她感到寂寞。我和朋友从灵隐寺送她走回白乐桥，她对我们频频挥手，那善良的笑脸，多么真诚，又多么孤寂啊！

第二年年初我们五六个人从广州到海南岛参观，坐一部旅行车在全岛绕了一周，九姑也在里面。接着她又和我全家在广州过春节、看花市，她很兴奋地写诗词歌颂当时的见闻。我还记得，我们在海口市招待所里等待回湛江的飞机，已经等了两天，大家感到不耐烦，晚饭后闲谈中她谈起了自己的身世，谈了一个多钟头。想不到她的生活道路上有那样多的荆棘，她既困难又坚决地冲出了旧家庭的樊笼，抛弃了富家少奶奶的豪华生活，追求知识，自食其力，要做到她自己所说的那样"创造一个新的世界，新的人生"，做"一个真实的人"。那些坚持斗争的日子！倘使得不到自由，她就会病死在家中。她没有屈服，终于离开了那个富裕的家。她谈得很朴素，就像在谈很远、很远的事情，的确是多年前的事了，但是她还不能没有激动，她说不久前在一次学习会上她谈了自己的过去，会后一位同事告诉她，以前总以为她是一帆风顺、养尊处优的旧知识分子，现在才知道她也经历过艰巨的斗争，对她有了更多的理解了。我说的确是这样，我从前也听见人说，她孤独、清高，爱穿一身黑衣服，一个人关在屋子里，不然就孤单地在院子里走来走去。她笑了。她那样的人在旧社会怎么不被人误解呢？她哪里是喜欢孤独？她那颗热烈的心多么需要人间的温暖。

这以后她和我一家的往来更加密切了。我们的两个孩子都喜欢她。我们和她在黄山度过一段时间，也同在从化洗过温泉。一年中间我们和她总要见面两三次，书信的来往更是频繁，她喜欢读萧珊的信，也写了不少的

讲真话的书　(1980—1981)

信给她。一九六六年年初她来上海，同上海的亲友们一起欢度了她的七十大庆。这一次我们和她无忧无虑地相聚了几天。我还兴奋地说十年后要到西湖庆祝她的八十生日。其实说无忧无虑，也得打个折扣，因为上海的作家已经开始学习姚文元的《评新编历史剧〈海瑞罢官〉》。我每个星期六下午要去文艺会堂参加学习会，有一回姚文元眉飞色舞地鼓励大家"畅所欲言"，看见他口沫四溅、手舞足蹈，我觉得我的上空乌云正在聚拢，一阵暴雨就要倾注下来。九姑虽然在上海待得不久，可是她主动地要求参加我们的学习会。我笑着夸她"学习积极"。她说她来"取经"，回去也可能要搞同样的学习，我才看出来她也有点紧张。这年清明前后我和萧珊并没有去西湖看望九姑，她已经和几个同事匆匆赶去北京开会。形势越来越紧，连萧珊也参加了"四清"工作队到铜厂去了。九姑从北京回来，仍然经过上海，我记得她在招待所住了三几天，我还听见她夸奖萧珊参加工作队有了很大的进步。她不曾谈起在北京开会的情况。但是连郭老也公开表示他的著作应当全部烧毁，他本人愿意到生活里去滚一身泥巴。因此一位写诗的朋友也诚恳地劝我表态，我接着就在学习会上承认我写的全是"毒草"。这样完全否定了自己，我并不感到痛苦，反而感到轻松，心想总可以混过一些时候了。一个接一个的运动仿佛把人的脑子磨炼得非常敏感，其实它反倒给磨得十分迟钝。那几个月我的精神状态和思想感情就是这样。我好像十分害怕，又仿佛毫不在乎。我到北站送九姑上车，朝着缓缓移动的车厢内的长姐似的和善面颜不住地摇手，我没有想到这是我最后一次看见她。但是我有一种感觉：我们没有雨具，怎么挡得住可能落下的倾盆大雨！"我们"不单是指我，不单是指九姑，还有许多同命运的人。

大约过了两个多月，我意外地到了杭州。我去参加前面提到过的亚非作家"湖上大联欢"。我从北京到武汉再转到杭州，分三路参观的亚非作家们将在杭州会合。作为中国代表团的副团长，我和一些工作同志先去西湖，同当地的作家进行联系。我以为九姑会出来接待远方的客人，可是在这里连一个文联或者作协分会的熟人也看不到。说是都有问题，都不能出来。我不敢往下问,害怕会听到更可怕的消息,反正有一位省文化局局长就可以体现我们灿烂的文化了。离开杭州的前夕,一位菲律宾诗人问我为什么在这山清水秀、风景如画的地方看不到诗人和作家?我吞吞吐吐,答不出来。回到上海,送走了外宾,我自己也受到围攻,不能出来了。

现在回想起来我还有似梦非梦的感觉,当时也是如此,我总以为不是真的。但是事情一件一件地来了,抄家,强迫劳动,一夜之间成为贱民等等。我的女儿在家里待不下去,她和同学们一起出去串联,经过杭州,她去看望了九姑,九姑接待了她,还借给她零用钱。那是十一月底的事,九姑虽然"靠边",却未受到隔离审查,还留我女儿在白乐桥家中住了一晚。据说黄山宾馆的服务员揭发她在黄山用牛奶洗澡,九姑非常愤慨。一九六一年我们在黄山过暑假,后来萧珊带着孩子来了,住在半山的紫云楼,黄山宾馆就在紫云楼下面,我们每天都要去看九姑。那里并不豪华,九姑也没有受过特殊的待遇。清早我们都喝豆浆,谁也不曾见过牛奶。但是对运动中的所谓揭发,我们都有一些体会,上面要什么,下面就有什么。年轻时候看旧小说,我总是不懂"莫须有"三字怎么可能构成天大的罪名,现在完全明白了。"十年浩劫"中来了一个封建文物大展览,大家都"深受教育"。大约在第二年十月,造反派在上海作协分会旧址批斗前市委宣传部部长石西民,我也给揪去陪斗。在会上杭州来的造反派发言要石西民交代将方令孺拉进党内的"罪行"。石西民没有正面回答。我替九姑担心,可是以后我也不曾得到什么不祥的消息。

一九七四年五月我的女婿到杭州工作,我要他去看望九姑,他找到了她。她仍然住在原来的地方,只是屋子减少了,只剩了一间。她已经七十八岁,她的女婿死了,女儿身体又不好,很少有人理她。她很寂寞,有时盼望我女婿去陪她打扑克。她给我来过信,可是我的问题并未彻底解决,不便经常给她去信。再过一年半,我的情况仍然没有改变,我的命运还是给捏在"四人帮"的爪牙的手里,我的女儿也去了杭州。她也去过白乐桥。她和她的爱人给八十岁老太太的孤寂生活中带去一点温暖和安慰,

讲真话的书　(1980—1981)

但是他们除了工作和学习，还有自己的活动，还要参加搞不完的批这批那的运动，哪里能经常去看望她？！

一九七六年九月底我女儿女婿回上海过国庆，我问起九姑的情况，我女儿说她患肺炎住在医院里，他们去看过她，她已经认不出他们。节后他们回到杭州就给我寄来方令孺同志追悼会报道的剪报，原来我们谈论她的时候，她已经不在人间。

九姑活过了八十，不算短寿。在"靠边"期间她还下过水田劳动，经受了考验，也终于得到了"解放"。但是她没有能充分地利用她的生命和才华，她不能死而无憾。更令人感到遗憾的是只差十多天的时间，她没有能看到"四人帮"的覆灭。

"四人帮"垮台后我两次去西湖，都没有到她的墓前献花，因为这样的墓是不存在的。我知道有骨灰盒，但骨灰盒还不如心上的祭坛，在我的心上那位正直、善良的女诗人的纪念永远不会褪色。我两次经过白乐桥，都是坐在车子里匆匆地过去，眼前一片绿色，什么也没有看清楚，可是我眼里有一位老太太拄着手杖带笑地不断挥手！

离开杭州我就去北京参加茅盾同志的追悼会。在人民大会堂新疆厅里休息，我坐在丁玲同志旁边。她忽然对我说："我忘记不了一个人：方令孺。她在我困难的时候，主动地来找我，表示愿意帮忙。我当时不敢相信她，她来过几次，还说：'我实在同情你们，尊敬你们……'她真是个好人。"我感谢丁玲同志讲了这样的话。九姑自己没有谈过三十年代的这件事情。

　　　　　　　　　　　　　　　　　　五月十五日写完

《序跋集》序
——随想录六十六

我最近把过去我在自己写的和别人写的书上发表过的前言、后记集在一起，编成《序跋集》，并为这个集子写了如下的序言：

我居住的地方气候并不炎热，因此我想不通为什么有人那样喜欢风。风并不总是朝着一个方向吹，它有时向东，有时向西。我的头脑迟钝，不能一下子就看出风向，常常是这样：我看见很多人朝着一个方向跑，或者挤成一堆，才知道刮起风来了。

说实话，有一个长时期我很怕风，就像一个经常患感冒的人害怕冷风那样。风不仅把我吹得晕头转向，有时还使我发高烧，躺在床上起不来。

但这也是过去的事情了。十二级台风也好，龙卷风也好，差一点把我送进了"永恒的痛苦"，然而我也见过了世面，而且活下来了。我不能说从此不再怕风，不过我也绝不是笔记小说里那种随风飘荡的游魂。我从未想过要把过去写的那些前言、后记编成集子。去年我还在怀疑写这些东西"是不是徒劳"。今年年初有一位长住北京的朋友来信动员我编辑这样一本《序跋集》，连书名他也想好了。他说明他这样建议和敦促（他后来还帮忙抄稿，他是一位现代中国文学资料的收藏者），只是为了支持一位广州朋友的工作，这位同志主持一家文艺出版社，不愿向钱看，却想认真出版书刊。北京的朋友爱书如命，也熟悉我国现代文学发展的历史，脑子里贮藏着不少生动的书的故事。他关心书、关心写书的人，当然也关心出

讲真话的书 （1980—1981）

书刊的人，他热心地替广州那家出版社组稿，这是可以理解的。只有对他我才不便用一句话推出门去，他有具体的办法，还可以举出书名，还可以替我搜集稿子。我不曾拒绝，但我也没有答应。我还想慢慢地考虑。

有一次我意外地听见别人谈论那位广州同志的事，人们说冷风又刮起来了。我起初不肯相信，可是渐渐地我发现有人在我面前显得坐立不安，讲话有些吞吞吐吐，或者缩着脖子，或者直打哆嗦，不久就有朋友写信来劝我注意身体，免受风寒。于是关于我的谣言就流传开来，有人为我担心，也有人暗中高兴，似乎大台风已经接近，一场灾祸就在眼前。

这个时候我非常冷静。有风，我却不感到冷。我一点也不害怕，但是我不得不严肃地考虑自己的事。我喜欢把自己比作春蚕，三十年代初我们几个未婚的年轻人游西湖到白云庵月下老人祠去求签，签上有一句话我至今还不曾忘记："……似春蚕到死尚把丝抽。"尽可能多吐丝，这就是我唯一的心愿。倘使真有龙卷风，那么也让我同它作一次竞赛吧。我要多做出一些事情，多留下一点东西，所以我决定编辑我的《序跋集》。

编选自己的集子，我已经有不少的经验了。但《序跋集》和别的集子不同。《序跋集》中有一些为别人的著作或译文写的前言、后记还是第一次在我自己的集子里出现。我还想指出：这本书是我文学生活中各个时期的"思想汇报"，也是我在各个时期中写的"交代"。不论长或短，它们都是我向读者讲的真心话。在"十年动乱"中我不知写过多少"思想汇报"和"交代"，想起它们，我今天还感到羞耻。在我信神最虔诚的时期中，我学会了编造假话辱骂自己。"监督组"规定：每天晚上不交出一份"交代"，不能回家。他们就是用谎言供奉神明的。我却不敢用假话来报答读者。我把五十几年中间所写的前言、后记搜集起来，编印出来，只是想把自己的心毫不掩饰地让人们看个明白。我所走过的曲折的道路，我的思想变化的来龙去脉，五十几年的长期探索、碰壁和追求，等等，等等，在这本集子里都可以找到一些说明。我希望对我有偏爱的朋友多看到我的缺点。对那些准备批判我的人，我来提供一点材料。编辑的时候我没有改

一九八一年

动原意，只是偶尔删去多余的字句。有些"豪言壮语"今天成了大话空话，但当时我却深信它们，因此也让它们保留在书中。

这本集子的编成并不是容易的事，我已经没有精力完成搜集和抄录的工作。我首先得感谢那位北京朋友的帮忙，其次我依靠了我的侄女国烑的努力，大部分的稿子都是她抄写的。我也感谢广州的朋友，他在困难的时候还不曾失去工作的勇气和信心，肯接受我的这样一本集子。

从决定编选到序文写成，经过了三个多月，抄写的工作还有一小半未做完。这中间几次刮起冷风，玻璃窗震摇不止。今天坐在窗前停笔深思，我想起了英国王尔德童话中的"巨人的花园"。春天已经来了。

五月二十二日

怀念丰先生
——随想录六十七

丰一吟同志来信要我谈一点我和她父亲交往的情况，我近来经常感冒，多动一动就感到疲劳，但生活还是忙乱，很少有冷静思考的时间。在我居住的这个城市里噪音很多，要使脑子安静下来，实在不容易，思想刚刚进入"过去"，马上就有古怪的声音把它们拉回来。过去、现在和将来常常混在一起，要认真地回忆、思考，不知道从哪里做起。

得到一吟同志的信以后，我匆匆想过几次，我发现我和她父亲之间并没有私人的交往。我觉得奇怪。按情理我们应当成为往来密切的朋友，第一，子恺先生和我都是在开明书店出书较多的作者；第二，三十、四十年代中我的一些朋友常常用亲切、友好的语言谈起子恺先生，他们中间有的人同他一起创办了立达学园，有的人是这个学校的学生；第三，我认为他是人道主义者，而我的思想中也有人道主义的成分；第四，不列举了。想来想去，唯一的原因大概是我生性孤僻，不爱讲话，不善于交际，不愿意会见生人，什么事都放在心里，藏在心底，心中盛不下，就求助于纸笔。我难得参加当时的文艺活动，也极少在公开的场合露面。早在三十年代我就有这样的想法：作家的名字不能离开自己的作品。今天我还坚持这个主张。作家永远不能离开读者，永远不能离开人民。作为读者，我不会忘记子恺先生。我现在完全说不出什么时候第一次看见丰先生（我后来就习惯这样地称呼子恺先生），也讲不清楚当初见面的情景，可是我还记得在南京念书的时候，是在一九二四年吧，我就喜欢他那些漫画。看他描写的古诗词的意境，看他描绘的儿童的心灵和幻梦，对我是一种愉快的享受。以后一直是这样。一九二八年底从法国回来，我和索非住在一起，他在开明书店工作，我的第一部小说《灭亡》要在开明书店出版。索非常常谈起丰先生，也不止一次地称赞他"善良、纯朴"。他又是一个辛勤的劳动者，我看到他的一本接一本的译著和书集。他介绍了西方艺术的基本知识，他讲述西方音乐家的故事，他解释西方绘画发展的历史；他鼓吹爱护生物，他探索儿童的精神世界。……我没有见过他，但我的脑子里有一个"丰先生"的形象：一个与世无争、无所不爱的人，一颗纯洁无垢的孩子的心。我并不完全赞成他的主张，但是我敬重他的为人。我不仅喜欢他的漫画，我也爱他的字，一九三〇年我翻译的克鲁泡特金的《自传》脱稿，曾托索非转请丰先生为这书写了封面题字，我不用多说我得到他的手迹时的喜悦。这部印数很少的初版本《我底自传》就是唯一的把我和那位善良、纯朴的艺术家连在一起的珍贵的纪念品了。

我在记忆里搜索，可以说是一无所得，我已经没有条件深思冥想了。在抗战前我从索非那里经常知道丰先生的工作情况和生活细节。

后来我读到他自己的文章亲切地描述他在家乡安静的写作生活，然后是战火爆发、侵略军逼近家乡。他同家人仓皇逃难。从此他从浙江，去江西、湖南、广西，再去四川。这期间我也到过不少的地方。我说不出什么原因，我同他不曾有过任何的联系，可是他的脚迹始终未从我的眼前消失。他在各地发表的散文，能找到的我全读了。阅读时我就像见到老朋友一样，感到亲切的喜悦。他写得十分朴素、非常真诚，他的悲欢、他的幸和不幸紧紧地抓住我的心。抗战期间我在重庆开明书店遇见过他，谈过几句话，事后才想起这是丰先生。另一次我和一个朋友到他在沙坪坝的新居去看望他。记不起我们谈了些什么，时间并不长，但是我保留着很好的印象，他仍然是那样一个人：善良纯朴的心，简单朴素的生活，他始终愉快地、勤奋地从事他的工作。一九四二年七月我还在成都祠堂街开明书店买

讲真话的书　(1980—1981)

了一幅他亲笔的漫画，送给我一个堂兄弟，为了激发他（堂兄弟）的高尚的情操。

　　上海解放后，我几次见到丰先生和一吟同志，听说他要翻译日本著名的《源氏物语》，他开始自学俄文，并表示要学好俄文才去北京，我相信他有毅力做好这两件事。果然他在一九五九年去北京出席了全国政协的会议，他用俄语翻译的文学作品也陆续出版。在"四人帮"下台之前，我就听一位老友讲他正在阅读丰先生翻译的《源氏物语》全部手稿。他一直不知疲倦地在工作。我们有时一起参加学习，他发言不多。今天我还隐约记得的只是他在一九六二年上海二次文代会上简短的讲话。他拥护"百花齐放，百家争鸣"的文艺方针，他反对用大剪刀剪冬青树强求一律的办法，他要求让小花、无名的花也好好开放。三个月后他又发表了散文《阿咪》。这位被称为"辛勤的播种者"的老艺术家不过温和地讲了几句心里话，他只是谈谈生活的乐趣，讲讲工作的方法。他做梦也没有想到要"反"什么，要向什么"进攻"。但是不多久台风刮了起来，他的讲话，他的漫画（《阿咪》的插图——"猫伯伯坐在贵客的后颈上"）一下子就变成了"反社会主义"的"毒草"。我也背上了一个沉重的包袱，上海第二次文代会上我第一个发言，大谈《作家的勇气和责任心》，我带头"发扬民主"，根据过去的经验我当时也有点担心，但料不到风向变得这样快。一方面我暗中抱怨自己不够沉着，信口讲话，我的脑子也跟着风在转向；另一方面我对所谓"引蛇出洞"的说法想不通，有意见。听见人批评《阿咪》，我起初还不以为然，但是听的次数多了，我也逐渐接受别人的想法，怀疑作者对新社会抱有反感。纵然我不曾写批评文章，也没有公开表态，但是回想起这一段时期自己思想的变化，我不能不因为没有尽到"作家的责任心"而感到内疚：在私下议论时我不曾替《阿咪》讲过一句公道话。其实我也不能苛求自己，我就从未替我那篇发言讲过一句公道话。那个时候好像有一种强大的压力把我仅有的一点独立思考也摧毁了。接着的几年中间我仿佛在海里游泳，岸在远方，我已经感到精力不够了。

但是我仍然用力向前游去。

　　于是"文化大革命"开始了。我参加亚非作家北京紧急会议后回到上海，送走外宾之前我到作家协会分会开会。大厅里就挂着批判我那篇讲话的"兴无灭资"的大字报。那天受批判的是一位不久就被迫跳楼的文学评论家，我被邀请坐在"上座"，抬起眼便看见对面一张揭露我的"罪行"的大字报。我知道，我送走客人后，大祸就临头了。我还装出若无其事的样子，其实心里很害怕。我盼望着出现一个奇迹：我得到拯救，我一家人都得到拯救。自己也知道这是妄想。我开始承认自己"有罪"，开始用大字报上的语言代替了自己的思考。朋友们同我划清了界限，其实大多数的熟人都比我早进"牛棚"，用不着我同他们划清界限了。丰先生便是其中之一。我不曾到过他的家，但我知道他住在陕西南路一所西班牙式的小洋房里，我去作协分会开会、学习、上班的时候，要经过他的弄堂口，我向人打听，他早在六月就被定为"反动学术权威"受到批判和折磨了。

　　我也给戴上了"反动学术权威"的帽子，这只是几顶帽子中的一顶，而且我口服心服地接受了。我想：既然把我列为"权威"，我不是"反动的"，难道还是"革命的"？我居然以为自己"受之无愧"，而且对丰先生的遭遇也不感到愤慨。在头两年中我甚至把"牛棚"生活和"批斗"折磨当作知识分子少不了的考验。我真正相信倘使茹苦含辛过了这一关，我们就可以走上光明大道。我受批斗较晚，关入"牛棚"一年后才给揪上批斗场。我一直为自己能不能过好这一关担心。我还记得有一天到"牛棚"去上班，在淮海中路陕西路口下车，看见商店旁边墙上贴着批判丰子恺大会的海报，陕西路上也有。看到海报，我有点紧张，心想是不是我的轮值也快到了？当时我的思想好像很复杂，其实十分简单，最可笑的是，有个短时期我偷偷地练习低头弯腰、接受批斗的姿势，这说明我是心甘情愿地接受批斗，而且想在台上表现得好。后来我真的上了台，受到一次接一次的批斗，我的确受到了"教育"，人们都在演戏，我不是演员，怎么能有好的表现呢？

讲真话的书 （1980—1981）

批斗以后我走过陕西路搭电车回家，望见那些西班牙式洋房，我就想起丰先生，心里很不好过：我都受不了，他那样一个纯朴、善良的人怎么办呢？！一天我看见了他，他不拄手杖，腋下挟了一把伞，急急地在我前面走，胡子也没有了，不像我在市政协学习时看见他的那个样子。匆匆的一面，他似乎不曾看见我，我觉得他倒显得年轻些了。看见多一个好人活下来，我很高兴。我以为他可以闯过眼前的这一关了。

但是事情不会是这么简单。不知道从什么地方又刮来一阵狂风，所谓"批黑画"的运动开始了。当时的"上海市委书记"徐景贤挥舞大棒做报告随意点名，为人民做过不少好事的艺术家又无缘无故地给揪出来作靶子，连《满山红叶女郎樵》的旧作也被说成"反对三面红旗"的"毒草"。《船里看春景》中的水里桃花倒影也给当作"攻击人民公社"的罪证。无情的批斗已经不能说服人了，它只有使我看出：谁有权有势谁就有理。从那个时候起我开始懂得人们谈论的社会效果是怎么一回事情。

我逐渐明白：像棍子一样厉害的批评常常否定了批评本身。棍子下得越多越是暴露了自己。最初我真的相信批斗我是为了挽救我，但是经受了长期批斗之后，我才明白那些以批斗别人为乐的人是踏着别人的尸首青云直上的。我已经成了一个虔诚的信徒，忽然发现一切符咒都是随意编造，我不能靠谎言过日子，必须动动自己的脑筋。眼睛逐渐睁大，背上的包袱也就逐渐减轻。我不再惶恐，不再害怕，不再有有罪的感觉。脑子活动了，思想多起来了，我想起给捣毁了的杭州的岳飞庙和跪在岳坟前的四个铁像，我仿佛见到了新的光明。那不就是用"莫须有"罪名害人的人的下场吗？

我不再替丰先生担心了。人民喜爱的优秀艺术家的形象是损害不了的。我不再相信"四人帮"能长期横行了，但是我没有想到他们会垮得这样快，更没有想到丰先生会看不到他们的灭亡。在现今的世界上画家多长寿，倘使没有那些人的批斗、侮辱和折磨，丰先生一定会活到今天。但是听说他一九七五年病死在一家医院的急诊间观察室里。在上海为他开过两次追悼会，我都没有参加：第一次在一九七五年九月，我还不曾得到解放，他也含着冤屈；第二次在一九七八年六月，我在北京开会，他终于得到了平反昭雪。没有在他的灵前献一束鲜花，我始终感到遗憾。优秀的艺术家永远让人怀念。但是我不能不想：与其在死后怀念他，不如在生前爱护他。让我们牢牢地记住这个惨痛的教训吧。

五月三十一日

《序跋集》再序
——随想录六十八

我写完《序跋集》序,意犹未尽,于是写《再序》。说老实话,我过去写前言、后记有两种想法:一是向读者宣传甚至灌输我的思想,怕读者看不出我的用意,不惜一再提醒,反复说明;二是把读者当作朋友和熟人,在书上加一篇序或跋就像打开门招呼客人,让他们看见我家里究竟准备了些什么,让他们可以考虑要不要进来坐坐。所以头几年我常常在序、跋上面花费功夫。

然而我的想法也在改变。我因为自己读书不喜欢看前言后记,便开始怀疑别人是不是会讨厌我的唠叨。这样怀疑之后,我的热情就逐渐消减。我仍然在写序跋之类的东西,但不再像写《〈爱情的三部曲〉总序》时那样地啰唆了:一写就是两三万字。我越写越短,尽可能少说废话,少跑野马。五十几年来,我一直记住一句"格言":你实在想说什么,就写什么吧。翻看几十年中间自己写的那些长长短短的序跋,我觉得我基本上还是说了真话的。

我把能找到的过去写的那些东西集在一起出版,并不认为那些"真话"都很正确。完全不是。所谓"真话",只是说我当时真是这样想的,真是这样见闻、这样感受的。我的见闻、我的感受、我的想法很可能有错。一九五七年编辑我的《文集》的时候,我删去了《死去的太阳》序中的最后两行文字。那两行是:

> 但我仍然要像摩西那样地宣言道：
> "我要举手向天，我说：我的思想是永生的。"

这说明我的思想有变化。一九三〇年我还认为我的思想永远正确，永不改变。后来自己收回了这句大话。我的思想明明在改变。谁又能说自己的"思想是永生的"呢？从这里也可以看出我年轻时候的"胆大妄为"。今天翻看旧作，我还感到愧悚。留在白纸上的黑字是洗刷不掉的。在"文革"期间它们是我的罪证。现在它们又是我的生活与创作道路上的脚印。要批判我，论断我，否定我，都可以利用它们。在我，自信和宣传的时期已经过去，如今是总结的时候了。我把自己有的东西陈列出来，让读者们讲话。一定还有遗漏，但绝不是我有意为之。不过我并没有搜集为非文艺译著写的序跋，心想编一本集子总得有个范围。其实这也是一种框框。可见解放思想并不是容易的事。我近两年常常说要认真地解剖自己，谈何容易！我真有这样的勇气？

我想起来了。去年四月四日我在日本东京朝日讲堂里讲了自己五十年的文学生活。讲话结束，我在门厅中等候车子，遇见一位日本朋友，他对我说："您批评了自己，我是头一次听见人这样讲，别人都是把责任完全推给'四人帮'。"他的话是我没有料到的，却使我头上冒汗。我清夜深思，我只是轻轻地碰了一下自己的良心，马上又掉转身子，离解剖自己，还差得很远。要继续向前，还得走漫长的路。

有一位朋友劝我道："你的心是好的，可是你已经不行了，还是躺下来过个平静的晚年吧。"

又有一位朋友对我说："永远正确的人不是有吗？你怎么视而不见？听我劝，不要出什么集子，不要留下任何印在纸上的文字，那么你也就不会错了。"

我感谢这两位朋友的好意，但是我不能听他们的话。我有我的想法。我今天还是这样想的：第一，人活着，总得为祖国、为人民做一点事情；第

讲真话的书　(1980—1981)

二，即使我一个字都不写，但说过的话也总是赖不掉的。何况我明明写了那么多的文章，出过那么多的书。我还是拿出勇气来接受读者的审查吧。

有人责备我："你还要'接受审查'？难道十年的'牛棚'生活不曾使你感到厌倦？"他用了"厌倦"二字。我想起那十年的生活，感到的却是恐怖，不是厌倦。今天我的眼前还有一个魔影。手拿烙铁的妖怪在我的这本集子里也留下了可怕的烙印——一九六七年到一九七六年十年中的一片空白。

"十年的审查？那是一场大骗局。我忘不了那些骗子。我说审查，是指读者的审查，多数读者的审查。"我这样回答，"相信不会再出现那样的空白。"

是的，一纸勒令就使我搁笔十年的事绝不会再发生了。

六月十一日

十年一梦
——随想录六十九

我十几岁的时候,读过一部林琴南翻译的英国小说,可能就是《十字军英雄记》吧,书中有一句话,我一直忘记不了:"奴在身者,其人可怜;奴在心者,其人可鄙。"话是一位公主向一个武士说的,当时是出于误会,武士也并不是真的奴隶,无论在身或者在心,最后好像是"有情人终成眷属"。

使我感到兴趣的并不是这个结局。但是我也万想不到小说中一句话竟然成了"十年浩劫"中我自己的写照。经过那十年的磨炼,我才懂得"奴隶"这个字眼的意义。在悔恨难堪的时候,我常常想起那一句名言,我用它来跟我当时的处境对照,我看自己比任何时候更清楚。奴隶,过去我总以为自己同这个字眼毫不相干,可是我明明做了十年的奴隶!这十年的奴隶生活也是十分复杂的。我们写小说的人爱说,有生活跟没有生活大不相同,这倒是真话。从前我对"奴在身者"和"奴在心者"这两个词组的理解始终停留在字面上。例如我写《家》的时候,写老黄妈对觉慧谈话,祷告死去的太太保佑这位少爷,我心想这大概就是"奴在心者";又如我写鸣凤跟觉慧谈话,觉慧说要同她结婚,鸣凤说不行,太太不会答应,她愿做丫头伺候他一辈子。我想这也就是"奴在心者"吧。在"文革"期间我受批斗的时候,我的罪名之一就是"歪曲了劳动人民的形象"。有人举出了老黄妈和鸣凤为例,说她们应当站起来造反,我却把她们写成向"阶级

讲真话的书 （1980—1981）

敌人"低头效忠的奴隶。过去我也常常翻阅、修改自己的作品，对鸣凤和黄妈这两个人物的描写不曾看出什么大的问题。忽然听到这样的批判，觉得问题很严重，而且当时只是往牛角尖里钻，完全跟着"造反派"的逻辑绕圈子。我想，我是在官僚地主的家庭里长大的，受到旧社会、旧家庭各式各样的教育，接触了那么多的旧社会、旧家庭的人，因此我很有可能用封建地主的眼光去看人看事。越想越觉得"造反派"有理，越想越觉得自己有罪。说我是地主阶级的"孝子贤孙"，我承认；说我写《激流》是在为地主阶级树碑立传，我也承认；一九七〇年我们在农村"三秋"劳动，我给揪到田头，同当地地主一起挨斗，我也低头认罪。我想我一直到二十三岁都是靠老家养活，吃饭的钱都是农民的血汗，挨批挨斗有什么不可以！但是一九七〇年的我和一九六七、六八年的我已经不相同了。六六年九月以后在"造反派"的"引导"和威胁之下（或者说用鞭子引导之下），我完全用别人的脑子思考，别人大吼"打倒巴金！"我也高举右手响应。这个举动我现在回想起来，觉得不大好理解。但当时我并不是做假，我真心表示自己愿意让人彻底打倒，以便从头做起，重新做人。我还有通过吃苦完成自我改造的决心。我甚至因为"造反派"不"谅解"我这番用心而感到苦恼。我暗暗对自己说："他们不相信你，不要紧，你必须经得住考验。"每次批斗之后，"造反派"照例要我写《思想汇报》，我当时身心都是十分疲倦，很想休息。但听说马上要交卷，就打起精神，认真汇报自己的思想，总是承认批判的发言打中了我的要害，批斗真是为了挽救我，"造反派"是我的救星。那一段时期，我就是只按照"造反派"经常高呼的口号和反复宣传的"真理"思考的。我再也没有自己的思想。倘使追问下去，我只能回答说：只求给我一条生路。六九年后我渐渐地发现"造反派"要我相信的"真理"他们自己并不相信，他们口里所讲的并不是他们心里所想的。最奇怪是六九年五月二十三日学习毛主席的《讲话》我写了《思想汇报》。我们那个班组的头头大加表扬，把《汇报》挂出来，加上按语说我有认罪服罪、向人民靠拢的诚意。但是过两三天上面讲了什么话，他们又把我揪出来批斗，说我假意认罪、骗取同情。谁真谁假，我开始明白了。我仍然按时写《思想汇报》，引用"最高指示"痛骂自己，但是自己的思想暗暗地、慢慢地在进行大转弯。我又有了新的发现：我就是"奴在心者"，而且是死心塌地的精神奴隶。

这个发现使我十分难过！我的心在挣扎，我感觉到奴隶哲学像铁链似的紧紧捆住我全身，我不是我自己。

没有自己的思想，不用自己的脑子思考，别人举手我也举手，别人讲什么我也讲什么，而且做得高高兴兴，——这不是"奴在心者"吗？这和小说里的黄妈不同，和鸣凤不同，她们即使觉悟不"高"，但她们有自己的是非观念，黄妈不愿意"住浑水"，鸣凤不肯做冯乐山的小老婆。她们还不是"奴在心者"。固然她们相信"命"，相信"天"，但是她们并不低头屈服，并不按照高老太爷的逻辑思考。她们相信命运，她们又反抗命运。她们绝不像一九六七、六八年的我。那个时候我没有反抗的思想，一点也没有。

我没有提一九六六年。我是六六年八月进"牛棚"，九月十日被抄家的，在那些夜晚我都是服了眠尔通才能睡几小时。那几个月里我受了多大的折磨，听见捶门声就浑身发抖。但是我一直抱着希望：不会这样对待我吧，对我会从宽吧；这样对我威胁只是一种形式吧。我常常暗暗地问自己："这是真的吗？"我拼命拖住快要完全失去的希望，我不能不这样想：虽然我"有罪"，但几十年的工作中多少总有一点成绩吧。接着来的是十二月。这可怕的十二月！它对于我是沉重的当头一击，它对于萧珊的病和死亡也起了促进的作用。红卫兵一批一批接连跑到我家里，起初翻墙入内，后来是大摇大摆地敲门进来，凡是不曾贴上封条的东西，他们随意取用。晚上来，白天也来。夜深了，我疲劳不堪，还得低声下气，哀求他们早些离开。不说萧珊挨过他们的铜头皮带！这种时候，这种情况，我还能有什么希望呢？从此我断了念，来一个急转弯，死心塌地做起"奴隶"来。从一九六七年起我的精神面貌完全不同了。我把自己心灵上过去积

讲真话的书 （1980—1981）

累起来的东西丢得一干二净。我张开胸膛无条件地接收"造反派"的一切"指示"。我自己后来分析说，我入了迷，中了催眠术。其实我还挖得不深。在那两年中间我虔诚地膜拜神明的时候，我的耳边时时都有一种仁慈的声音：你信神你一家人就有救了。原来我脑子里始终保留着活命哲学。就是在入迷的时候，我还受到活命思想的指导。在一九六九年以后我常常想到黄妈，拿她同我自己比较。她是一个真实的人，姓袁，我们叫她"袁袁"，我和三哥离开成都前几年中间都是她照料我们。她喜欢我们，我们出川后不久，她就辞工回家，但常常来探问我们的消息，始终关心我们。一九四一年年初我第一次回到成都，她已经去世。我无法打听到她的坟在什么地方，其实我也不会到她墓前去感谢她的服务和关怀，只有在拿她比较的时候，我才知道我欠了她一笔多么深切的爱。她不是奴隶，更不是"奴在心者"。

我在去年写的一则《随想》中讲起那两年在"牛棚"里我跟王西彦同志的分歧。我当时认为自己有大罪，赎罪之法是认真改造，改造之法是对"造反派"的训话、勒令和决定句句照办。西彦不服。他经常跟监督组的人争论，他认为有些安排不合情理，是有意整人。我却认为磨炼越是痛苦，对我们的改造越有好处。今天看来我的想法实在可笑，我用"造反派"的训话思考，却得出了陀思妥耶夫斯基式的结论。对"造反派"来说，陀思妥耶夫斯基是"反动的"作家。可是他们用了各种方法、各种手段逼迫我，也引导我走上陀思妥耶夫斯基的路。这说明大家的思想都很混乱，谁也不正确。我说可笑，其实也很可悲。我自称为知识分子，也被人当作"知识分子"看待，批斗时甘心承认自己是"精神贵族"，实际上我完全是一个"精神奴隶"。

到六九年，我看出一些"破绽"来了：把我们当作奴隶、在我们面前挥舞皮鞭的人其实是空无所有，他们并不知道自己的明天。有人也许奇怪我会有这样的想法，其实这也是容易理解的。我写了几十年的书嘛，总还有那么一点"知识"。我现在完全明白"四人帮"为什么那样仇恨"知识"了。哪怕只有那么一点"知识",也会让人看出"我"的"破绽"来。何况是"知识分子",何况还有文化!"你"有了对付"我"的武器。不行!非缴械不可。其实武器也可以用来为"你"服务嘛。不,不放心!"你"有了武器,"我"就不能安枕。必须把"你"的"知识"消除干净。

六七、六八年两年中间我多么愿意能够把自己那一点点"知识"挖空,挖得干干净净,就像扫除尘土那样。但是这怎么能办到呢?果然从一九六九年起,我那么一点点"知识"就作怪起来了。迷药的效力逐渐减弱。我自己的思想开始活动。除了"造反派""革命左派",还有"工宣队""军代表"……他们特别爱讲话!他们的一言一行,我都看在眼里、听在耳里、记在心上。我的思想在变化,尽管变化很慢,但是在变化,内心在变化。这以后我也不再是"奴在心者"了,我开始感觉到做一个"奴在心者"是多么可鄙的事情。

在外表上我没有改变,我仍然低头沉默,"认罪服罪"。可是我无法再用别人的训话思考了。我忽然发现在我周围进行着一场大骗局。我吃惊,我痛苦,我不相信,我感到幻灭。我浪费了多么宝贵的时光啊!但是我更加小心谨慎,因为我害怕。当我向神明的使者虔诚跪拜的时候,我倒有信心。等到我看出了虚伪,我的恐怖增加了,爱说假话的人什么事都做得出来!无论如何我要保全自己。我不再相信通过苦行的自我改造了,在这种场合连陀思妥耶夫斯基的道路也救不了我。我渐渐地脱离了"奴在心者"的精神境界,又回到"奴在身者"了。换句话说,我不是服从"道理",我只是屈服于权势,在武力之下低头,靠说假话过日子。同样是活命哲学,从前是:只求给我一条生路;如今是:我一定要活下去,看你们怎样收场!我又记起一九六六年我和萧珊用来互相鼓舞的那句话:坚持下去就是胜利。

萧珊逝世,我却看到了"四人帮"的灭亡。编造假话,用假话骗人,也用假话骗了自己,而终于看到假话给人戳穿,受到全国人民的唾弃,这

讲真话的书 (1980—1981)

便是"四人帮"的下场。以"野蛮"征服"文明"、用"无知"战胜"知识"的时代也跟着他们永远地去了。一九六九年我开始抄录、背诵但丁的《神曲》,因为我怀疑"牛棚"就是"地狱"。这是我摆脱奴隶哲学的开端。没有向导,一个人在摸索,我咬紧牙关忍受一切折磨,不再是为了赎罪,却是想弄清是非。我一步一步艰难地走着,不怕三头怪兽,不怕黑色魔鬼,不怕蛇发女怪,不怕赤热沙地……我经受了几年的考验,拾回来"丢开"了的"希望"[①],终于走出了"牛棚"。我不一定看清别人,但是我看清了自己。虽然我十分衰老,可是我还能用自己的思想思考,我还能说自己的话,写自己的文章。我不再是"奴在心者",也不再是"奴在身者"。

我是我自己。我回到我自己身上了。

那动乱的十年,多么可怕的一场大梦啊!

六月中旬

---

① 见《神曲·地狱篇》第三曲:"你们进来的人,丢开一切的希望吧。"

致《十月》
——随想录七十

《十月》杂志创刊三周年，编辑同志来上海组稿，说是长短不论。我答应试试。我想谈谈关于编辑的一些事情。可是近大半年我的身体一直不好，感情激动起来，连写字也困难，看来文章是写不成的了，那就随便谈点感想吧。

我一直被认为是作家，但我也搞过较长时期的编辑工作，自以为两方面的甘苦都懂得一点。过去几十年中间我多次向编辑投稿，也多次向作家拉稿，我常有这样的情况：做编辑工作的时候，我总是从编辑的观点看问题，投稿的时候我又站在作家的立场对编辑提出过多的要求。事情过后，一本杂志已经发行，一部书业已出版，平心静气，回头细想，才恍然大悟，作家和编辑应当成为诚意合作、互相了解的好朋友。

《十月》杂志是很好的大型刊物。但它并不是一出现就光芒四射，它是逐渐改进、越办越好的。刊物是为读者服务的。用什么来服务呢？当然是用作品。读者看一份刊物，主要是看它发表的作品，好文章越多，编辑同志的功劳越大。倘使一篇好作品也拿不出来，这个刊物就会受到读者的冷落，编辑同志也谈不到为谁服务了。作品是刊物的生命。

编辑是作家与读者之间的桥梁。作家无法把作品直接送到读者的手里，要靠编辑的介绍与推荐，没有这个助力，作家不一定能出来。刊物要是不能经常发表感动读者、吸引读者的好作品，编辑要是不能发现新的作

讲真话的书　（1980—1981）

家、不能团结好的作家，他们的工作就不会有成绩。文学艺术是集体的事业，这个事业的发展和繁荣，与每一个文艺工作者都有关系，大家都有责任。大家都在从事一种共同的有益的工作，不能说谁比谁高。我觉得这样的说法倒符合实际。

　　我想起一件事情：大概在一九六二年吧，上海一位出版局的负责人写了一篇文章，替编辑同志们讲了几句话。他是一个大知识分子，也知道一点编辑工作的情况，听到一些人的牢骚，想"安抚"他们，对他们做思想工作。没有料到一篇文章闯了大祸，姚文元的"金棍子"马上打到他的身上来了。他从此背上"杂家"的包袱，吃够了苦头。没有人出来替他说一句公道话，只是因为有一位官比他大得多的人坐在姚文元的背后。但是解决是非问题，不靠官大官小。一瞬眼二十年过去了，今天我仍然听见作家们在抱怨、编辑们在发牢骚。我觉得两方面都有道理，又都没有道理。对每一方面我同样劝告：对自己要求高一点，对别人要求低一点。前些时候我读过一篇文章，说"批评也是一种爱护"，我不这样看。不过"爱护"二字引起我一些想法，我要说，真正爱护作家的是好的编辑，同样，好的编辑也受到作家的爱护。好作品喜欢同好文章排列在一起，这也是所谓"物以类聚"吧。一个刊物发表两三篇好文章，好的作品就像流水一样汇集到它那里。刊物选择作品，作家也挑选刊物。我听见一位作家对别人说："某某是我的责任编辑。"声音里充满感情，我看除了读者们的鼓励外，这就是对编辑的莫大酬报了。但是我又听见一位作家抱怨，编辑不向他组稿，他连杂志社的门向哪里开也不知道。他当然有他的道理。但是我想劝他不要生气，我说："这样倒好，主动权就在你手里了。你有两个办法：第一他不组稿，你就不投稿，组不到好作品是他那个刊物的损失；第二他不来组稿，你也可以投稿，看他识货不识货。漏过了好作品是编辑的过失，他会受到读者的批评。"拿我自己来说，我的作品在《小说月报》上发表过好些篇，可是《小说月报》编辑部的大门我一次也不曾进去过。正因为我不管这些，才有时间多写作品。我从来不管谁来约稿谁不约稿，经常考虑的倒是在什么刊物上发表作品比较好。当然别人用不用我的稿子，并不能由我自己决定。我也只是写稿、投稿。作家嘛，时间应当花在写作上。我还听见有人批评编辑"偏心"，说他们"重名气轻质量"。这已经是几十年的老话了。不能说别人就没有缺点，但我们更应该相信读者。不要以为读者对当前生活一无所知，对作品毫无欣赏力和判断力。我看，一部作品的最高裁判员还是读者。古今中外的文学名著是靠谁保留下来的呢？还不是读者！也只能靠读者。编辑不可能跟读者对着干，硬要编一本没有人要看的刊物。刊物没有人要看，一定办不下去，编辑也得改行。让两方面都来经受时间的考验吧，都来经受读者的考验吧。

我还想谈一点个人的经验和个人的感情。我在一些不同的场合讲过了我怎样走上文学的道路，在这里我只想表示我对叶圣陶同志的感激之情，他是很好的作家和教育家，但我是把他当作很好的编辑而感谢的。我写了长篇小说缺乏自信不敢投稿，从法国寄给在上海开明书店工作的朋友托他代印几百册。我赴法前看见过一位朋友的兄弟自印的小说，还记得书名叫《洄浪》，印费并不贵。年底我回到上海，朋友一见面就告诉我："你用不着译书卖稿筹印费了，《小说月报》明年第一期起连载你的小说。"原来当时《小说月报》的代理主编叶圣老经常去开明书店，他在我的朋友那里看到我寄去的原稿，认为可以发表，就拿去推荐给读者。倘使叶圣老不曾发现我的作品，我可能不会走上文学的道路，做不了作家，也很有可能我早已在贫困中死亡。作为编辑，他发表了不少新作者的处女作，鼓励新人怀着勇气和信心进入文坛。编辑的成绩不在于发表名人的作品，而在于发现新的作家，推荐新的创作。我感激叶圣老，因为他给我指出了一条宽广的路，他始终是一位不声不响的向导。我从来没有把写作当作成名成家的道路。作家不过是一种职业，一个工作岗位。作家不是一种资格，不是一种地位，不是一种官衔。我重视、热爱这个职业、这个岗位，因为我可以用我的笔战斗，通过种种考验为读者、为人民服务。我做梦也没有想到作家会是"社会名流"或者"太平绅士"或者"万应膏药"。我绝不相信

讲真话的书　（1980—1981）

作家可以脱离作品而单独存在，可以用题字、用名字、用讲话代替自己的文章。我常常静夜深思，难道我当初拿笔写作，就是为了大写"苦学自学"的经验谈，引导青年如何青云直上，充当各种活动、各种场面的装饰品？难道我所有辛勤的劳动都是为了个人的名利，我一切热情的语言都是欺骗读者的谎话？有时我的思想似乎进入了迷宫，落到了痛苦的深渊，束手无策，不知道怎样救出自己。忽然我的眼前出现了一位老人的笑颜，我心安了。五十年来他的眼睛一直在注视我。真是一位难得的好编辑！他不是白白地把我送进了"文坛"，他以身作则，给我指出为文为人的道路，我们接触的时间不多，他也少给我写信，但是在紧要关头，他对我非常关心，他的形象也是对我的支持和鼓励。我的文集开始发行的时候，我写了一封信感谢他。"四人帮"垮台后我每年去北京都要到他府上探望，他听觉减退，我们交谈已有困难。但是同他会见，让他知道我的脑子还很清楚，使他放心，我自己也仿佛尽了责任。我们最近两次会见，叶圣老都叫人摄影留念，我收到他从北京寄来的照片，我总是兴奋地望着他的笑脸对人说："这是我的责任编辑啊！"我充满了自豪的感觉。我甚至觉得他不单是我的第一本小说的责任编辑，他是我一生的责任编辑。

　　对编辑同志，对那些默默无闻、辛勤工作的人，除了表示极大的敬意外，我没有别的话可说了。但是我记得作家们抱怨过编辑同志的朱笔无情，那么我就向同志们提出一个小小的要求：现在"文责自负"，就让作者多负点责任吧。我一生改过不少人的文章，自己的文章也让不少编辑删改过，别人改我的文章，如果我不满意，后来一定恢复原状。我的经验是：有权不必滥用，修改别人文章不论大删小改，总得征求作者同意。我当编辑的时候，常常对自己说："要小心啊，你改别人文章，即使改对了九十八处，你改错了两处，你就是犯了错误。最好还是笔下留情，一、可以不改的就不改，或者少改；二、一切改动都要同作者商量。"我现在还是这样看法。

　　以上只是我对一般编辑工作的意见。这个小小的要求并不是向《十月》提出的。很惭愧，说到《十月》，我就想起那一笔不曾偿还的文债。《十月》创刊的时候我答应投稿，可是三年中我没有给刊物寄过一行文字。看来，我再也写不出适合刊物的像样文章了，编辑同志不会责怪我。但是作为读者，我读到好的作品就想起编辑们的勤劳和苦心，既高兴又感谢。刊物在发展，在前进。读者的眼光永远注视着你们前进的脚步，奋勇直前吧，亲爱的朋友们。

七月二十五日

怀念鲁迅先生
——随想录七十二

四十五年了,一个声音始终留在我的耳边:"忘记我!"声音那样温和,那样恳切,那样熟悉,但它常常又是那样严厉。我不知对自己说了多少次:"我绝不忘记先生。"可是四十五年中间我究竟记住一些什么事情?!

四十五年前一个秋天的夜晚和一个秋天的清晨,在万国殡仪馆的灵堂里我静静地站在先生灵柩前,透过半截玻璃棺盖,望着先生的慈祥的面颜、紧闭的双眼、浓黑的唇髭,先生好像在安睡,四周都是用鲜花扎的花圈和花篮,没有一点干扰,先生睡在香花丛中,两次我都注视了四五分钟,我的眼睛模糊了,我仿佛看见先生在微笑。我想,要是先生睁开眼睛坐起来又怎么样呢?我多么希望先生活起来啊!

四十五年前的事情仿佛就发生在昨天。不管我忘记还是不忘记,我总觉得先生一直睁着眼睛在望我。

我还记得在乌云盖天的日子,在人兽不分的日子,有人把鲁迅先生奉为神明,有人把他的片语只字当成符咒;他的著作被人断章取义,用来打人,他的名字给新出现的"战友""知己"们作为装饰品。

在香火烧得很旺、咒语念得很响的时候,我早已被打成"反动权威"做了先生的"死敌",连纪念先生的权利也给剥夺了。但是在作协分会的草地上有一座先生的塑像,我经常在园子里劳动,拔野草、通阴沟。一个窄小的"煤气间"充当我们的"牛棚",六七名作家挤在一起写"交代"。我有时写不出什么,就放下笔空想。我没有权利拜神,可是我会想到我所接触过的鲁迅先生。在那个秋天的下午我向他告了别。我同七八千群众伴送他到墓地。在暮色苍茫中我看见覆盖着"民族魂"旗子的棺木下沉到墓穴里。在"牛棚"的一个角落,我又看见了他,他并没有改变,还是那样一个和蔼可亲的小小老头子,一个没有派头、没有架子、没有官气的普通人。

我想的还是从前的事情,一些很小、很小的事情。我当时不过是一个青年作家。我第一次编辑一套《文学丛刊》,见到先生向他约稿,他一口答应,过两天就叫人带来口信,让我把他正在写作的短篇集《故事新编》收进去。《丛刊》第一集编成,出版社刊登广告介绍内容,最后附带一句:全书在春节前出齐。先生很快地把稿子送来了,他对人说:他们要赶时间,我不能耽误他们(大意)。其实那只是草写广告的人的一句空话,连我也不曾注意到。这说明先生对任何工作都很认真负责。我不能不想到自己工作的草率和粗心,我下决心要向先生学习,才发现不论是看一份校样、包封一本书刊、校阅一部文稿、编印一本画册,事无大小,不管是自己的事或者别人的事,先生一律认真对待,真正做到一丝不苟。他印书送人,自己设计封面,自己包封投邮,每一个过程都有他的心血。我暗中向他学习,越学越是觉得难学。我通过几位朋友,更加了解先生的一些情况,了解越多我对先生的敬爱越深。我的思想、我的态度也在逐渐变化。我感觉到所谓潜移默化的力量了。

我开始写作的时候,拿起笔并不感到它有多少重,我写只是为了倾吐个人的爱憎。可是走上这个工作岗位,我才逐渐明白:用笔作战不是简单的事情。鲁迅先生给我树立了一个榜样。我仰慕高尔基的英雄"勇士丹柯",他掏出燃烧的心,给人们带路,我把这幅图画作为写作的最高境界,这也是从先生那里得到启发的,我勉励自己讲真话,卢梭是我的第一个老师,但是几十年中间用自己的燃烧的心给我照亮道路的还是鲁迅先

讲真话的书 （1980—1981）

生。我看得很清楚：在他，写作和生活是一致的，作家和人是一致的，人品和文品是分不开的。他写的全是讲真话的书。他一生探索真理，追求进步。他勇于解剖社会，更勇于解剖自己，他不怕承认错误，更不怕改正错误。他的每篇文章都经得住时间的考验，他的确是把心交给读者的。我第一次看见他，并不感觉到拘束，他的眼光、他的微笑都叫我放心。人们说他的笔像刀一样锋利，但是他对年轻人却怀着无限的好心。一位朋友在先生指导下编辑一份刊物，有一个时期遇到了困难，先生对他说："看见你瘦下去，我很难过。"先生介绍青年作者的稿件，拿出自己的稿费印刷年轻作家的作品。先生长期生活在年轻人中间，同年轻人一起工作，一起战斗，分清是非，分清敌友。先生爱护青年，但是从不迁就青年。先生始终爱憎分明，接触到原则性的问题，他绝不妥协。有些人同他接近，后来又离开了他；一些"朋友"或"学生"，变成了他的仇敌。但是他始终不停脚步地向着真理前进。

"忘记我！"这个熟悉的声音又在我的耳边响起来，它有时温和有时严厉。我又想起四十五年前的那个夜晚和那个清晨，还有自己说了多少遍的表示决心的一句话。说是"绝不忘记"，事实上我早已忘得干干净净了。但在静寂的灵堂上对着先生的遗体表示的决心却是抹不掉的。我有时感觉到声音温和，仿佛自己受到了鼓励，我有时又感觉到声音严厉，那就是我借用先生的解剖刀来解剖自己的灵魂了。

二十五年前在上海迁葬先生的时候，我做过一个秋夜的梦，梦境至今十分鲜明。我看见先生的燃烧的心，我听见火热的语言：为了真理，敢爱，敢恨，敢说，敢做，敢追求。……但是当先生的言论被利用、形象被歪曲、纪念被垄断的时候，我没有站出来讲过一句话。当姚文元挥舞棍子的时候，我给关在"牛棚"里除了唯唯诺诺之外，敢于做过什么事情？

"十年浩劫"中我给造反派当成"牛"，自己也以"牛"自居。在"牛棚"里写"检查"写"交代"混日子已经成为习惯，心安理得。只有近两年来咬紧牙关解剖自己的时候，我才想起先生也曾将自己比作

"牛"。但先生"吃的是草，挤出来的是奶和血"。这是多么优美的心灵，多么广大的胸怀！我呢，十年中间我不过是一条含着眼泪等人宰割的"牛"。但即使是任人宰割的牛吧，只要能挣断绳索，它也会突然跑起来的。

"忘记我！"经过四十五年的风风雨雨，我又回到了万国殡仪馆的灵堂。虽然胶州路上殡仪馆已经不存在，但玻璃棺盖下面慈祥的面颜还很鲜明地现在我的眼前，印在我的心上。正因为我又记起先生，我才有勇气活下去。正因为我过去忘记了先生，我才遭遇了那些年的种种的不幸。我会牢牢记住这个教训。

若干年来我听见人们在议论：假如鲁迅先生还活着……当然我们都希望先生活起来。每个人都希望先生成为他心目中的那样。但是先生始终是先生。

为了真理，敢爱，敢恨，敢说，敢做，敢追求……如果先生活着，他绝不会放下他的"金不换"。他是一位作家，一位人民所爱戴的伟大的作家。

七月底

《序跋集》跋
——随想录七十一

几十年来我编选过不少的集子，有长篇，有短篇；有创作，有翻译。我保留着一个印象：为自己编选集子是一件愉快的事。可是这一回编选《序跋集》，我感到了厌倦，说句老实话，我几乎无法完成这工作。

为什么呢？……我不能把责任全推给"衰老"。固然我现在拿笔写字手就发抖；我越是着急，手和笔尖都停在原地越难移动，但我也挣扎着抄写了一些较短的前言后记。而且在这方面我还有一个得力的助手，我的侄女国烊为我做了大量的工作，收在这个集子里的大部分的序跋，特别是那些滔滔不绝的"代序"都是她抄录的。我应当感谢她。

为什么呢？……是不是在编选上花了很多功夫，使我感到十分吃力？不。其实编选工作并不繁难，何况我（一）定下了一个范围：只收文学著译的序跋。（二）又声明会有遗漏，收集不一定完全。"不完全"，这是事实。但先来一个声明，等于网开一面，留一条出路：反正有遗漏，多一篇，少一篇，关系不大。我也用不着苦心"求全"了。

那么为什么会感到厌倦呢？是由于阅读五十四年中间自己写的那一大堆前言后记吧，我看一定是这样。我想起了一件事情：在一九七〇年或者七一年我还在奉贤县"五七"干校的时候，有一天工宣队老师傅带着我们机关造反派到我家去抄书，拿走了几本张春桥和姚文元的著作。这些书都是"文化大革命"前在上海出版的，一直放在书架上，我想它们该是最保险的吧。没有想到给没收的偏偏是它们。后来我回家休假，萧珊讲起这件事，我们起初大惑不解，想了一阵，取得了一致的看法：可能他们过去写的文章并不都证明他们生来就正确，而且一贯正确，因此不利于身居高位的今天的他们，还是将它们没收烧毁为妙。

我坚持这个看法，我有够多的经验和体会。我写过多少很不正确的文章，连自己也搞不清楚。在"文化大革命"中有人揭发一篇，就斗一次，还要我写检查交代。不让我看原文，也不对我说明文章的内容，却要我像猜谜一样承认有罪，我实在应付不了！我怕极了，真的朝夕盼望来一场天火把我过去写的文章烧光。我的这种想法，我的这种精神状态也许是接连不断的多次运动的后果。倘使我迟生几十年，就不会背上那么沉重的包袱，我可能一个字也不会写，更有可能不让人抓住辫子。我有幸躲掉了几次运动，可是最后在"文化大革命"中给揪住算总账，一笔也不放过。那么重的包袱！那么多的辫子！我从小熟悉一句俗话："在劫难逃"，却始终不相信。但听惯棍棒声音的人很难说自己毫无余悸。

我明白了，一大堆包袱和辫子放在我面前，我要把它们一一地清理。这绝不是愉快的工作。我多么想把它们一笔勾销，一口否定。然而我无权无势，既毁不了，又赖不掉，只好老老实实把包袱和辫子完全摊开展览出来，碰碰运气。即使等待我的是批判，我也只好硬着头皮接受。不管你相信不相信，"在劫难逃"嘛。

我又想起一桩往事：我开始写第一本小说《灭亡》的时候，住在巴黎拉丁区一家小旅馆里，离先贤祠很近。我经常在飞着细雨的黄昏，在先贤祠前广场上卢梭的铜像下徘徊。我尊敬卢梭，称他为"老师"，一、我学习他写《忏悔录》讲真话，二、我相信他的说法：人生来是平等的。五十四年过去了，可是今天还有人告诉我：人是应该分等级的。那么根据我几十年的写作经验，我大概属于挨批的一等吧。我即将进入八十高龄，看来到死我也不会上升为批人的那个等级了。因此对着五十四年来留下的包袱和辫子，我不会感到心情舒畅。

讲真话的书　(1980—1981)

　　但是我终于把它们阅读完毕了。我回过头重走了五十四年的路。我兴奋，我思索，我回忆，我痛苦。我仿佛站在杂技场的圆形舞台上接受批斗，为我的写作生活作了彻底的交代。《序跋集》是我的真实历史，是我心里的话。不隐瞒，不掩饰，不化妆，不赖账，把心赤裸裸地掏了出来。不怕幼稚，不怕矛盾，也不怕自己反对自己。事实不断改变，思想也跟着变化，当时怎么想怎么说就让它们照原样留在纸上。替自己解释、辩护，已经成为多余。五十四年来我是怎样生活的，我是怎样写作的，我究竟是个什么样的人，我究竟做过些什么样的事，等等，等等，在这本书里都可以找到回答。有人要批判我，它倒是很好的材料。至少我的思想的变化在这里毫不隐蔽地当众展览了。

　　"四人帮"还在台上的时候，"革命造反派"不止一次地威胁我，说是批判我"要一直批到共产主义社会"。说话人的凶相我至今忘记不了。我不想死后得到安息，我知道自己进不了天堂。但倘使有一位伟大的诗人能把我的灵魂带进"共产主义社会"，即使去受批判，即使必须走遍"地狱"和"炼狱"，我也心甘情愿。

　　结束了这个使我感到厌倦的工作，我吐一口气，觉得轻松多了。这本集子是那位北京的朋友鼓励我编辑的，我感谢他的帮助，我还请求他允许我把我的《序跋集》献给下一代和再下一代的读者，我非常愿意接受他们的批判。

八月十日在莫干山

"鹰的歌"
——随想录七十三

为了配合鲁迅先生诞生一百周年纪念活动,《收获》杂志向我组稿,我写了一篇《怀念鲁迅先生》。文章不长,但讲的都是心里话。我见过鲁迅先生,脑子里还保留着鲜明的印象。回想四十五六年前的情景,仿佛自己就站在先生的面前,先生是怎样的一个人,我有我的看法。我多么希望再有机会听先生谈笑,可是我不相信有所谓"阴间"或"九泉",连我自己也快到"化作灰烬"的年纪了。写这篇短文的时候,我是受到怀念的折磨的。

七月底我把写好的《怀念》送到《收获》编辑部,拿到文章的清样后,再寄给《大公报·大公园》副刊的编者,当时他正在北京度假。

今年我在瑞士首都伯尔尼过国庆节,在我国驻瑞士的大使馆里听一位同志说,她在香港报上读到我怀念鲁迅先生的文章。回国后我杂事较多,也就忘记翻看自己的发表过的短文。倘使不是一位朋友告诉我有过删节的事,我还不知道我纪念鲁迅先生的文章在香港发表的不是全文,凡是与"文化大革命"有关或者有"牵连"的句子都给删去了,甚至鲁迅先生讲过的他是"一条牛,吃的是草,挤出来的是奶和血"的话也给一笔勾销了,因为"牛"和"牛棚"有关。

读完被删削后的自己的文章,我半天讲不出话,我疑心在做梦,又好像让人迎头打了一拳。我的第一部小说同读者见面已经是五十几年前的事了。难道今天我还是一个不能为自己文章负责的小学生？

　　删削当然不会使我沉默。鲁迅先生不是给我们树立了很好的榜样？我还要继续发表我的"随想"。从一九七八年十二月到一九八一年九月将近三年的长时间里，《大公报·大公园》连续刊出了我的七十二篇"随想"。我的"无力的叫喊"给我带来了鼓励和响应，主要依靠读者们的支持。我感谢一切对我表示宽容的人（《大公报·大公园》的编者也在其中）。

　　我的《随想录》好比一只飞鸟。鸟生双翼，就是为了展翅高飞。我还记得高尔基早期小说中的"鹰"，它"胸口受伤，羽毛带血"，不能再上天空，就走到悬崖边缘，"展开翅膀"，滚下海去。高尔基称赞这种飞鸟说："在勇敢、坚强的人的歌声中你永远是一个活的榜样。"

　　我常常听见"鹰的歌"。我想，到了不能高飞的时候，我也会"滚下海去"吧。

十一月下旬，未发表

团结起来，为文学的繁荣而努力工作
——在中国作家协会理事会三届二次会议上的开幕词和闭幕词

开幕词

两年前，在中国作家协会第三次代表大会的闭幕词中，我讲过这样一段话："今天出席这次大会，看到许多新生力量，许多有勇气、有良心、有才华、有责任心，敢想、敢写、创作力极其旺盛的、对祖国和人民充满热爱的青年、中年作家，我仍然感觉到做一个中国作家是光荣的事情。我快要走到生命的尽头，写作的时间是极其有限了，但是我心灵中仍然燃烧着希望之火，对我们社会主义祖国和我们无比善良的人民，我仍然怀着十分热烈的爱，我要同大家一起，尽自己的职责，永远前进。"现在我在这里讲话，我充满了更大的勇气和信心。在我面前的都是些经过"十年浩劫"严峻考验的文艺战士；在会场外还有更多的有才华、有胆量、有见识的中、青年作家。的确，我们的文学事业有极大的发展，优秀的作家成批出现，好的作品大量产生。我看到了一个热烈竞赛的场面。作家们辛勤劳动，大家比作品质量的高低，比作品数目的多少，比对祖国和人民的贡献。我和一些老一辈的作家谈起来，我们对这样的形势都感到万分高兴。我并不是在盲目吹捧。我们的作家和作品，当然也会有缺点，也会存在这样那样的问题，但是这些都是不难克服的。半年多前，我和一个美籍华人

讲真话的书 （1980—1981）

作家代表团谈起中国现在的情况，我说："最近，我读了不少中篇小说、短篇小说，我感到，我们现在的作家和作品已超过了三十年代、四十年代。"他们不相信，因为他们对我们的作品读得太少了。我劝他们多读些作品，这样才能对我国现在的文学创作有一个全面的了解。今天我仍然坚持这样的看法。我们的社会主义文学事业是大有希望的，我们的前途是光辉灿烂的。我向那些用大量优秀作品来丰富我国文艺百花园地的作家们，表示极大的敬意。

十二月十七日

闭幕词

感谢大家对我的信任。说实话，作家协会主席这个职务对我很不合适。我只希望自己能做一个普通的会员，一个普通的作家，紧紧捏着自己的笔，度过我最后的三五年。今年十月，在苏黎世城，一个汉学家向我提了二十几个问题，其中一个是："你做作家协会的代主席有什么意见？"我说这个职务对我不适当，我同意担任这个职务，不过是表示我对作家协会工作的支持。今天仍然是这样：我支持作协党组的工作，支持主席团的工作，支持书记处的工作。除写作外，我想尽力做好一件事，就是促成现代文学馆的早日建成，它将为五四以来的新文学搜集、保存大量的资料，同时也是新文学六十年经验的总结。现代文学馆将反映中国作家对于建设社会主义精神文明和保卫社会主义文学事业所做的贡献。我们要爱护社会主义文学事业。我们有必要让社会更多地、更正确地了解文学的作用，更多地关心文学事业，使正在辛勤劳动的作家们能有更好的条件，心情更舒畅地从事创作实践，促进文学事业更大的繁荣。社会主义文学事业是集体的事业，我们每个人都有责任为它做出自己的贡献。让我们团结起来，为文学的繁荣而努力工作！

十二月二十二日

向中青年作家致意

在新的一年即将开始的时候，我谨向从事创作实践的中青年作家致意！

当前，中青年作家和各条战线的中青年知识分子一样，是我们国家各方面活动的骨干。这些年来，他们在困难条件下坚持工作、任劳任怨、辛勤劳动、不计报酬。他们中许多人工作、学习的条件是非常差的，白天辛苦一天，晚上回到家里还要做家务。但他们对祖国、对人民充满着热爱，有多少力量就献出多少力量。由于他们，我们国家前途更有希望。

文艺事业主要靠中青年文艺工作者，所以，一定要鼓励他们，支持他们。希望我们社会多一点关心他们，多一点爱护他们，多一点关心文艺工作，了解文艺的作用。我觉得，社会主义文艺事业是集体的事业，只要出一部好的作品，多一个好的作家，都是我们大家的光彩，任何成就都是属于整个国家的。所以，我们要团结起来，大家努力，搞好文艺工作。

我在这次中国作家协会理事会开会的时候说过，我年纪大了，但是除了写作外，我还要做两项工作：第一，促进中国现代文学馆早日建成，以便总结六十多年来中国现代文学的成绩和经验。第二，爱护我们社会主义文艺事业，给中青年作家以鼓励，尽力支持他们。

近几年来，文艺形势很好。我相信，一九八二年一定更好。

十二月三十日